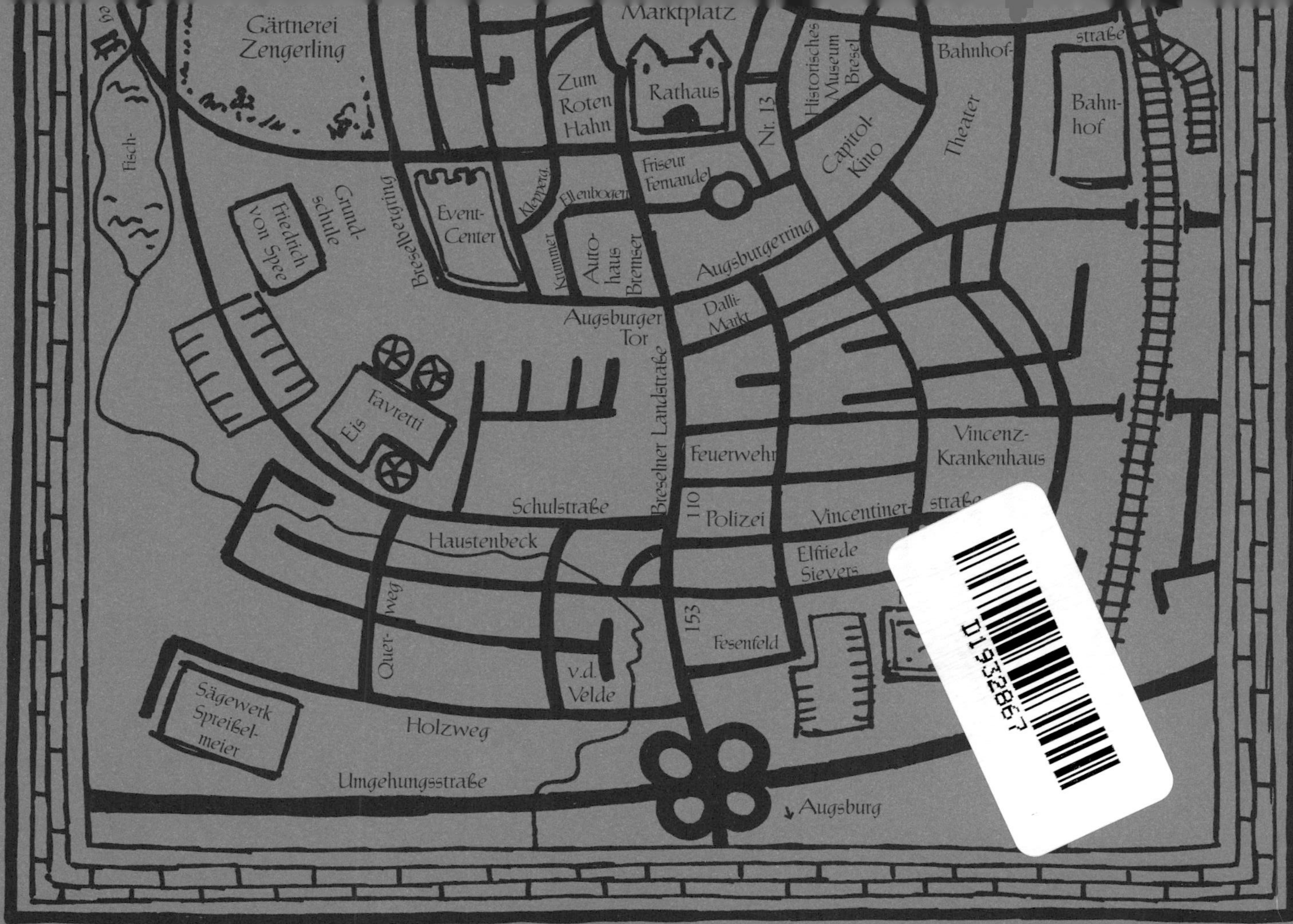
Marktplatz
Gärtnerei Zengerling
Zum Roten Hahn
Rathaus
Nr. 13
Historisches Museum Bresel
Bahnhof-straße
Bahnhof
Theater
Capitol-Kino
Friseur Fernandel
Fisch-
Grundschule
Friedrich von Spee
Event-Center
Kleppweg
Ellenbogen
Krummer
Autohaus Bremser
Bresellbergring
Augsburgerring
Augsburger Tor
Dalli-Markt
Eis Favretti
Breselner Landstraße
Feuerwehr
Vincenz-Krankenhaus
Schulstraße
110
Polizei
Vincentinerstraße
Haustenbeck
Elfriede Sievers
Querweg
153
Fesenfeld
v.d. Velde
Sägewerk Spreißelmeier
Holzweg
Umgehungsstraße
Augsburg

Gerhard Gemke,
geboren 1962, studierte an der Musikhochschule Detmold. Heute lebt er mit seiner Familie in Paderborn, unterrichtet Klavier, arbeitet als Musiker an den Kammerspielen Paderborn und in freien Engagements und schreibt mit Begeisterung Bücher für Kinder.
Unter www.gerhardgemke.de ist der Autor auch im Internet vertreten.

Von Gerhard Gemke bereits erschienen:
Die hohle Schlange, das Labyrinth und die schrecklichen Mönche von Bresel

Gerhard Gemke

Der falsche Orden

UEBERREUTER

Für
Janik
Louisa
Jonathan
und
Marie-Luise

DANKE

Mein besonderer Dank geht an die Stadt Bresel am Breselberg für die freundliche Abdruckgenehmigung eines Stadtplans (mit »Westen oben«), an die Nachfahren von Todd Emmerich für die Überlassung einer Urkunde des letzten wahren Großmeisters der Knodomarianer (anlässlich der Weihe des ehemaligen Mönchs Bruder Klumpp) sowie an Herrn Clemens Zuffhausen für die wissenschaftliche Beratung zu den »Breselner Runen«.
Und wieder mal unendlichen Dank an Marie-Luise Schmalhorst.
Für alles.

Was wäre die Welt ohne Bassisten,
ohne die vielsaitigen,
die viersaitigen
und die einsaitigen?
Und ohne die Ukulelespieler!

Inhalt

Grußwort von Bruder Klumpp

Erleuchtete!

*Ihr, die ihr wandelt auf Knodomars Spuren,
die ihr dereinst zu den Sternen reist,
seid gegrüßt!*

Glück ist euch schon heute beschieden. Ihr seid die würdigen Wissenden. Ihr tragt das Erbe der Sieben durch die Fluten der Zeit. Der Sieben Könige der Alemannen, die sich im Jahre 357 westirdischer Zeitrechnung verschworen haben. Gegen Rom, gegen die unerträgliche Besatzung. Für die Freiheit!

Ursicin, Serapio, Ur, Vestralp, Suomar, Hortar und der verehrungswürdige Knodomar.

*Die Sieben opferten dem Erhabenen Serapis am Altar der Mitte und schrieben seine Ewigen Gesetze auf den Schwarzen Würfel. Diese Gesetze werden seit Generationen weitergereicht. Von den Großmeistern an die Erleuchteten.
An euch!*

*Der fünfzackige Silberstern soll euer Zeichen sein. Klebt ihn an eure Ostfenster, und sie werden erkennen, dass ihr zu den Auserwählten gehört, wenn sie dereinst wiederkommen, um mit euch zu den Sternen zu reisen.
Zu Knodomar!*

Für nur 1000 Euro tretet nun ein in den Ersten Kreis der Erleuchtung. Eine neue, wunderbare Welt eröffnet sich den Suchenden. Schreitet weiter zum Zweiten Kreis. Erlebt die höchste Erfüllung im Innersten Kreis, wo euch Knodomars Gesetze erwarten, niedergeschrieben in den uralten magischen Schriftzeichen der Sieben!

Macht euch auf. Noch heute!

Besucht uns auf www.knodomar.de. Dort findet ihr auch die Kontonummer.

Es segnet und erwartet euch
Bruder Klumpp
Großmeister der Knodomarianer

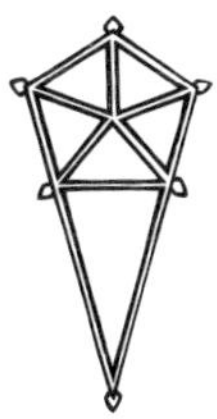

Ein Freund, ein guter Freund

»Ein Freund, ein guter Freund, das ist das Schönste, was es gibt auf der Welt.

Ein Freund bleibt immer Freund, und wenn die ganze Welt zusammenfällt.

Drum sei doch nicht betrübt, wenn dein Schatz dich nicht mehr liebt.

Ein Freund, ein guter Freund, das ist das Schönste, was es gibt.«

Carlo sang wie ein junger Gott.

Es war schrecklich. Die ersten Gäste winkten bereits dem Kellner.

»Die Rechnung bitte!«

»Sonniger Tag! Wonniger Tag!
Klopfendes Herz und der Motor ein Schlag!
Lachendes Ziel! Lachender Start
und eine herrliche Fahrt!
Rom und Sankt Veit waren nicht weit.
So ging das Leben im Taumel zu zweit!
Über das Meer, über das Land
haben wir eines erkannt:
Ein Froooind, ein guter Froooind,
das ist das Sch…«

Der schwitzende kleine Kellner presste dem Sänger mit letzter Verzweiflung die Hand vor den Mund. Carlo würgte und prustete. Gnädig lockerte der Kellner seinen Griff – und bereute es auf der Stelle.

»... önste, was es gibt auf der Welt.
Ein Frooo...«

Carlo glaubte ersticken zu müssen, so fest drückte der Kerl ihm Mund und Nase zu. Carlos Kugelbauch bebte, seine kurzen Arme ruderten durch die Oktoberluft. Neben ihm spielte der lange Ede ungerührt weiter die Ukulele und versuchte mit dem linken Fuß einen zerbeulten Hut näher zum ersten Tisch zu schieben.

Das kleine Straßencafé, das die beiden Musikanten mit ihrem Auftritt beehrten, leerte sich innerhalb von Minuten. Eine korpulente Dame schob ihre heulenden Blagen, so schnell sie konnte, vorbei.

»Du hast es versprochen. Ein Eis!«, greinten die zwei wie aus einem Munde. Auch sonst glichen sie sich wie eine Heulboje der anderen.

»Kurt und Knut!«, schimpfte die Korpulente. »Nur wenn ihr brav seid!« Was offensichtlich nicht der Fall war. »Wenn ihr weiter so ein Theater macht, fahren wir nicht zur Burg Knittelstein. Dann fahren wir überhaupt nicht nach Bresel. Nirgendwohin. Verstanden?«

Das Gezeter entfernte sich. Was blieb, war Carlos Schnaufen. Und das blanke Entsetzen in seinem Gesicht. *Bresel.* Allein der Klang dieses Namens verursachte ihm Schweißausbrüche. Schlimmere, als es der Würgegriff des Kellners vermochte. Aus den Augenwinkeln sah er, dass es seinem langen Kumpel nicht viel besser ging.

Der kleine Kellner schüttelte Carlos Kopf wie einen Milchshake. Nein, sie waren nicht in Bresel, sie standen vor einem Café in Augsburg, mindestens dreißig Kilometer von Bresel entfernt. Gott sei Dank!

»Du wirst nicht mehr singen! Versprich es!«

Carlo blickte dem Kellner in die Augen. Der meinte es ernst. Bitterernst. Carlo nickte mit hervorquellenden Pupillen. Vorsichtig löste der livrierte Kerl die Hand von Carlos Nase.

Der Sänger japste nach Luft. »Willst du mich umbringen?«

Statt einer Antwort bekam das Gesicht des Kellners einen hasserfüllten Ausdruck. Carlo schluckte. Ede hatte endlich aufgehört zu spielen. Er bückte sich nach dem Hut. Der war genauso voll wie immer. Ede klopfte den Staub von der Krempe und setzte ihn auf sein Raubvogelgesicht.

»Lass ihn!«, knurrte er, ohne den Kellner eines Blickes zu würdigen.

»Wenn ihr noch mal hier auftaucht …«, fauchte der Kerl und wischte seine Hände an der Schürze ab, als hätte er etwas Ekliges angefasst.

»Was dann?«, fragte Ede ohne Interesse. Er hängte sich die Ukulele über die linke Schulter. »Komm!«

Carlo nickte und trottete hinter dem Langen her.

»… dann, dann …«, hallte es ihnen aus der Cafétür hinterher.

Carlo hatte noch den Geschmack der verschwitzten Kellnerhände auf den Lippen. Und Hunger. Großen Hunger. Vor ihm trabten Edes zerschlissene Schuhe durch das Herbstlaub. Ein kalter Wind wehte durch die Baumkronen. Carlo sah wehmütig einem Ahornblatt bei seinem letzten Flug zu. Er konnte nur zu gut verstehen, wie es sich fühlte. Leise sang er:

»Ein Freund, ein guter …«

»Schnauze«, knurrte Ede und verlangsamte seine Schritte.

»Ja, Ede«, flüsterte Carlo und blieb dicht hinter der Bohnenstange stehen.

Ein riesiges Eisentor versperrte ihnen den Weg. Dahinter befand sich ein viereckiger Hof. Der Wind trieb trockene Blätter über den löchrigen Asphalt. *Müsste mal gefegt werden,* dachte Carlo. Zwei Besen standen in der Ecke. Carlo blinzelte. Hatten sie genickt?

Ede hob den Kopf. Carlo auch. JUSTIZVOLLZUGSANSTALT stand in schmiedeeisernen Buchstaben über dem Tor.

Ede kam Carlos Frage zuvor. »Ein Knast.«

Carlo erschauderte.

»Zwo, drei«, sagte Ede und hieb seine Fingernägel über die Saiten der Ukulele.

Carlo holte tief Luft. »Ein Froooind, ein guter Froooind …«

Nach einer endlosen Viertelstunde hatte das Geschrei aufgehört: *»Ein Freund, ein guter Freund!«*

Ein paar verirrte Strahlen der Abendsonne fanden ein Loch in der Wolkendecke. Sie fielen durch die Gitterstäbe auf Bruder Klumpps knochiges Gesicht und färbten es rötlich, was aber auch an seinem erhöhten Blutdruck liegen konnte. Langsam verzog sich sein Gesicht zu einer hässlichen Grimasse. Vor seinem Bauch surrte die Töpferscheibe; das einzige Geräusch in der engen Zelle. Eine halb fertige Vase drehte sich in Klumpps lehmverschmierten Händen.

Jetzt stellten sie also schon Sänger vors Gefängnis. Vermutlich als strafverschärfende Maßnahme. Klumpps Hände legten sich um den Hals der Vase. Sein Blick folgte dem trüben Licht durch die Gitterstäbe bis in den längst wieder grauen Himmel.

Nicht mehr lange, dachte er. *Nicht mehr lange, dann sind wir draußen. Ich und Bankratz und Bramsch.* Klumpp fischte nach einem Zahnstocher und steckte ihn zwischen die gelben Zähne. Seit er das Rauchen aufgegeben hatte, kaute er diese hölzernen Stäbchen.

Ich, Bankratz und Bramsch, wiederholte er. *Vielleicht auch Bruder Schorff. Vielleicht.* Wieder wanderte ein Grinsen durch sein Gebiss. Unermüdlich wurde der Holzsplitter damit zermalmt.

Der Wärter, dieser walrossbärtige Trottel, würde mitspielen. Ganz sicher. Warum? Nun, Klumpp kannte den Grund. Und wenn er *nicht* mitspielte ... Langsam schlossen sich Klumpps Finger um den Vasenhals. Fester. Noch fester. Der Kopf der Vase klatschte auf den Rand der Töpferscheibe. Spritzer von nassem Ton wurden in den Raum geschleudert.

Bruder Klumpp lachte.

»Sie kommen wegen der Stellenanzeige?« Der Walrossbart hinter der Scheibe des Pförtnerhäuschens bewegte sich beim Sprechen kaum einen Millimeter. Er saß unter der geröteten Nase des Gefängniswärters, der misstrauisch aus seiner Kabine heraus die beiden Gestalten musterte. Den kleinen Kugelförmigen, auf dessen Rücken sich ein Rucksack wölbte. Wie beim Nikolaus. Und den baumlangen Lulatsch daneben, der seinen Hut tief in die Stirn gezogen hatte. Über seiner linken Schulter hing so etwas wie eine Schrumpfgitarre. Er starrte am Pförtner vorbei auf das Gefängnisdach. Eine zerzauste Elster saß dort und starrte zurück.

»Wegen der Stellenanzeige?«, fragte der Walrossbart noch einmal.

Der Nikolaus sah ihn mit unruhigen Äuglein an. »Wir können singen«, wisperte er. »Soll ich mal …«

»Schnauze«, knurrte der Lange, ohne den Blick von der Elster abzuwenden. Ede war, als würde er sie kennen. »Genau. Wegen der Stellenanzeige.«

»Aber Ede …«

Ein einziger Blick genügte und Carlo verstummte.

»Aha«, sagte der Pförtner. Etwas sparsam, die Vögel. »Der letzte Koch hat's nicht lange ausgehalten. Hier bei uns. Was können Sie denn? Kartoffeln, Reis, Nudeln?«

Edes Augen richteten sich auf den Walrossbart. Sie wurden feucht. Dann holte Ede tief Luft.

»Kalbssteak unter der Steinpilzkruste an Cognacrahmsoße mit Kartoffelgalettes und Trüffelsauercreme serviert mit glasierten Karotten und gegrilltem Wolfsbarschfilet, begleitet von geräucherter Entenbrust an Orangenhonigsoße mit Fingermöhren und Gärtnerinsalat zur Gänsestopfleber und bretonischer Trüffel neben Zuckermaispüree und glaciertem Kaviar an Weinbergschnecken auf jungem Atlantik-Steinbutt umrahmt von Honig-Lavendel-Krokant über Currymayonnaise auf Avocadotörtchen unter karamellisiertem Ochsenschwanz und bayerischen Flusskrebsen zu grünen Spargelspitzen und Erbsenminzpüree!«

Dem Pförtner standen Augen und Mund weit offen. Wie hätte er auch wissen sollen, dass Ede all die Speisekarten der Restaurants, in denen sie einen Auftritt gewagt hatten, auswendig gelernt hatte. Vor lauter Hunger.

»Na, wenn das so ist«, nuschelte es unter dem Walrossbart – da hatte Ede erneut seine Lungen gefüllt.

»Geschmortes Bandscheibenragout vom Weiderind mit warmem Artischockensalat und Kapernsardellentapenade in einer

Sinfonie von eingelegten Kaiserstühler Kirschen und geröstetem Buttermilch-Dessert auf ...«

»Haaalt!«, schrie das Walross und kletterte ächzend aus seiner Kabine. Umständlich schloss er das Eisentor auf und bat das ungleiche Paar herein.

Auf dem Hof standen noch immer die zwei Besen. Eigentlich hatten die beiden Wanderer nur nach einer leichten Arbeit fragen wollen. Zum Beispiel den Hof fegen. Für einen Teller Suppe und eine Mütze voll Schlaf auf einer richtigen Matratze. Die Nächte im Wald wurden täglich kälter. Und wenn es demnächst noch zu schneien begann ... die Besen nickten verständnisvoll. Über ihnen blickten fünf Reihen vergitterter Fenster auf den Hof hinunter. Carlo war, als starrten sie ihn alle an. Und sein Magen fühlte sich, als drehe sich dort eine *Schweinshaxe nach Müllerinart* oder wie das Zeug hieß, von dem Ede gerade dem Pförtner vorgeschwärmt hatte.

»Und sagen Sie ...« Der Walrossbart hüpfte mittlerweile voll kindlicher Freude. »... das Hirschfilet begleiten Sie mit mariniertem Steinpilzsalat?«

Carlo sah Ede heftig nicken. Carlo nickte ebenfalls.

»Sehr gut, sehr gut.« Der Wärter leckte sich genüsslich die Lippen. Er öffnete die Tür zu einem Nebengebäude. Der Flur war schlecht beleuchtet und noch schlechter belüftet. Es roch nach ranzigem Fett und Kohlsuppe, was Ede nicht eine Sekunde aus seiner Hochform brachte. Er plauderte, als hätte er sein Leben lang nichts anderes getan, über *Cannelloni an braisiertem Chicorée mit Crostini und eingelegter Pattaya-Mango*. Vermutlich hatte weder der Wärter noch Ede jemals in ihrem Leben so etwas gesehen. Geschweige denn gegessen. Die Ukulele auf Edes Rücken machte dazu bei jedem Schritt ein leises *Pling*.

Carlo trabte hinter ihnen her. Seinem Magen war es schnurzpiepe, was *braisierter Chicorée* sein mochte. Und was das um alles in der Welt mit ihm und Ede zu tun hatte. Und was sie in diesem muffigen Flur wollten. Mit den schwer gesicherten grau lackierten Türen. Und diesem schmuddeligen Schaukasten, in dem ein noch schmuddeligerer Zeitungsartikel hing, offensichtlich schon seit längerer Zeit.

Köche gesucht, lautete die Überschrift.

Ach so. Zumindest Carlos immer verzweifelter knurrendem Magen gefiel die Antwort.

Eine halbe Stunde später standen die beiden frischgebackenen Küchenchefs zwischen Töpfen und Pfannen, Tiegeln, Tellern und Tassen. Und waren einigermaßen ratlos.

»Und jetzt?«, wagte Carlo zu fragen.

Ede antwortete nicht. Die Hände auf dem Rücken verschränkt wanderte er von Schrank zu Schrank. Ein paarmal grunzte er anscheinend zufrieden, dann stöhnte er so schrecklich, dass Carlo begann sich Sorgen zu machen. Walross hatte sie mit einem seligen Lächeln verlassen und gesagt, sie sollten doch bitte gleich das Abendessen bereiten. Für fünfzig Häftlinge und zehn Mann Personal – und für die beiden Vorkoster. Dabei hatte Walross sie augenzwinkernd angegrinst. Wenn die Vorkoster es überlebten, hatte er noch hinzugefügt, bekämen auch alle anderen was. Carlo hatte nur genickt. Er war sich sicher, dass ihm heute alles schmecken würde. Selbst kalter Reis mit Ketchup.

Ede hatte seinen Rundgang beendet. Er hängte die Ukulele an einen Fleischerhaken, schnappte sich einen riesigen Topf und drückte ihn Carlo vor den Bauch.

»Vollmachen«, knurrte er.

Carlo nickte und hievte den Bottich in ein badewannengroßes Waschbecken.

»Was gibt's denn?«

Spritzend plätscherte der Wasserstrahl in den Topf.

»Risotto alla tomato«, brummte Ede.

Carlo sah ihn mit großen Augen an.

Wie so oft hatte Ede das Gefühl, sämtliche Fragen, die Carlo in diesem Leben noch stellen würde, bereits zu kennen. »Reis mit Ketchup.«

Klumpp hatte den Zellenboden und sich selbst halbwegs von den Lehmspritzern befreit. Ächzend setzte er sich auf den Drehhocker und angelte nach einem neuen Zahnstocher. Neben ihm sackte der Rest der erwürgten Vase auf der Töpferscheibe zusammen. Klumpp starrte auf die graue Masse. Wenn er eins hasste, dann Töpfern. Mit jedem Tag mehr. Mit jedem Tag in diesem elenden Knast. Und wer war schuld daran, dass sie hier hockten, töpferten und dünne Suppe zu löffeln bekamen? An der dünnen Suppe zumindest der alte Koch. Er war schließlich auf Klumpps Drängen entlassen worden. Hoffentlich fand man bald einen neuen. Einen besseren! Klumpps Augen suchten wieder den inzwischen schwarzen Himmel hinter den Gitterstäben. Und seine Gedanken wanderten um ein gutes Jahr zurück.

Mönche waren sie gewesen. Im Kloster Sankt Florian, mitten in Bresel. In Bresel, diesem elenden Kaff. Klumpp lachte lautlos. Sicher, Abt Florestan war gestorben. Ertrunken, nun ja. Aber hatte man ihnen etwas nachweisen können? Und auch Todd war tot. Todd Emmerich, der Totengräber von Bresel und der letzte Großmeister der Knodomarianer. Auch bei dem alten Knacker hatte man ihnen nichts nachweisen können. Gar nichts! Indizien, hatte es geheißen, die Indizien hätten ausgereicht, um sie lebenslänglich hinter Schloss und Riegel zu sperren. Ihn, Bankratz und Bramsch. Und Schorff, um den es ihm nicht leidtat. Klumpp bleckte die gelben Zähne. Fast sah es so aus, als wollte er wieder lachen, aber kein Laut drang aus seiner Kehle.

Ja, Todd Emmerich und die Knodomarianer! Die waren ihr Glück und ihr Unglück gewesen. Klumpp spuckte den Zahnstocher in die Vasenreste. Geheimbund und so. Mit den sogenannten *Drei Kreisen der Erleuchtung*. Wenn man die betrat, durfte man sich *Erleuchteter des Ersten Kreises* nennen. Oder des Zweiten oder … schon klar. Und sich für was Besonderes halten. Für *auserwählt* und so. Man bekam auch diese bescheuerten Gesetze zu lesen: *Knodomars Gesetze*. In dieser bescheuerten Schrift. Wie hatte sie Todd genannt? – *Breselner Runen!* Klumpp drückte mit einem neuen Zahnstocher ein paar Striche und Häkchen in den Tonmatsch.

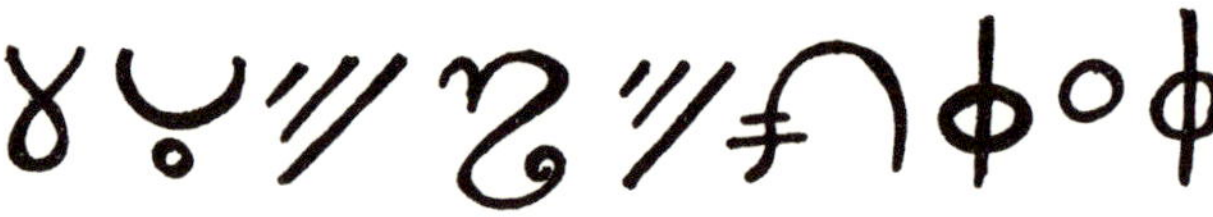

Der alte Todd war der letzte Großmeister von diesem Hokuspokus gewesen, wie gesagt. Und er hatte die Sache richtig ernst genommen. Die Welt durch Knodomars Gesetze zu einem glücklicheren Ort machen, das wollte er, und was solchen Leuten noch alles einfiel. Und alles vollkommen gratis! Dummerweise wollte die Welt nicht so wie Todd. Er war alt und gebrechlich geworden und ein Nachfolger war weit und breit nicht in Sicht. So hatte er sich in seiner Verzweiflung eines Tages an einen der Florian-Mönche gewandt. An Bruder Klumpp. Genau an den Richtigen!

Klumpp erhob sich mühsam. Er hatte es vom endlosen Töpfern im Kreuz. Verflucht! Er schlurfte hinüber zu einem Eimer. Eine dreckige, stinkende Brühe befand sich darin. Klumpp zog eine Vase daraus hervor. Spritzend klatschte die Jauche zurück in den Eimer. Schmutzige Schlieren hafteten in den Rillen auf der Außenwand der Vase.

Todd hatte ihn damals zu seinem Nachfolger erwählt, zum neuen Großmeister der Knodomarianer, hatte ihn in alle Feinheiten des Knodomar-Ordens eingeweiht. In seine Gesetze, seine Schrift, das volle Programm. Vor ... das mochten jetzt drei Jahre her sein. Und Bankratz und Bramsch zu seinen Stellvertretern ernannt. Bankratz und Bramsch, die jetzt in den Nachbarzellen hockten und auf Klumpps Ideen hofften.

Als Klumpp damals zusagte, hatte er schon längst andere Pläne. Warum, um Himmels willen, sollte die Erleuchtung zum Nulltarif sein? Wer nahm etwas ernst, was es umsonst gab? Nein, man musste die Sache ganz anders anpacken. Klumpp richtete eine entsprechende Seite in diesem praktischen Ding ein, das man das World Wide Web nannte – knodomar.de, wie originell. Und siehe da, es waren viele, massenhaft – Klumpp grinste –, die bereit waren, für diesen Schmu zu bezahlen. Einen Tausender hier, einen dort. Und sie durften sich *Erleuchtete* nennen, durften den nächsten Kreis betreten und die bescheuerten Gesetze des Knodomar in dieser bescheuerten Schrift lesen.

Klumpp betrachtete noch immer versonnen die Vase. Wer es nicht besser wusste, könnte ihr Alter leicht auf viele hundert Jahre schätzen. Entstehungsdatum: etwa Knodomars Zeit. Falls es diesen Kerl überhaupt je gegeben hatte. Todd hatte es immer steif und fest behauptet. Der arme Trottel! Und wie war er wütend geworden, als er von Klumpps Geschäftsidee Wind bekam. Wie hatte der alte Totengräber getobt. Doch sein Fehler war nicht, dass er mit der Polizei gedroht hatte. Was Klumpp und die anderen taten, war ja nicht strafbar. Die Leute glaubten eben dran und zahlten dafür, kein Problem! Nein, Todds tödlicher Fehler war, dass er an die Öffentlichkeit hatte gehen wollen. Dass er die Gesetze des Knodomar der Allgemeinheit hatte zugänglich machen wollen. Wer würde dann noch dafür zahlen? Tja, kurz darauf verstarb Todd, verabschiedete sich sozusagen zu Knodomar. Und sie hatten endlich freie Hand: Klumpp, Bankratz und Bramsch. Und später auch Schorff, weil er ihnen auf die Schliche gekommen war. Nun gut, es reichte auch für vier. Längst.

Mittlerweile landeten täglich Hunderte auf dieser Internetseite. Je geheimnisvolleres Zeug Klumpp dort reinschrieb, desto mehr Besucher meldeten sich an. *Je größer der Kuhfladen, desto mehr Fliegen schwirren um ihn herum.* Altes Breselner Sprichwort. Klumpp grinste. Und eines von Knodomars Gesetzen.

Dass sie inzwischen im Knast saßen, änderte kaum etwas an ihrer geschäftlichen Tätigkeit. Auf die Internetseite hatte Klumpp weiterhin Zugriff, dank dieses *erleuchteten* Wärters. Des Riesenwalrosses. Und wenn nur einer von den täglichen Hundert anbiss ... die Rechnung war nicht schwer. Hatten sie dann erst mal angefangen, wollten die meisten nicht mehr aufhören. Wollten bis zu den letzten *Geheimnissen* vordringen. Plus der *Erlaubnis,* dann selbst seine Mitmenschen erleuchten zu dürfen. Sprich: abzukassieren.

Nur ein Schönheitsfehler trübte das Bild. Dank dieses vermaledeiten Breselner Kommissars und der Augsburger Gerichte saßen sie nun in diesem Bau. Alle vier, wenn man Schorff dazurechnete. Und sahen den weiten Himmel nur noch durch Gitterstäbe.

Aber nicht mehr lange, das hatte Klumpp sich geschworen. Und er hatte schon so einiges in die Wege geleitet. Dazu gehörte auch diese Vase. Er drehte sie in seinen Händen. Sie sah wirklich echt aus, echt alt. Zumindest älter als zwei Tage. Klumpp hatte wahllos ein paar Kringel eingeritzt. Keine dieser *Runen,* nur irgendwas. Die Leute waren trotzdem ganz verrückt danach.

Und dazu gehörte auch der Wärter, dieser Trottel. Gleich würde er kommen und eine der Vasen abholen. Wie jeden Mittwoch. Dann verkaufte er sie auf einem dieser Antikmärkte. Auch das gehörte zu Klumpps Plan, an dessen Ende nichts weniger als die vollständige Zerstörung Bresels stand.

Und wie hatte schon Einstein, der große Mathematiker, gesagt: *Zwei Dinge sind unendlich: das Universum und die menschliche Dummheit. Aber beim Universum bin ich mir nicht ganz sicher.* Klumpp lachte meckernd. Aber bei der Dummheit, da war sich Klumpp ganz sicher! Sorgfältig legte er die tropfende Vase zurück in das Schlammbett neben die sich allmählich auflösenden Schriftzeichen.

Auf dem Regalbrett darüber standen zwei bereits getrocknete Exemplare. Bald würden ein paar Dummköpfe für die echt alemannischen Runenvasen ein Heidengeld ausgeben. Einstein hatte ja so recht!

Da klopfte es. Klumpp wischte hastig die Zeichen weg. Der, der jetzt eintreten würde, war zwar ein Erleuchteter, aber erst des Zweiten Kreises. Er hatte noch nicht genug gezahlt, um die Schrift kennenzulernen.

Klumpp nahm die zwei getrockneten Vasen. Von irgendwoher glaubte er wieder diesen Gesang zu hören. Diese Mischung aus Schreien und Schluchzen. Klumpps Hände verkrampften sich. Draußen wurde der Schlüssel im Schloss gedreht und die Tür aufgeschoben. Im Türrahmen stand der Erleuchtete des Zweiten Kreises. Sein Walrossbart zitterte.

»Verkauf sie nicht zu billig«, knurrte Klumpp.

Der Wärter nickte.

»Und halbe-halbe!«

Wieder ein Nicken.

»Wer schreit da so?«

»Die neuen Köche.«

»Kochen die, wie sie singen?«

Der Wärter verbeugte sich, bis sein Schnauzbart fast Klumpps Füße abwischte. »Hoffentlich nicht«, flüsterte er.

»Ich habe einen Spezialauftrag für dich«, sagte Klumpp.

Langsam richtete sich der Wärter wieder auf. »Einen Spezialauftrag?«

Klumpp nickte ungeduldig. »Weißt du, wo Bresel liegt?«

Schriftzeichen

31 Kilometer südwestlich. Bresel. Spätnachmittag.

Paul Ranunkel hatte sich längst an alles gewöhnt. An wirklich alles. An seinen Namen. An das *Runkel*-Geschrei der Breselner Gören. An seine Nase, die der Grund dafür war. Und an seine Arbeit, an die ganz besonders.

Paul Ranunkel war der neue Totengräber von Bresel. Seit Todd Emmerichs Tod, um genau zu sein. Seit Paul den alten Todd gefunden hatte, damals, auf den Altarstufen der Friedhofskapelle. Vor anderthalb Jahren. Als es noch ein Kloster in Bresel gegeben hatte, mit richtigen Mönchen drin. Jetzt war es umgebaut worden zu einem *Event-Center,* was auch immer das war. Und als noch die alte Baronin Burg Knittelstein regierte. Hoch auf dem Breselberg. Paul nickte. Und der Bürgermeister von Bresel noch nicht Radolf Müller-Pfuhr hieß.

Brummend stieg Paul die Stufen vor der Kapelle hinab. Es war schon lange niemand mehr gestorben in Bresel. Schon zu lange. Wahrscheinlich war also bald wieder einer dran. Aber einen wie Paul konnte man mit so was nicht überraschen. Längst hatte er ein Grab vorbereitet und ein zweites in Arbeit. Paul schulterte den Spaten und machte sich auf den Weg. An der Ruhestätte der Baronin vorbei.

Tusnelda von Knittelstein-Breselberg
1959 – 2008

Kürzlich hatte der Baron – wie hieß der noch gleich? Eduard! – eine neue geheiratet. Paul hatte den Namen vergessen. Pauls Gedächtnis war so löchrig wie seine Socken.

Schnaufend stieg Paul die Leiter in das halb fertige Grab hinab. Also dann. In hohem Bogen flog die erste Ladung Erde durch die Oktoberluft und landete auf einem stetig wachsenden Hügel. Die Erdklumpen zerbarsten beim Aufprall in lauter Brocken, die Lisa vor die Füße kullerten. Ein Brocken war fast quadratisch und sah nicht aus wie ein Brocken. Lisa bückte sich und hob ihn auf.

Lisa war auf der Burg gewesen. Bei ihrer Freundin Josephine von Knittelstein-Breselberg. Also bei Jo. Sie hatten Mathe gelernt, denn die 7b des Adalbertinums schrieb am kommenden Montag einen Test. Jetzt war Lisa auf dem Heimweg zur Eisdiele

Favretti, der besten weit und breit. Und der kürzeste Weg führte nun mal quer über den Friedhof.

»Hallo, Paul«, sagte Lisa und wich einer neuen Ladung Erde aus.

»Pass doch auf!«, brummte Paul. Sein knallroter Kopf ragte gerade noch aus dem Loch.

»Selber!«, rief Lisa und streckte ihm die Zunge raus. Wenn Paul ihr so kam, zeigte sie ihm auch nicht das quadratische Ding. Im Weitergehen kratze sie etwas Erde davon ab. Es hatte eine raue Oberfläche. Auf beiden Seiten. *Rillen,* dachte Lisa. Ein Muster, vielleicht eine alte Fliese. Ließ sich zumindest noch als Blumentopfuntersetzer verwenden.

Lisa verließ das Friedhofsgelände und trabte an den Fischteichen entlang. Noch zwei Monate und man konnte darauf wieder Schlittschuh laufen. Die Oktobersonne war schon fast hinter der Breselbergspitze verschwunden. Lisa hielt die Scherbe in die letzten müden Strahlen – und blieb wie festgenagelt stehen. Deutlich war darauf eine Windrose zu erkennen. Ohne Zögern drehte Lisa den *West*-Pfeil nach oben, wie alle Breselner. Seit Jahrhunderten.

Bresel war die einzige Stadt auf dem Erdkreis, in der Westen oben lag. Vermutlich weil man die Welt mit Blick Richtung Burg betrachtete und dann lag Westen eben oben. Und genauso hatte man die Stadtpläne gezeichnet. Zumindest die alten. Bei einigen neuen war Norden nach oben gelegt worden wie sonst auch überall auf dem Globus. Seitdem konnte man regelmäßig Breselner beobachten, die sich in der eigenen Stadt verliefen oder die Stadtpläne einfach um 90 Grad drehten, damit Westen wieder dort lag, wo sie es gewohnt waren.

Inzwischen hatte Lisa die Lehmreste von der Rückseite gekratzt. Auch hier eingeritzte Linien.

Zwei Stunden später saß das Mädchen in ihrem Zimmer. Lisas Zeichentalent war berühmt, und so hatte sie nicht lange gebraucht, um die Rückseite Strich für Strich auf ein Blatt Papier zu übertragen. So gut sie zu entziffern gewesen war.

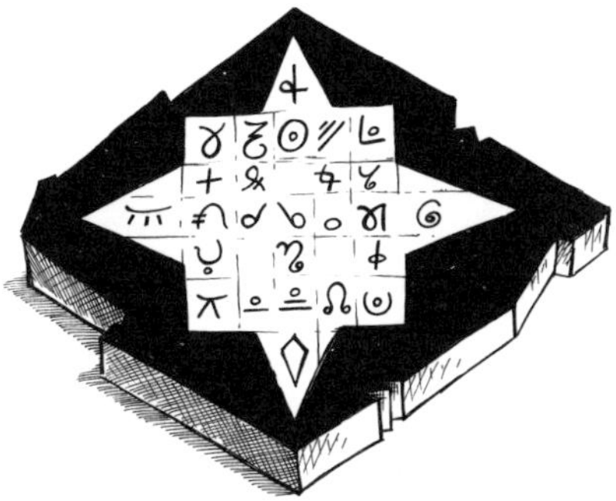

Eine Art Stern. Mit drei Lücken und sechsundzwanzig komischen Dingern. Sechsundzwanzig – ja, was? Kreuze, Schleifen, Häkchen, Kringel. Und keins war doppelt. Wie … wie bei einem Alphabet. Lisa nahm ein neues Blatt.

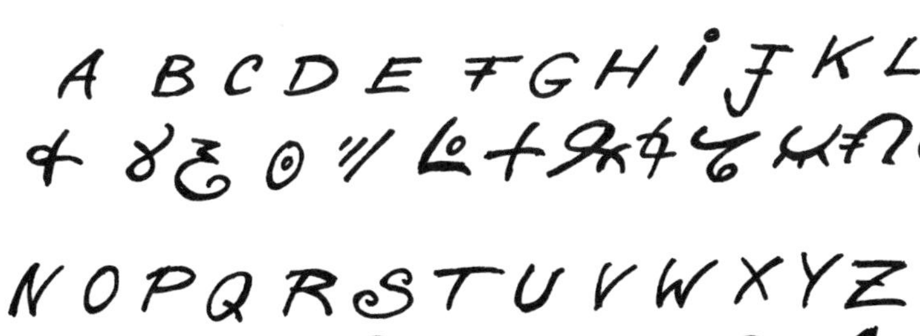

Lisa schaute aus dem Fenster in die Dunkelheit. Unten rief Mama Favretti zum Abendessen. Undeutlich konnte Lisa noch die Umrisse ihrer alten Grundschule erkennen. Mittlerweile ging sie aufs Adalbertinum in Bresel-Neustadt. Und der Direktor vom Adalbertinum war gleichzeitig der ehrenamtliche Vorsitzende des HBM, des Historischen Museums Bresel: Clemens Zuffhausen. Würde den die kleine quadratische Scherbe interessieren? Vielleicht.

Aber ganz bestimmt interessierte sie Jo. Und Jan und Freddie, aber Jungs müssen ja nicht alles wissen.

Was werden die zwei verzweifeln, wenn ich Jo am Montag Briefe schreibe, dachte Lisa. *In der seltsamen Geheimschrift.*

»Lisa!«

Mama Favretti! Und es klang nicht mehr allzu geduldig.

»Ich komme ja schon!«

Montag, 5. Oktober, Adalbertinum.

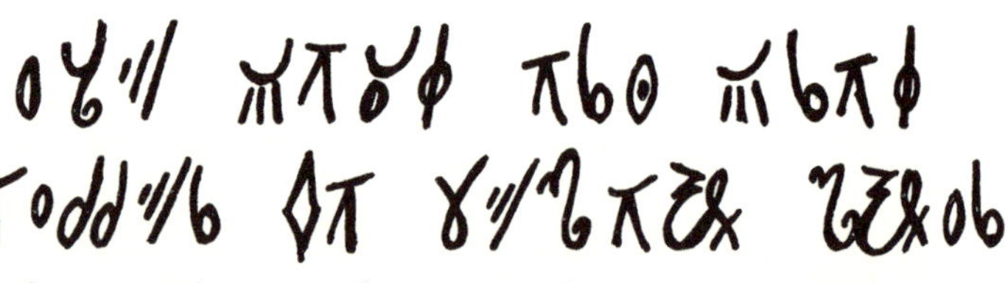

Lisa ließ den Zettel sinken und schaute mitfühlend nach schräg rechts vorn. Dort saß Jo und nickte mit sorgenvollem Gesicht zurück. Kurt und Knut, ihre Cousins aus Augsburg, hatten sich angedroht. Die Kukies. Zwillinge. Doppelter Krauskopf, doppeltes Grinsen, doppelte Sprüche. Alles in allem: doppelt nervig. *Kurz und Gut* nannte sie Jo. Manchmal auch *Kurz und Schlecht.* Und eigentlich waren sie gar keine richtigen Cousins. Jos Stiefmutter Baronin Tusnelda (die im letzten Jahr verstorben war) hatte eine Schwester in Augsburg gehabt: Adelgunde. Stieftante Adelgunde, konnte man sagen. Und die hatte ihre Kindheit auf Knittelstein verbracht und glaubte daher, ein Besuchsrecht auf Lebenszeit zu haben. Jedenfalls benahm sie sich so. Sehr zum Verdruss von Jos Vater, Baron Eduard, und seiner neuen Frau Elvira. Tja, und in gut zwei Wochen war's mal wieder so weit. Die Kukies standen vor den Toren.

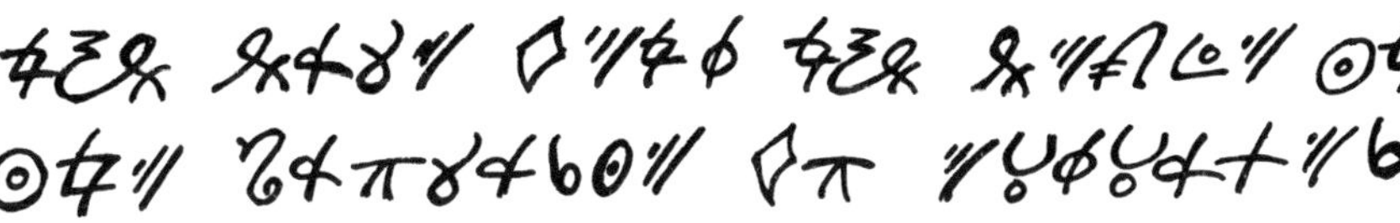

schrieb Lisa zurück. Äußerst praktisch, diese Geheimschrift. Und praktisch, dass Jo sie ruck, zuck gelernt hatte. Freddie und Jan linsten schon neugierig herüber. Aber alles, was sie erkennen konnten, waren Ketten von unverständlichen Zeichen. Freddie zeigte mit fragenden Augenbrauen auf Lisas Zettel. Lisa machte nur ein verwundertes Gesicht, als könne sie Freddies Interesse gar nicht begreifen. Sollte er sich doch ausmalen, was er wollte. Jungs mussten nicht alles wissen, wie gesagt.

In der großen Pause hielt es Freddie, wie zu erwarten war, nicht mehr aus.

»Okay«, sagte er, »du hast dir 'ne Geheimschrift ausgedacht. Jetzt zeig schon her.«

»Warum?«, fragte Lisa und sah Freddie mit großen Augen an. Und einem kleinen Lächeln. Sie drehte sich um und steuerte auf das Schultor zu, wo Jo wartete.

Jan lachte sich kringelig. Er hatte alles beobachtet.

»Das musst du schon geschickter anfangen«, brachte er zwischen zwei Schluckauf heraus, »wenn du was von Lisa willst.«

»Ich will überhaupt nichts von Lisa«, fauchte Freddie und trabte mit extra langen Schritten davon.

»He, warte doch!«, rief Jan hinterher. »Mensch, Freddie, hab dich nicht so. Wann ist heute Nachmittag Probe?«

Die Probe, die Jan meinte, fand um 15 Uhr statt. Im Keller der Musikschule. *Schnürs Enkel,* die beste Rockband zwischen Ulm und Augsburg, hatten dort ihr Equipment aufgebaut. Egon am Bass, Ulli der Langhaarige an der Gitarre, Strothkötter blies das Tenorsax und Jenny hinter den Drums. Und Freddie war für die Keyboards zuständig, obwohl er gerade erst dreizehn war und die andern schon vierzehn oder fünfzehn. Strothkötter (niemand wusste, wie er mit Vornamen hieß) war sogar noch älter. Wahrscheinlich. Seine Familie war zugezogen. Aus Ostwestfalen. Manche Breselner hielten das für mutig.

Jan hatte sich nach den Sommerferien in die Feinheiten des Mischpults eingearbeitet und sorgte dafür, dass Egon nicht alles überdröhnte, sosehr der sich auch anstrengte. Einen von der Sorte hatte man ja immer dabei.

Jenny zählte ein und das Gitarren-Intro startete. Eine Eigenkomposition von Ulli. Metal, was sonst. Freddie stieg mit einem schrägen Orgelriff ein und dann wurde es richtig laut. Egon versuchte es eben immer wieder. Jan regelte ihn entnervt fast auf null.

»Jetzt tust du ihm aber unrecht«, brüllte eine Männerstimme in Jans Rücken.

Jan fuhr erschrocken herum. Er hatte ihn nicht kommen hören. Wie auch. Der lange Rubens Bogdanov grinste von einem Ohr zum anderen. Klavierlehrer an der Musikschule, zum Beispiel auch von Freddie. Er schaute öfter mal rein.

»Bass ist zu wenig. Dafür könnte Jenny etwas runter.«

Jan wurde auf der Stelle rot wie eine Tomate. Hastig nahm er die Korrekturen vor. Freddie zog ihn auch schon damit auf. *Jan hätte wohl seine Vorliebe fürs Schlagzeug entdeckt.* In der Preisklasse eben. Dabei fand Jan nur, dass Jenny es echt draufhatte. Musikalisch.

»Und auch sonst«, hatte Freddie vor ein paar Tagen lässig ergänzt und die Augenbrauen dabei hochgezogen. Jan hatte kaum gewusst, wo er hinschauen sollte. Und jetzt auch noch Bogdanov. Hauptsache, da kam nicht noch was nach. Letzter Refrain, Jenny trommelte ein Solo in den Schlussakkord, und *zang!*

Bogdanovs Mähne nickte begeistert. »Nicht schlecht!«, brüllte er in die plötzliche Stille. »Jungs, kommt mal her.«

Jenny wandte sich auf der Stelle um und war schon halb aus der Tür, als Bogdanov schaltete.

»Und Mädel natürlich«, grinste der lange Lehrer. »Was bin ich unaufmerksam.«

»Männer!«, sagte Jenny und kam betont langsam zurückgeschlendert. Sie stellte sich neben Jan hinters Mischpult und sah

Bogdanov auffordernd an. »Was gibt's denn, was *auch* ein Mädchen interessieren könnte?«

Bogdanov hielt ihrem Blick stand. »Es betrifft euch alle miteinander«, sagte er. »Leider.«

Zehn Minuten später war die Stimmung auf dem Nullpunkt. Bresel wurde größer. Wie schön. Bresel hatte einen Einwohnerzuwachs von sieben Prozent zu verzeichnen. Strothkötter grinste, als wäre er allein dafür verantwortlich. Und die Musikschule schätzte sich glücklich, mehr Anfragen zu haben als je zuvor. Und – o Wunder – trotz aller Sparzwänge wurden drei neue Lehrer eingestellt. Na, prächtig. Bis auf einen kleinen Schönheitsfehler: Das Kellergeschoss des alten Gemäuers sollte saniert und umgebaut werden. Für weitere Unterrichtsräume. Ab nächster Woche.

»Ja, und wir?«, fragte Blitzmerker Egon.

Bogdanov nickte. »Eben.«

Freddie war wie immer in Sekundenschnelle auf hundertachtzig. »Für 'n Event-Center ist Geld da. Wird ja nächste Woche eröffnet. Mit Erlebnisbad und Spaß-Therme und weiß der Geier.«

»Ist ja auch nicht halb so laut wie wir.« Ulli der Langhaarige trat gegen Egons Verstärker.

»Pass bloß auf, Junge!« Bei seinem Verstärker war Egon eigen.

»Ich bin *für* das Event-Center«, sagte Jenny und nahm eins von Jans Kaugummis. »Gibt doch sonst kein brauchbares Hallenbad in Bresel.«

»Jaja, weil dein Alter da Bademeister ist«, blaffte Ulli.

»Manager«, entgegnete Jenny kühl.

»Ich find den Namen scheiße«, sagte Jan. »Aber das Schwimmbad ist okay.«

»War klar.« Freddie blickte gelangweilt an Jan vorbei auf Jennys kauende Kiefer.

»Nun macht mal halblang.« Rubens Bogdanov war aufgestanden. »Das sind wirklich zwei verschiedene Paar Schuhe, das neue Event-Center und die Musikschule. Fest steht, ihr braucht einen anderen Proberaum.«

»Und den gibt's nicht in den heiligen Hallen.« Ulli gähnte. »Weder in diesen hier noch in den neuen.«

»Wann wird denn das Teil eröffnet?«, fragte Egon.

»Samstag«, antwortete Freddie.

Ulli stand auf. »Gehen wir hin?«

»Jungs, macht keinen Quatsch«, warf Bogdanov ein.

»Danke!«, sagte Jenny schnippisch und schlenderte zur Tür. »Das Mädel jedenfalls wird da sein.«

Freddie beobachtete Jan scharf. Jan blickte interessiert auf die Regler seines Mischpults.

Was für ein gutes Team waren sie immer gewesen. Die letzten Jahre. Lisas Augen wanderten von einem zum anderen. Schon in der Grundschule. Und erst recht auf dem Adalbertinum. Und was für eine Freude, als sie alle in einer Klasse landeten. Der 6b. Letztes Jahr. Hitzkopf Freddie, der schlaksige Jan. Und Jo, die sie in einer finsteren Höhle kennengelernt hatten. Tief im Breselberg. Schnee von gestern. Jetzt waren sie in der 7b angelangt und alles sollte anders sein? Als ob jeder – Lisa suchte nach einem passenden Ausdruck – seine eigenen Wege einschlug. Wie oft hatten sie früher zusammengesessen, genau wie jetzt, in Favrettis Eisdiele, und hatten eine XXL-Portion geviertteilt. Nachdenklich stopfte Lisa einen Löffel Kiwi-Mango-Eis in den Mund. Freddie schimpfte schon wieder, wie so oft in letzter Zeit. Diesmal über das blöde

Event-Center im ehemaligen Florian-Kloster. Und über die noch blödere Musikschule, die den Proberaum gekündigt hatte.

»Eigentlich braucht ihr ein ganzes Haus«, warf Lisa dazwischen, um Freddies Redestrom zu unterbrechen. »Am besten ohne Nachbarn. Da kann eure Band Krach machen, so viel sie will.«

»Krach!«, schnaubte Freddie und verdrehte die Augen.

»Du weißt, wie ich das meine«, sagte Lisa und reagierte nicht auf Freddies Gesten. »Und einen Ausstellungsraum für meine Bilder.«

»Die dann beim ersten Gitarren-Solo von den Wänden fallen«, nervte Freddie.

»Und Jonny braucht Platz für seine Eisenbahn.« Es war nicht klar, ob Jan das ernst meinte. Jonny war sein kleiner Bruder. Jetzt verdrehte Lisa die Augen. Es war der Wurm drin. Ganz eindeutig. Regen prasselte an die Fensterscheibe. Herbst.

Jo saß schweigend in einen Sessel gekauert. Sie strich sich die langen dunklen Haare aus dem Gesicht und starrte in den Regen. Ihre Blicke trafen sich. Lisa wusste sofort, dass Jo den gleichen Gedanken hatte wie sie.

»Sag du's«, forderte Lisa sie auf.

Jo zog einen Zettel aus der Hosentasche. Und grinste, endlich. Der zerknitterte Wisch war bedeckt mit seltsamen Zeichen.

»He, Jungs. Wollt ihr's nun wissen oder nicht?«

Großer Go-hott

In Augsburg war auch Herbst.

»Bresel wird in die Luft fliegen!«, murmelte Bruder Klumpp leise. »Vernichtet, ausradiert!« Er bleckte die Zähne. Ein heiserer

Laut verließ seine Kehle, der entfernt an ein Lachen erinnerte. Er nahm die Vase aus dem Eimer und legte sie zum Trocknen unter das vergitterte Fenster. Eine neue Vase mit ein paar krakeligen Zeichen drauf wurde in die stinkende Brühe getaucht.

Wo blieb der Kerl bloß? Der *Erleuchtete des Zweiten Kreises.* Klumpp spuckte in den Sud und schob einen weiteren Zahnstocher zwischen die Zähne. Das Walross!

Klumpp hatte sich beim Hofgang am Morgen mit seinen Mitbrüdern beraten. Mit Bankratz und Bramsch. Nicht mit Schorff. Bankratz und Bramsch waren zuverlässig, waren hart. Schorff nicht. Die beiden waren jetzt in Klumpps Pläne eingeweiht.

Klumpp grinste wieder. Sicher, auch sie waren Dummköpfe. Aber anders als Schorff. Und noch brauchte er sie.

Wo zum Teufel blieb der Kerl?

Ein Schrei zerriss die Stille des Gefängnisses. Gefolgt von einem zweiten. Einem dritten. Begleitet vom heftigen Schlagen einer Gitarre oder so was. Klumpp presste die Handballen auf die Ohren. Das war nicht fair. Sicher, die vier Ex-Mönche saßen wegen Mordes. Trotzdem war Folter verboten. Auch in Augsburg!

»Wenn die schon nicht kochen können, sollen sie wenigstens nicht singen!«, fluchte Klumpp. Dann trommelte er mit beiden Fäusten gegen die Zellentür. Wo blieb der Schnauzbart bloß?

Draußen rasselte ein Schlüsselbund. Jemand brummte ärgerlich. Endlich fand der Wärter den richtigen. Quietschend öffnete sich die Tür.

»O Großmeister der erleuchteten Mitte und Hüter der Gesetze Knodomars!« Walross buckelte, so tief es seine alten Knochen zuließen. »Ich bringe Eurer Erleuchtung das Abendbrot.«

»Wenn's nicht wieder so 'ne Pampe ist wie gestern«, knurrte Klumpp. »Tritt ein, Erleuchteter des Zweiten Kreises.«

Er betrachtete den Hinterkopf des Wärters. Wie eine Wanze kroch er vor dem *Großmeister.* Bereit, sich zertreten zu lassen. Aber nicht jetzt. Noch nicht. Klumpp brauchte auch ihn noch.

»Setz dich!«, befahl er.

Walross stellte ein Tablett mit belegten Broten auf den Tisch und ließ sich schnaufend auf einem hölzernen Hocker nieder.

»Hab ich selbst geschmiert«, flüsterte er. »Weil doch gestern dem Großmeister das Abendbrot nicht …«

»Schon gut, danke«, unterbrach ihn Klumpp. Das unterwürfige Getue ging ihm auf die Nerven. Einerseits. Andererseits kam es ihm natürlich gerade recht. »Hör zu!« Klumpp fischte ein Schnittchen vom Tablett. Lachs mit Mayonnaise – ja doch! Er zog einen gefalteten Zettel aus der Häftlingsjacke. »Hier«, schmatzte er. »Ein paar Bestellungen.«

Der Wärter griff nach dem Zettel. »Ich … ich …«, begann er leise, »ich würde euch ja hinauslassen. Aber Ihr wisst, Herr, ich habe keinen Generalschlüssel für …«

»Jaja«, unterbrach ihn Klumpp ungehalten. »Lies! Kannst du das besorgen?«

Walross überflog den Zettel. Mit jeder Zeile wurde er blasser. »Aber … Meister …«

»Kannst du oder kannst du nicht?« Klumpp kam zentimeterweise näher.

Walross zögerte mit der Antwort.

»Dein nächster Aufstieg wäre der Dritte Kreis.« Klumpps Stimme war nur noch ein beschwörendes Raunen.

»Ich hab das Geld noch nicht zusammen«, zitterte der Walrossbart.

»Darüber können wir reden«, sagte Klumpp. »Wenn du die Sachen besorgst. Die ganze Liste.«

Das Zittern des Wärters verstärkte sich. Fast sah es aus wie ein Nicken.

»Na also«, knurrte Klumpp und trat ans Fenster, verschränkte die Arme und schaut hinaus. Die Audienz war beendet. Langsam erhob sich der Wärter und schlich zur Tür.

»Ach, noch was.« Klumpp drehte sich nicht mal um. »Wenn die beiden Schreihälse noch mal …«

»Wird nicht wieder vorkommen«, murmelte der alte Mann. »Wird nicht wieder …«

Die Tür fiel ins Schloss. Fast zögernd drehte sich der Schlüssel. Klumpp starrte durch die Gitterstäbe. Draußen war es schon fast Nacht.

Nicht mehr lange.

Punkt 20 Uhr hob Bruder Schorff die Arme. Ein Schwung nach innen, dann sausten die Hände senkrecht nach unten. Allmählich begannen einige Männerstimmen zu brummen. Oder zu röhren, je nach Temperament.

»Großer Go-hott wir lo-ho-ben dich!«

Schorff dirigierte tapfer weiter. Auch als Carlo wie ein Vögelchen weit heller als der Rest tirilierte. Ede trat ihm mit Schmackes auf den Fuß, was den Gesang seines dicken Kumpels in unerreichbare Höhen trieb. Jedenfalls für Normalsterbliche unerreichbar.

Hinter Carlo öffnete der breite Bruder Bankratz lautlos die Lippen. In seinen Augen stand die blanke Mordlust. Bruder Bramsch mit der Narbennase ahnte Schlimmes und packte den Arm seines Nachbarn. Offensichtlich in letzter Sekunde. Carlos endgültige Rettung kam dann von noch weiter hinten. Bruder Klumpp beugte sich zwischen Bramsch und Bankratz vor.

»Es geht los«, sagte er.

Der Gefängnischor sang so ohrenbetäubend, dass nur die beiden ihn verstehen konnten. Bankratz und Bramsch nickten.

»Sagt Schorff nichts davon. Noch nicht.«

»Müssen wir ihn mitnehmen?« Bankratz hatte sich halb nach hinten gedreht.

»Ich weiß noch nicht.« Klumpp schielte nach vorn zu dem fuchtelnden Mitbruder. »Vielleicht wird das nicht mehr nötig sein.«

Sein Kopf entfernte sich wieder. Klumpp achtete nicht auf Bramschs fragendes Gesicht. Auch unter den drei *Großmeistern* des Knodomar-Ordens musste nicht alles ausgesprochen werden.

Früher oder später werde ich euch alle nicht mehr brauchen, dachte Klumpp. *Einige früher, einige später.*

Bruder Schorff ruderte mit den Armen durch die Gefängniskapelle, als ginge es schon jetzt um sein Leben.

Außerirdisch

Es war gerade mal ein Jahr her, dass Schorffs Arme den Gesang der Mönche an einem gänzlich anderen Ort dirigiert hatten. Nämlich in der Kapelle des Sankt-Florian-Klosters. In Bresel. Natürlich *vor* der Verhaftung im Herbst letzten Jahres. *Nach* der Verhaftung der vier Mönche hatte der Rat der Stadt Bresel beschlossen, das baufällige Kloster zu renovieren, und zwar gründlich. Der Bürgermeister persönlich hatte Pläne studiert und Vorschläge geprüft. Wochen später hatte es der Stadtrat einstimmig beschlossen: Bresel brauchte ein *Event-Center*. Mit einer *Erlebnis-Therme* und einem Konzertsaal, verschiedenen Ausstellungsräumen und natürlich einer neuen Wirkungsstätte für die Volkshochschule. Nachdem die Archäologen alles Wissenswerte über das historische Gemäuer herausgefunden hatten, war es dann so weit. Es konnte gebaut werden. Den ganzen Sommer über.

Und heute, am Samstag, dem 10. Oktober, wurde das *Event-Center* eröffnet. Mit einem Scherenschnitt von Agathe, der Frau von Bürgermeister Radolf Müller-Pfuhr. Alles, was in Bresel wichtig war (oder sich dafür hielt), war vor der ehemaligen Klosterpforte versammelt. Bäcker Blume und Schneider Böck standen wie die Erstklässler hinter Fridolin Rausch vom Kaufhaus Rausch und Sparkassendirektor Schönemann. Die Damen-Doppelkopf-Runde Hilde Pomsell, Ludmilla Reisich, Martina Dall und Monika Ziehar, umringte Pastor Ambros Himmelmeyer, Schulter an Schulter mit Organist Hannes Bastian Bächle. Und natürlich Clemens Zuffhausen, Direktor des berühmten Adalbertinums und ehrenamtlicher Vorsitzender des Historischen Museums Bresel, HBM. Grün in grün war die komplette Schützenbruderschaft Sankt Luitprand aufmarschiert, heute angeführt von Elfriede Sievers im unvermeidlichen braunen Kamelhaarmantel. Einundsiebzig Jahre alt war sie, aber hüpfte wie ein Schulmädchen.

Etwas abseits beobachteten Rubens Bogdanov und Anke Rufus das Geschehen. Noch weiter abseits Kommissar van der Velde, der offenbar seinen Assistenten suchte. Doch Hinrich hatte sich mit Franka Favretti abgesetzt. Weit abgesetzt. Vermutlich bis Ulm oder noch weiter. Was manche Leute verstehen konnten. Zum Beispiel Jan.

»So ein Scheißname«, sagte er bestimmt zum zwanzigsten Mal. »Event-Center!«

»Warum nicht gleich Multifunktionshalle«, schlug Freddie vor und zeigte in die Menge. »Dahinten. Jo und Lisa.«

Jan winkte ungefähr in die Richtung. Etwas sehr lange.

Freddie schaute genauer. »Nee«, feixte er, »Jenny hat dich nicht gesehen.«

»Blödmann!« Jans Boxhieb verfehlte nur knapp sein Ziel.

Lachend rannte Freddie mitten zwischen die Posaunen der Schützenkapelle und verhinderte so den geordneten Start des ebenso berühmten wie berüchtigten Breselner Defiliermarsches. Und was Posaunisten für Ausdrücke kannten, war schon erstaunlich. Selbst für Freddie.

Endlich klappte der Einsatz und der Marsch rumpelte über die wartenden Breselner hinweg. Einige summten begeistert mit, andere nicht.

Freddie und Jan stopften sich die Zeigefinger in die Ohren und drängelten sich an Elfriede Sievers vorbei. Die Oma dirigierte die Musik mit ausladenden Bewegungen, was Jan beinahe eine schallende Ohrfeige bescherte. Endlich erreichten sie Lisa und Jo – *dong* – mit dem ersten Glockenschlag von Sankt Urban: Punkt zwölf Uhr Mittag. Es ging los.

Dong-dong.

Diding-diding mischte sich das Glöckchen der Klosterkapelle ein. Angeblich sollte sie der heilige Florian selbst aus Bronze gegossen haben. Wahrscheinlich nur eine Legende. Das mächtige Geläut von Sankt Urban wies ihr und dem dünnen Gebimmel der Friedhofskapelle einen Platz in der zweiten Reihe zu. Und wenn man ganz genau hinhörte … nein, nein, das schüchterne *Dingelding* hoch oben auf Burg Knittelstein bildete sich Oma Sievers nur ein. So tüdelig, wie sie war.

Sekunden später gab Herr Bächle dem Musikschulorchester

den Einsatz. Beethovens Neunte. Schlusssatz. *Freude, schöner Götterfunken.* Was sonst. Bis auf die Straße dröhnten die Bläser, Streicher und Pauken. Freddie klatschte seine rechte Hand in Jos, Jan gab Lisa Fünf.

»Was machen die *Enkel*«, fragte Jo, »warum spielen die heute nicht?«

Freddie schnaubte. »Völlig falsches Thema. Erst klauen sie uns den Proberaum, dann sollen wir bei diesem Zirkus spielen?«

»Also nichts Neues.« Lisa pinselte mit einer Zopfspitze Flusen von der Jacke.

»Wie denn?« Freddie lachte. »In den paar Tagen.«

»Achtung, es geht los.«

Clemens Zuffhausen stand an der Klosterpforte und schwenkte eine glänzende Nachtwächterglocke. Wahrscheinlich aus dem HBM. Dann ging ein Raunen durch die wartenden Breselner. Das *Event-Center* öffnete seine Tore. Als hätten sich die Herren Bächle, Zuffhausen und Beethoven abgesprochen, betraten die Festgäste die runderneuerte Aula des Klosters exakt mit dem Einsatz des Chores: *Freude, schöner Götterfunken*.

Ein erhebendes Gefühl, ohne Zweifel. Jedenfalls für die Augenbrauen der Breselner. Chrom glitzerte, Lüster strahlten, schwere Vorhänge schwangen sich elegant von Fenster zu Fenster. Die aufgefrischten Porträts der Florian-Äbte glänzten um die Wette mit den staunenden Gesichtern. Neugierige Finger strichen über die Stofftapeten und wurden von anderen zurechtgewiesen: »Wissen Sie, was das gekostet hat?«

Die Frage wurde von Bauunternehmer Spreißelmeier sofort aufgegriffen. »Nicht wenig«, brummte er und man konnte durchaus einen gereizten Unterton heraushören. Erst recht, als er ergänzte: »Damit haben sie sich verhoben. Aber gewaltig!«

»Ach.« Elfriede Sievers kam näher. »Wer denn?«

Otto Spreißelmeier kratzte sich im Nacken. Jetzt wollte die alte Schachtel es tatsächlich genauer wissen. Da konnte er keinen Rückzieher machen. »Na ja, der Bürgermeister«, begann er, »der Stadtrat natürlich und ...«

»Und?«, fragte Oma Sievers neugierig und schlang trotz des gut geheizten Saals den Kamelhaarmantel enger um die klapprigen Glieder.

»Letztlich müssen wir alle die Suppe auslöffeln.« Spreißelmeier verschränkte verlegen die großen Hände. Genaueres wusste er ja auch nicht.

»So, so.« Oma Sievers ließ den Bauunternehmer mit hochrotem Kopf stehen. *Erst meckern,* dachte sie, *und wenn man reinpikst, ist nur Luft drin.* Sie wandte sich der festlich geschmückten Bühne zu. Dort stand er schon: der Herr Bürgermeister. Radolf Müller-Pfuhr bereitete sich auf seine Eröffnungsrede vor.

Nun, so ganz aus der Luft gegriffen waren Otto Spreißelmeiers Bedenken nicht. Das wussten inzwischen alle, die mit dem Klosterumbau zu tun gehabt hatten. Und besonders genau wusste dies der Bürgermeister selbst. Spätestens seit ihm heute Morgen Doktor Jorgonson die endgültige Rechnung auf den Tisch gelegt hatte. Vorsichtig ausgedrückt musste die Stadt Bresel sich in näherer Zukunft vor großen Sprüngen hüten. Was natürlich gar nicht zu einer Eröffnungsrede passen wollte. Überhaupt nicht. Radolf Müller-Pfuhr breitete die Arme aus, hustete ungeschickt ins Mikrofon und begann. Und zwar wie immer.

»Meine lieben Breselnerinnen und Breselner. Ich bin glücklich. Glücklich, dass ich dank meiner umsichtigen Politik hier und heute für unsere geliebte Stadt in der Fortsetzung der uralten Tradition des Florian-Klosters und mit festem Blick auf eine

Zukunft der Hochtechnologie im Einklang mit der Natur und unserer Umwelt und im Gedenken an die kommenden Generationen Großartiges geleistet habe …«

Oder so ähnlich. Eine Dreiviertelstunde lang. Dann erfüllte donnernder Applaus das *Event-Center* (bei einigen mehr aus Erleichterung über das dringend ersehnte Ende der Rede). Klar, Otto Spreißelmeier klatschte nicht, wie Elfriede mit verärgertem Seitenblick bemerkte. Und klar, dass sie darum umso heftiger applaudierte. Besonders als jetzt Agathe die Bühne betrat, in einem viel zu engen Kleid (bei ihrer üppigen Figur!), rosa geblümt und rüschenbesetzt. Bewaffnet mit einer Riesenschere. Nicht wenige im Saal hielten den Atem an, als sie damit auf ihren Gatten zusteuerte. Der nahm seine Frau beim Arm und führte sie nach hinten. Dort war ein rotes Band gespannt. Warum ausgerechnet dort? Es blieb keine Zeit für solche Fragen.

»Und nun«, rief Radolf, »werden meine Frau und ich …!«

Ritsch hatte Agathe das Band schon durchgeschnitten.

»… ähm … hat meine Frau das Event-Center bereits eröffnet. Und gemeinsam …« Misstrauisch beobachtete er seine Gattin. »… *gemeinsam* wünschen wir ihm eine erfolgreiche Zukunft.«

Agathe strahlte und reckte beide Arme in die Luft. Radolf nahm ihr behutsam die Schere aus den Fingern. Ein Aufatmen ging durch den Saal. Agathe ließ die rosa geblümten Arme sinken. Noch einmal gab es ordentlichen Applaus. Diesmal ohne Oma Sievers. Die hatte sich durch zwei Stuhlreihen gekämpft und knabberte jetzt am Ohrläppchen von Fridolin Rausch. Sozusagen.

»Hat die das bei Ihnen gekauft?«, schrie Elfriede.

»Was denn?«, schrie der Kaufhausbesitzer zurück.

»Na, was wohl.«

Fridolin schaltete einfach ein wenig langsam.

»Nein!« Jetzt wedelte er mit dem Zeigefinger vor Elfriedes Nase herum. »Solche Kleider führen wir nicht.«

»Ach.« Elfriede war ganz offensichtlich mit der Antwort nicht zufrieden.

»Mailand«, brüllte Fridolin Rausch in den verebbenden Applaus. »Glaub ich.«

»So, so«, sagte Elfriede und überlegte, ob Geschmack, Geld und Mode irgendetwas miteinander zu tun hatten. Zumindest nicht in Kombination mit Agathe, entschied sie. Dann schloss sie sich dem Strom der Neugierigen an, der sich nun durch das *Event-Center* wälzte. Durch hell erleuchtete Flure, über eine holzverkleidete Treppe hinab zur *Erlebnis-Therme* mit doppeltem Loop in der Rutsche (Elfriede schüttelte sich), bis zu den neuen Volkshochschulräumen mit einer Ausstellung von Breselner Künstlerinnen. Also den Teilnehmerinnen des diesjährigen Kurses *Kreatives Malen.* Der hatte noch im alten Gebäude der Volkshochschule stattgefunden. Im Museumsweg Nummer 13, der jetzt leer stand.

Unvermittelt tauchte Hilde Pomsell neben Elfriede auf. Ohne Luft zu holen, begann sie ihren Ausstellungsbeitrag zu erläutern. Es war ein Gemälde im weitesten Sinne, wie Elfriede feststellen musste. Komplett grau mit drei gelben Kreisen und in der Mitte ein Kinderdrachen. Oder so ähnlich. Das sei das alte alemannische Zeichen für Z, erklärte Hilde der verdutzten Oma. Es stehe für den Gott Zio und befinde sich im Innersten der Drei Kreise der Erleuchtung, durch die eine Intelligenz von einem recht weit entfernten Sonnensystem gewissermaßen *durch uns* zu den Wurzeln der Existenz dringe. Ob Elfriede sie verstehen würde?

Worauf Elfriede ihr mit wohlwollendem Nicken die Hand auf den rechten Arm legte und »außerirdisch« sagte. »Aber das geht vorbei.« So ernst sie konnte. Dann verließ sie eine verzückte

Hilde Pomsell vor ihren gelben Kreisen. Noch als der letzte Besucher am Abend das *Event-Center* verlassen hatte, stand Hilde dort und murmelte »außerirdisch«.

Genau das hatte dieser Bruder Klumpp auch gesagt. Als Hilde ihn gefragt hatte, woher die seltsamen Gesetze stammten. Die Gesetze des Herrn Knodomar. Von *Außerirdischen,* hatte der Mönch gesagt. Und dass sie nun erleuchtet sei. Im Ersten Kreis. Für eintausend Euro. Niemandem hatte sie davon erzählt, niemand ahnte etwas. Außer vielleicht diese Elfriede Sievers. Wie war sie nur darauf gekommen? *Außerirdisch!*

Und natürlich wusste Agathe davon. Die Gattin des Bürgermeisters. Die hatte Hilde ja mit Klumpp bekannt gemacht. Vor einem Jahr etwa. Die wusste sogar sehr gut Bescheid. Die war doch bereits im Zweiten Kreis. Oder schon im …

Radolf durfte von alledem nichts erfahren. Natürlich nicht. Radolf hatte keinen Sinn für so etwas. Agathe schnitt ein Stück doppelseitiges Klebeband ab. Liebevoll strich sie über die silberne Oberfläche des Papiersterns. Dann pappte sie das Klebestück auf die Rückseite und befestigte den Stern am Ostfenster des Wohnzimmers. Wie mittlerweile an allen Ostfenstern im Haus. Von dort würden sie kommen, hatte Bruder Klumpp geschrieben. In einer E-Mail aus dem Gefängnis.

Agathe trat einen Schritt zurück, strich das rosa geblümte Kleid zurecht und betrachtete ihr Werk. Radolf hatte sie erzählt, es ginge schon auf Weihnachten zu. Ihr Göttergatte hatte gebrummt und war mit dem Breselner Volksblatt im Wohnzimmersessel versunken. Mit den Hobbys seiner Frau hatte er nie viel anfangen können. Rosenzüchterverein *Breselblume.* Kirchenchor *Harmonie.* Und jetzt Weihnachtssterne basteln.

Agathe lächelte still und setzte sich aufs Sofa, Radolf gegenüber. Heimlich winkte sie zum Ostfenster hinüber. Radolf blickte auf. Er betrachtete das Kleid seiner Frau und ihre winkende Hand. Er wusste selbst nicht, was ihn mehr irritierte.

»Strothkötter«, sagte er schließlich.

Agathes Hand zuckte zurück und begann hektisch die Häkelspitzen der Tischdecke glatt zu streichen.

»Ja«, sagte sie, »was ist mit dem?«

»Strothkötter macht Stunk.«

»Schon wieder?«, fragte Agathe und ihr war, als hätte der Stern einmal geblinkt. Der am Fenster.

»Morgen ist Sitzung«, erklärte der Bürgermeister. »Da macht Strothkötter Stunk.«

»Aha«, machte Agathe und überprüfte den Sitz ihres Kleides. Sie wollte immer bereit sein. Radolf sah sie dabei so merkwürdig an. Agathe hob den Kopf.

»Warum?« Musste man ihm denn alles aus der Nase ziehen?

»Ach«, sagte Radolf und zupfte an seinen Nasenflügeln. »Das Center.«

»Das Event-Center?« Agathe wurde langsam unruhig.

»Zu teuer.« Radolf hatte etwas in seiner Nase gefunden. »Behauptet Strothkötter.«

»Und?« Agathe beobachtete Radolfs Finger, die irgendetwas zu rollen schienen.

»Was und?«

»*Ist* es zu teuer?«

Radolf brummte unverständlich. Seine Hand wanderte an der Sessellehne abwärts.

»Ende November ist das Treffen in Basel«, sagte er unvermittelt. »Aller alemannischen Bürgermeister.«

Agathe starrte auf Radolfs Hand, die die Unterkante des Sessels erreicht hatte.

»Da will ich der Vorsitzende werden.«

Die Hand fasste scheinbar zufällig unter den Sessel.

»Aber wenn rauskommt, dass wir Geldsorgen haben …«

»Wir?«, fragte Agathe verwirrt.

Radolf sah sie an. »Wer wir?«

»Geldsorgen.« Agathe hatte ganz andere Sorgen.

»Bresel«, sagte Radolf und zog seine Hand wieder nach oben. Zwischen den Fingern rollte nichts mehr. »Bresel hat Geldsorgen. Wenn das rauskommt, werde ich nie gewählt.«

Agathe holte tief Luft. »Nein«, sagte sie etwas zu laut. »So wirst du nie Vorsitzender.« Agathes Stimme klang jetzt schrill. »Wenn Bresel Geldsorgen hat. Popelige Geldsorgen!«

Sie war aufgesprungen. Radolf starrte sie an. Rosa Blümchen. Noch nie waren sie ihm am Kleid seiner Frau aufgefallen. Und er wollte Vorsitzender werden, unbedingt. Anführer aller alemannischen Bürgermeister. Radolf starrte wie hypnotisiert auf die rosa Wolke, die sich mit wütenden Schritten aus dem Zimmer entfernte.

Aber eines war klar.

Strothkötter macht Stunk!

Fliegentod

Montag, 12. Oktober.

Strothkötter machte Stunk. Und wie!

Strothkötter senior. Zugezogen aus Ostwestfalen. Schon

schlimm genug. Aber es kam noch schlimmer. Kaum in Bresel angekommen hatte Strothkötter den *Sodembu* gegründet. Den *Sozialdemokratischen Bund*. Das hatte es noch nie gegeben. Nicht hier. Nicht solange es die *Bürger-Partei Bresel* gab. Die *BPB* regierte die Stadt seit Menschengedenken. Oder noch länger. Unangefochten. Und jetzt Strothkötter mit den zwielichtigen Nasen des *Sodembu*. Und was machten die? Stunk! Nichts als Stunk!

Moment – aber erst nach …

Bimmelebimmelebim! Bürgermeister Radolf Müller-Pfuhr schwang die goldene Rathausglocke. Bäcker Blume hustete etwas Mehl von den Stimmbändern, Sparkassendirektor Schönemann lächelte kreditwürdig, dann verstummte das Gemurmel. Zu Radolfs Linken saß seine rechte Hand, Doktor Attila Jorgonson, und sortierte nervös einen Stapel Papier. Zu seiner Rechten drehte Agathe einen kleinen fünfzackigen Silberstern auf dem Tisch, bis eine Spitze auf Strothkötter zeigte.

»Meine verehrte Dame, meine Herren!«

Und Agathe, das einzige weibliche Wesen im Saal, errötete. So hatte hier noch niemand seine Rede begonnen. *Meine verehrte Dame*. Agathe blinzelte verstohlen zu ihm hinüber. Heribert Strothkötter. Eigentlich ein stattlicher Mann, nur dummerweise in der falschen Partei. Leider.

Strothkötter hatte sich erhoben. Der Saal hielt den Atem an. Leise kratzte der Federhalter des Reporters vom Breselner Volksblatt.

»Schulden«, sagte Strothkötter ruhig, »Schulden.« Er ließ seinen Blick über die Gesichter der Stadträte gleiten und landete bei Agathe. Ihr wurde heiß und kalt. »Wäre jede einzelne Blume auf dem Kleid der verehrten Bürgermeistergattin ein Tausender, es würde nicht reichen für die Schulden der Stadt Bresel.«

»Ä-häm«, machte Radolf Müller-Pfuhr in die Unruhe, die sich im Saal ausbreitete. Aus den Augenwinkeln versuchte er die Anzahl der Blumen auf Agathes Kleid zu schätzen. Wie wahrscheinlich jeder gerade. Strothkötters Rechnung konnte stimmen.

»Der Bau des Event-Centers zum Beispiel – doppelt so teuer wie geplant! Und all die Schätze, die im Klostergemäuer gefunden wurden, all die kostbaren Stücke aus der Breselner Gründungszeit – restauriert von hoch bezahlten Experten. Und nun sitzt das HBM auf turmhohen Rechnungen und horrenden Versicherungssummen. Niemand weiß, wer die bezahlen soll. Niemand!«

Strothkötter hielt inne. Bäcker Blume schielte am Scheitel des Bürgermeisters vorbei. Darüber auf dem Ölgemälde überragte der Turm von Burg Knittelstein das Städtchen wie ein drohender Zeigefinger. Eine grün schillernde Fliege setzte sich auf die Turmspitze und krabbelte weiter zu der Windrose mit Westen oben. Dann stürzte sie sich in den Saal und steuerte auf Bäcker Blume zu. Absichtlich.

Strothkötter hatte Blumes Blick bemerkt, natürlich. Und grinste.

»Moderne Zeiten in Bresel«, fuhr er fort. »Wir müssen das Bild dort«, er deutete haarscharf über den Bürgermeisterscheitel, »nur auf die Seite kippen. Das wäre die Wirklichkeit. Norden ist heutzutage oben, meine Dame, meine Herren, und Bresel liegt flach. Bresel hat sich übernommen und liegt am Boden. Dank der uneinsichtigen Politik von Bürgermeister Müller-Pfuhr! Meine Herren, verehrte Dame, ich danke Ihnen.«

Agathe schluckte. Ihre Gesichtsfarbe näherte sich der ihres Kleides. Was bildete sich dieser Kerl ein? Was wusste ein Ostwestfale, wo in Bresel Norden war! Die Stille im Saal war bedrückend.

Bis Bäcker Blume klatschte, einmal. Es staubte, dann war die

Fliege tot. Umständlich wischte er seine Hände an der Hose ab. Dann flüsterte er: »Über dreihundert.«

Aller Augen wanderten wie von einem gemeinsamen Faden gezogen wieder zu Agathes Kleid. Agathe wurde puterrot.

»Mehr«, sagte Strothkötter.

Die Stadtratssitzung war zu Ende. Agathe war förmlich nach Hause geflüchtet. Bäcker Blume hatte die sterblichen Überreste der Fliege von seiner Hose gekratzt und sich Strothkötter genähert.

»Woher wissen Sie das eigentlich?«, hatte Radolf noch gehört, dann waren die zwei zu aller Erstaunen abgezogen. Gemeinsam.

Radolf hatte Doktor Jorgonson am Arm gepackt und nach draußen geschleift. Zum Kunibald-Brunnen. Der eiserne Ritter war die Zierde des Marktplatzes. Er hatte Burg Knittelstein vor über tausend Jahren erbaut. Die Breselner hatten ihn daraufhin als Reiterstandbild vor Sankt Urban verewigt. Ob aus Furcht oder Verehrung, da war sich selbst Museumschef Zuffhausen nicht sicher.

»Was können wir tun?« Radolf war immer noch blass wie der Oktoberhimmel.

Doktor Jorgonson zuckte mit den Schultern. »Schulden abbauen«, sagte er dann.

Als ob das so einfach wäre.

»So einfach ist das nicht.« Der Bürgermeister sah den Doktor strafend an.

»Oder verkaufen«, sagte der ungerührt.

»Was? Verkaufen?«

Doktor Jorgonson nickte. »Zum Beispiel Kunst.«

Davon verstand Radolf nichts. Jorgonson seufzte und begann eine Erklärung. »Kunst bringt Geld. Viel Geld. Wir wären nicht die Ersten.«

Radolf sah ihn noch immer ohne den Anflug von Verstehen an.

»Denk doch mal nach«, flüsterte Jorgonson und musterte Kunibald misstrauisch. Nein, der hielt dicht. »Was haben wir nicht alles im Kloster gefunden. Eine wertvolle Chronik, massenhaft Grabbeigaben aus der Ritterzeit, eine reichhaltige …«

»Du meinst …«, unterbrach ihn Radolf.

»Ist nur ein Vorschlag«, sagte Doktor Jorgonson. »Statt teure Versicherungen zu bezahlen …«

Dong!

In diesem Augenblick meldete sich die riesige Glocke von Sankt Urban wie eine Mahnung an das Gewissen des Bürgermeisters.

Dong!

Beim zwölften Schlag war Ritter Kunibald wieder allein auf dem Marktplatz. Er streckte sich. Nur ein ganz klein wenig. Dieses ewige Stillstehen! Und dieses Geschwätz! Er wäre die Sache ganz anders angegangen. Wie vor eintausend Jahren. Da hausten hier diese Spinner. *Knodomarianer,* wenn ihn sein verrostetes Hirn nicht täuschte. Aber nicht lange. Und die paar, die Kunibald übrig gelassen hatte, mussten ihm Steuern zahlen. Und dieses Eisengestell auf den Brunnen setzen. Zitternd vor Furcht.

So ging das, wenn man ihn fragte. Aber ihn fragte ja niemand mehr.

Gegen 16 Uhr.

»Wir können ja Kunibald fragen«, schlug Jan vor. *Schnürs Enkel* hatten sich in Favrettis Eisdiele getroffen.

»Wieso?«, fragte Lisa, die acht Eisportionen auf einem Tablett balancierte.

»Der ist doch der Chef von Knittelstein.«

»Nicht mehr«, sagte Jo. Sie war kurz nach Mittag schon bei Lisa eingetrudelt. Mathe lernen, das Übliche. »Aber ich wüsste, wen ihr stattdessen fragen könntet.«

Jan sah sie überrascht an.

Jo verdrehte die Augen. Dann zeigte sie auf ihren Bauchnabel. »Also, wie lautet die Frage?«

»Ach so«, sagte Jan.

Ulli der Langhaarige starrte auf Jos Bauchnabel und zog langsam den Eislöffel aus den Zähnen. »Nach 'nem neuen Proberaum«, nuschelte er.

»Auf der Burg?«, fragte Jo und nahm den Finger von ihrer Körpermitte.

»Na ja …«

»Ach nee«, schmatzte Egon dazwischen. »Wisst ihr, wie schwer ein Bass ist?«

»Zu spielen?«, fragte Strothkötter junior.

Egon brauchte einen Moment. »Blödmann!«, fauchte er dann. »Zu schleppen natürlich! Bis zu dem Laden da oben.«

»Da gibt's Busse«, sagte Jo. »Ziemlich regelmäßig.«

»Ich fänd's klasse.« Jenny schabte mit ihrem Löffel eine Delle in Jans Kiwi-Mango. »Klar, für abends war die Musikschule echt nicht schlecht. Das hat keinen gestört.«

»Und das *war* vielleicht laut!« Jan schaute knapp an Egon vorbei und bediente sich an Jennys Zitroneneis. Freddie grinste breit und hätte fast die Zitronenportion auf die Nase gekriegt.

»War ja nur 'ne Idee«, sagte Jo achselzuckend und probierte einen Löffel von Freddies Schokolade.

Jan fiel vor Lachen beinahe vom Stuhl. Freddies Gesicht!

Ulli schaute verwundert auf. Er hatte vor lauter Eisreinschaufeln von alldem nichts mitgekriegt. »Mein Alter sagt, die Volkshochschule steht leer.«

Egon war die allgemeine Heiterkeit ein Rätsel. Entsetzt schaute er Ulli an. »Ich will keinen Volkshochschulkurs …«

»Das Haus steht leer, du … Bassist«, sagte Ulli mit ausgesuchter Höflichkeit. »Neben dem HBM.«

»Wieso?«, fragte Egon.

»Die Volkshochschule«, Ulli drückte den Rücken durch, als hielte er einen Vortrag an eben diesem Institut, »ist umgezogen.«

»Ach«, sagte Egon.

»In das neue Event-Center.«

»Scheißname«, warf Jan ein.

»Wissen wir.« Freddie fischte nach Jos Krokanteis. Jo zog es schnell genug weg.

»Und jetzt steht die Hütte leer.«

»Das Event-Center?« Egon war noch immer nicht auf Ballhöhe.

Jenny ignorierte Egons Frage. »Da sollten wir uns mal drum kümmern.« Sie suchte ihre Jacke. Die hing über Jans Stuhllehne. Jan gab sie ihr.

»Danke«, sagte Jenny. »Ich muss los.«

Zehn Minuten später war die Eisdiele geräumt. Jo half Lisa noch, die Tische abzuwischen und die Stühle zu ordnen. Dann verabschiedete sie sich ebenfalls.

»Am Wochenende kommen sie«, sagte Jo noch.

Lisa verzog schmerzhaft das Gesicht. »Kurz und Schlecht?«

»Steh mir bitte bei.« Jo drückte die Tür auf.

»Für solche Gelegenheiten hat man doch eine Freundin.« Lisas Gesichtsausdruck war nicht sehr überzeugend. Sie blieb in der

Tür der Eisdiele stehen und sah Jo lange nach. Sie beneidete Jo nicht. Nicht um diese Verwandtschaft. Kein bisschen.

Halleluja

Der Regen trommelte ans Fenster. Es war ein trüber Morgen. Ein sehr trüber Morgen. Dienstag, der 13. Oktober. Das stand jedenfalls auf dem Kalender neben der ungeputzten milchigen Glastür. Wahrscheinlich das Datum von heute, wenn Hinrich nicht vergessen hatte den täglichen Zettel abzureißen. Kommissar van der Velde brummte. Wie neulich, als er beim Schwabentreffen der Dienststellenleiter eingeladen gewesen war. In Augsburg. Und er einen Tag zu spät eintraf. Nur weil Hinrich vergessen hatte … ist klar.

Van der Velde streifte seine Schuhe von den Hacken. Linker Fuß auf den Schreibtisch, rechter Fuß daneben.

»Was grinst ihr so?«

An der Wand über dem rechten großen Zeh hingen noch immer der lange Dürre und der kleine dicke Glatzkopf. Und grinsten. Seit anderthalb Jahren. Weiterhin verdächtig, die Breselner Sparkasse um etwa fünfhundert Kröten erleichtert zu haben. Vermutlich waren sie damit bis zum Gardasee gekommen. Der Kommissar machte Zehengymnastik. Und nahm sich vor, das Plakat wegzuwerfen. Seine rechte Hand fischte ein Kaugummi aus der Hosentasche, seine linke angelte nach dem Breselner Volksblatt, das Hinrich auf den Schreibtisch gepfeffert hatte. Die rechte entblätterte das Kaugummi und die linke schlug die Zeitung auf. Der Kaugummistreifen wanderte hosenwarm in den Mund – aber der Mund klappte nicht zu. Der Kommissar las:

Schulden wie Blumen auf Müller-Pfuhrs Kleid

Heribert Strothkötter senior (Sodembu) verglich in der gestrigen Ratssitzung die Höhe der Schulden der Stadt Bresel mit der reichen Blumenzier auf dem Kleid der verehrten Frau des Bürgermeisters, Agathe Müller-Pfuhr.
Dies sei, so kommentierte Schneidermeister Bert Böck die Vorwürfe, völlig aus der Luft gegriffen. Die Stadt Bresel, allen voran der Herr Bürgermeister, hätte sich mit der Umgestaltung des ehrwürdigen Sankt-Florian-Klosters zu einem modernen Event-Center keineswegs übernommen. Ebenfalls sei die finanzielle Ausstattung des Historischen Museums auf Jahre gesichert und die Versicherung der wertvollen Bestände bezahlt. Auch wenn gewisse Zugezogene die Breselner Stadtverwaltung mit Schmutz bewerfen würden, so Schneider Böck.
Außerdem, betonte Bürgermeister Müller-Pfuhr, sei die Volkshochschule über ihren Umzug in das Event-Center hochzufrieden. Was mit dem alten VHS-Gebäude geschehen solle, sei noch unklar. Anstatt die Blumen auf dem Kleid seiner Gattin zu zählen, fügte Müller-Pfuhr hinzu, solle der Herr Strothkötter sich lieber einer sinnvollen Beschäftigung widmen.
So weit das Neueste aus dem Rathaus.

Van der Veldes rechte Hand rollte das Kaugummipapier zu einer kleinen Kugel, klemmte sie zwischen Mittelfingernagel und

Daumen und traf den Papierkorb. Seine Zähne zerquetschten den Gummistreifen. Die linke Hand zerknüllte das Breselner Volksblatt und traf …

Hinrich blieb in der Tür stehen. Sein Gesichtsausdruck verriet die tiefe Sorge, die er sich um seinen Chef machte. So gereizt, wie der in letzter Zeit war. Hinrich bückte sich langsam und hob den Papierball auf. Van der Velde deutete nur müde auf den Abfalleimer.

»Was gibt's, Hinrich?«

»Post.« Sein Assistent reichte ihm einen Bogen mit dem unverkennbaren Briefkopf der Augsburger Polizeibehörde. Van der Velde betrachtete ihn misstrauisch. Hatte er wieder einen Termin verpasst? War heute vielleicht schon wieder ein Tage später?

»Eine Inspektion«, erklärte Hinrich.

»Geht's etwas genauer?«, knurrte van der Velde.

Hinrich nickte. »Nächste Woche Freitag. Da kommt ein Sachverständiger aus Augsburg und überprüft die Sicherheit unserer Zelle.«

Der Kommissar sah Hinrich durchdringend an. »Unserer Zelle?«

Hinrich hielt dem Blick stand. »Im Keller«, sagte er.

Im Keller des Kommissariats befand sich die einzige Gefängniszelle von ganz Bresel. Seit van der Velde sich vor zwei Jahren dort versehentlich selbst eingesperrt hatte (und Hinrich ihn am nächsten Morgen schlafend auf der Holzpritsche gefunden hatte), war niemand mehr in dem kleinen Raum gewesen – mit der Klo-Ecke und dem Lattengestell. Nicht mal die Putzfrau.

Van der Veldes Blick löste sich von Hinrich und wanderte zu dem Fahndungsplakat. Die beiden einzigen Kandidaten für die Kellerzelle seit Langem waren ihm durch die Lappen gegangen. Und jetzt kam so ein Kontroletti der mächtigen Augsburger Zentrale, die sich bisher noch nie sonderlich um Bresel gekümmert hatte. Geschweige denn um van der Velde. Um ihm einen besser bezahlten Job anzubieten, nur so zum Beispiel. Aber jetzt auf einmal.

Der Kommissar brauchte das Wort *Warum?* gar nicht auszusprechen. Hinrich zuckte schon mit den Schultern.

»Keine Ahnung«, sagte er.

Und van der Velde hatte den unangenehmen Eindruck, dass der Lange und der Dicke auf dem Plakat grinsten.

Der lange Ede und der dicke Carlo sangen aus Leibeskräften.

»Haaaaalleluja, halleluja, halleluja!«

Bruder Schorff hatte gesagt, das Lied sei von *Hendl*. Das brachte Ede auf eine gute Idee für das nächste Mittagessen. Ansonsten war ihm herzlich egal, wer sich das Lied ausgedacht hatte. Hauptsache, Bruder Schorff gab ihnen rechtzeitig den Einsatz. Was heute irgendwie nicht klappte. Noch weniger als sonst. Bruder Schorff stand vor dem Gefangenenchor wie ein Gespenst. Fahrig flatterten seine Arme vor den bunten Kapellenfenstern auf und ab. So wurde aus dem *Hendl* kein halbes und kein ganzes. Zitternd ließ Schorff die Arme sinken. Das, was man mit viel Wohlwollen Gesang nennen konnte, erstarb.

»Ich kann heute nicht«, flüsterte Schorff. Mit unsicheren Schritten ging er an den Männern vorbei, drückte sich in einer Betbank in die hinterste Ecke und schlang die Arme um den dürren Leib. Und rührte sich nicht mehr. Die Chormitglieder sahen sich an. Endlich räusperte sich Bankratz.

»Ja, also«, sagte er, »beginnen wir mit der Messe.«

Der schwere Mann drängte sich durch den Chor und betrat den Altarraum. Er wartete, bis sich die Männer auf die Bänke verteilt hatten. Carlo setzte sich neben Bruder Schorff und betrachtete ihn neugierig. Der zitterte wie Wackelpudding. Carlo bekam Hunger. Sein Magen knurrte vernehmlich. Ede schob sich neben ihn und sah ihn warnend an. Als Letzter setzte sich Bruder Klumpp in die Reihe. Schorff wimmerte leise und Carlo rückte ein Stück von ihm ab. So richtig geheuer war der ihm nicht.

Schorff starrte mit weit aufgerissenen Augen nach vorn. Er sah Bankratz die Arme ausbreiten, sah wie durch einen Schleier, dass sich sein Mund bewegte. Bankratz' Stimme hallte wie aus kilometerweiter Ferne in seinem Kopf.

»Und so heißt es schon im zweiten Gesetz: Alle suchen den Kern, spuck du ihn aus! Und eine andere Überlieferung sagt: Wenn du oben und unten, vorne und hinten und jede Seite zusammenpresst, so bleibt nichts als die Mitte. Aber was willst du dort?« Bankratz holte tief Luft. »Meine lieben Mitbrüder. Was will Knodomar, der große Alemannenkönig uns damit sagen? Eins ist klar: Wir sollen bei keinem Ding in den Kern beißen, sondern in das saftige Fleisch drum herum. Die Kerne spucken wir den Römern auf die Helme. Oder, um in der heutigen Zeit zu bleiben, wir verkaufen die Mitte, diesen Kern, für viel Geld. Wenn ihr versteht, was ich meine.«

Schorffs Blick war wie verschleiert. Heute Morgen noch hatte Klumpp dort am Altar gestanden. Mit seinen gelben Zähnen. Auch er hatte von Knodomar gesprochen. Von der Mitte der Kreise, von dem Kern der Sache. Und dem Geld, das sie damit verdienten. Sie, die vier Knodomarianer. Er hatte sie in aller Morgenfrühe in die Kapelle befohlen. Laut gelacht hatte er über die Dummköpfe, die vielen Dummköpfe. Die alle zu dieser Mitte wollten, zu Knodomars Geheimnissen. Die sämtliche Kreise durchschreiten wollten. Natürlich nicht umsonst. Nein, für viel

Geld. Elend viel Geld! Was hatte sein Lachen zwischen den Säulen der Kapelle gedröhnt. Und was hatte er geflucht. Denn sie kamen nicht ran an den Reichtum. Sie saßen seit einem Jahr in diesem verdammten Gefängnis.

»Raus!«, hatte er geschrien. »Wir müssen hier raus!«

Und dann hatte er Bankratz, Bramsch und Schorff seinen Plan dargelegt. Eine Bombe, hatte er gesagt, eine Bombe würde hochgehen.

Wo?

Natürlich in Bresel, wo sonst? Wer hatte sie denn in diese Lage gebracht? Und danach würden sie mit weiteren Bomben drohen. Und man würde ihnen glauben, dort in Bresel. Glauben müssen!

Wie er das anstellen wolle, das mit der Bombe?

Das sollten sie nur ihm überlassen. Alles sei längst vorbereitet. In der *Heiligen Nacht,* da würde die erste hochgehen. Und dann würde man sie freilassen. Aus Angst vor weiteren Bomben, ganz sicher. Und sie kämen an das Geld heran. Er, Klumpp, wisse, wo es liege. All die gebunkerten Scheinchen, die diese Mitte-Sucher gezahlt hatten, die *Erleuchteten der Drei Kreise.* Die auf dem vertrockneten Kern herumkauten, den jeder Knodomarianer ausspucken würde. Wie es bereits im zweiten Gesetz geschrieben stand.

Klumpps Lachen war fürchterlich gewesen.

Schorff riss die Augen auf. Bankratz war riesig geworden. Reichte vom Fußbodenmosaik bis zur Spitze des Kreuzes, das in der Kuppel über dem Altar hing. Seine Pupillen glühten.

»Spucken wir sie aus, hat Knodomar gesagt. Brüder, spucken wir ihnen die abgenagten Kerne vor die Füße und sie werden gierig danach greifen, als wären es Edelsteine der Wahrheit. Auf Knodomar!«

Bankratz hob einen goldenen Becher und trank einen großen Schluck. Dann ließ er ihn herumgehen. Es war wirklich Wein darin, stellte Ede fest. Carlo kicherte, als wäre er nach der Pfütze, die Ede ihm übrig gelassen hatte, schon betrunken. Mit betrübtem Blick reichte er das Gefäß an Schorff weiter. Leer.

Schorff starrte hinein. Dann ließ er den Kelch fallen. Scheppernd rollte er über den Steinboden. Für einen Moment hielt die Versammlung den Atem an.

»Reiß dich zusammen!«, zischte Klumpp in die Stille. Dann stand er auf und verließ mit Bankratz und Bramsch die Kapelle. Die übrigen Chorsänger folgten ihm. Sie hatten sowieso nichts von der Predigt verstanden. Sie waren gekommen, weil Chorsingen immer noch besser war, als Löcher in die Zellenwand zu starren. Vermutlich glaubten sie, Bankratz hätte es erwischt. Gefängniskoller. Er wäre nicht der Erste.

Carlo bildete das Schlusslicht. Am Kapellenausgang zupfte er Ede am Ärmel.

»Was ist?«

Carlo zeigte auf Schorff, der leise murmelnd in der Bank sitzen geblieben war.

»Geht uns nichts an.« Ede schlurfte weiter.

Verstohlen winkte Carlo zu Bruder Schorff hinüber. Die Sache mit dem Kern ging ihm nicht aus dem Kopf. Ob er mal Ede danach fragen sollte?

Carlo stapfte hinter ihm her.

Das Kreuz über dem Altar hing regungslos und stumm. Schorff sah es mit leeren Augen an. Leise wimmerte er. Sie waren doch

Mönche gewesen. Damals. Niemand solle einen anderen töten, hatte es geheißen. Und jetzt? Bomben unter Bresel!

Sag was!

Schorff zitterte wieder.

Das Kreuz blieb regungslos und stumm.

Paresis

Für Lisa, stand oben auf dem Zettel. Unbemerkt nahm er seinen Weg durch die Klasse. Die 7b hatte inzwischen Übung darin.

Klassenlehrer Hagemeier wanderte vor der Tafel auf und ab und erzählte von den alemannisch-römischen Kämpfen: »Sieben Stammesfürsten hatten sich zusammengetan. Suomar, Ursicin, Serapio, Ur, Vestralp und Hortar. Knodomar war ihr Anführer. Sie wollten Caesar Julian verjagen. Das war ein Römer, der sich am Rhein festgesetzt hatte. Mit großem Gefolge zogen die Alemannen nordwestlich Richtung Straßburg. Im Jahre 357.«

Inzwischen war der Zettel bei Lisa angekommen. Jos Schrift, eindeutig. Lisa nickte der Freundin zu und faltete den Brief auf ihren Knien auf.

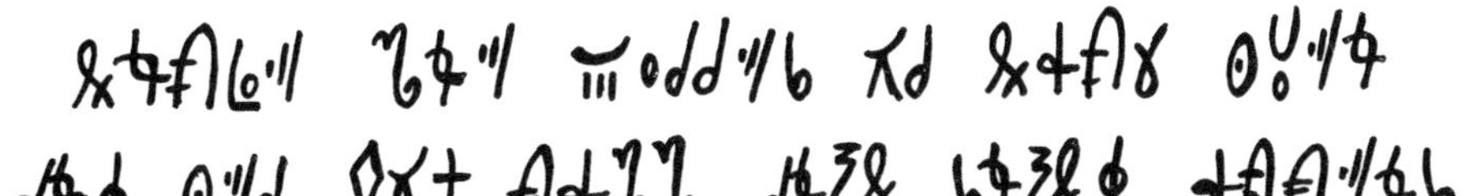

Lisa machte ein gequältes Gesicht und sah zu Jo hinüber. Jo starrte sie mit weit aufgerissenen Augen an. Die pure Panik stand darin.

Aber doch nicht wegen dieser Bonbonlutscher, dachte Lisa.

»Knodomar fühlte sich sicher und wurde übermütig«, dröhnte die Stimme des Lehrers direkt in ihrem Rücken.

Eine Zehntelsekunde später lagen Lisas Finger auf dem Geschichtsbuch, als suchten sie dort die Namen dieser Alemannenkönige.

»Knodomar glaubte, die Römer im Handumdrehen von der Erdoberfläche pusten zu können. Da hatte er sich aber gewaltig geschnitten. Lisa?«

Lisa kniff die Knie zusammen. Hauptsache, der Zettel flatterte nicht auf den Boden.

»Lies mal den Abschnitt auf Seite vierundsechzig. Laut.«

Erschrocken nickte Lisa.

In der Nähe der Stadt Straßburg kam es im Jahre 357 zu einer Schlacht zwischen Römern und Alemannen, über die der Römer Ammianus Marcellinus berichtet. Knodomar war der Anführer der Alemannen, schreibt er, ein tapferer Kämpfer und Heerführer mit stolzer Miene und flammend roten Haaren, furchtlos mit der Lanze, allen anderen überlegen.

Ammianus berichtet weiter, dass Caesar Julian mit nur 13 000 Mann den 35 000 Alemannen gegenüberstand. Siegessicher schickten die Alemannen eine Gesandtschaft an Julian und forderten ihn auf, das Land zu verlassen. Julian lachte nur und beschloss mit seinen wenigen, aber tapferen Leuten gegen die Alemannenstämme anzutreten.

Von Zabern aus zog das römische Heer nach Straßburg, wo

es bereits von den kampfbereiten Feinden erwartet wurde. Doch bevor die Hörner zum Angriff erklangen, verlangten die Krieger der alemannischen Fußtruppen, ihre Anführer sollten von ihren Pferden steigen, damit sie sich nicht davonmachen könnten, wenn es schlimm käme. Knodomar ging mit gutem Beispiel voran und die übrigen folgten ihm. Die Schlacht begann.

Schnell vermochten die Alemannen die römische Reiterei in die Flucht zu schlagen. Dann stießen die Fußtruppen aufeinander. Die Alemannen gingen hitzig in den Kampf, schreibt Ammianus, wie von einer Art Wahnsinn getrieben, um alles, was sich vor sie stellte, zu vernichten. Speere und Spieße flogen ununterbrochen, es regnete Pfeile mit Eisenspitzen, im Nahkampf prallte Schwert auf Schwert. Plötzlich sprang voll Feuer eine Schar von alemannischen Adligen vor, darunter auch Könige. Den anderen voran brachen sie in die römischen Reihen ein. Sie strebten geradezu danach, das Leben hinzugeben für den Sieg. Zwar wurden sie in ununterbrochener Folge niedergehauen und die Römer schlugen schon zuversichtlicher zu, doch es traten immer weitere Angreifer vor, bis sich das Kriegsglück wendete und die Alemannen erschöpft nur noch die Kraft hatten, zu fliehen. Die Römer hieben auf die Rücken der Flüchtenden ein, dass sich die Schwerter bogen. Dann entrissen sie den Alemannen die Waffen. Ungeordnet flohen die Alemannen zum Rhein. Caesar Julian musste die Seinen davon abhalten, dem Feind in die Fluten zu folgen. Man beschränkte sich darauf, vom Ufer mit verschiedenen Geschossen die Fliehenden zu treffen.

Auch Knodomar versuchte zu entkommen. Eine römische Kohorte stellte ihn. Er ergab sich und wurde nach Rom geschickt, wo er im Fremdenlager auf dem Mons Caelius an Altersschwäche gestorben sein soll.

»So sieht es aus«, sagte Herr Hagemeier und schlenderte an Lisa vorbei. »Der Zettel, den dir Jo geschickt hat, liegt übrigens zwischen deinen Füßen.«

Hastig hob Lisa ihn auf. Einige kicherten. Herr Hagemeier setzte ungerührt seine Wanderung durch die Klasse fort.

»Seit dem Klosterumbau kochen wieder die alten Gerüchte hoch. Nämlich dass sich die sieben Alemannenkönige mit Mann und Maus hier bei uns versammelt haben, in Bresel, bevor sie Caesar Julian an die Wäsche wollten. Freddie, ich ahne deine Frage. Hier kommt die Antwort: Man hat schon vor Jahren an drei Stellen in Bresel seltsame Inschriften gefunden. In Stein gemeißelte Runen. Einige Experten vermuten, es handele sich dabei um die Namen dieser Könige. Sie halten es sogar für möglich, dass Knodomar am Fuß des Breselbergs eine Art Kultstätte errichtete und seine Getreuen auf einen griechischen Gott einschwor. Serapis hieß der und war damals schwer in Mode. Besonders bei gallischen Geheimbünden. Nein, Freddie, ich weiß nicht, warum. Knodomars Bruder Mederich jedenfalls war lange Zeit in Gallien gewesen, als Geisel, glaube ich. Als Mederich zurückkehrte, war er offensichtlich von diesen Geheimlehren infiziert worden. So sehr, dass er auf der Stelle seinen Sohn umbenannte. Und zwar in Serapio, nach eben diesem griechischen Gott.«

»Ich nenne dich fortan Frederich«, sagte Jan.

Freddie zog eine Grimasse. »Schweige Er, o Knodojan.«

Herr Hagemeier beachtete die beiden nicht. Er trat gefährlich dicht an Lisa heran, die ihn mit großen fragenden Augen anblickte. Der Zettel war längst über fünf Stationen weitergewandert. Diesmal wohl unbemerkt.

»Das Letzte für heute«, kündigte der Lehrer mit einem Augenzwinkern an. »Der Name *Bresel* beziehungsweise seine ursprüngliche Form *Baresil* könnte – und das sage ich mit aller Vorsicht – auf die noch ältere alemannische Form *Paresis* zurückgehen.« Herr Hagemeier hatte die Tafel erreicht und schrieb *Paresis.* »Hat jemand eine Idee, was dahinterstecken könnte? Lisa?«

Lisa biss die Zähne zusammen. Sie versuchte, nicht überrascht auszusehen. »Paresis?«

»Ich denke, ich habe deutlich geschrieben.«

Lisa nickte langsam. »Das ist ein Anagramm.«

»Anna-wer?«, fragte Freddie und starrte sie ungläubig an.

Lisa schnappte sich einen ihrer Zöpfe und pinselte damit über ihre Nase. Freddie schüttelte nur den Kopf.

»Siserap«, schlug Jan vor. Aber so einfach war die Lösung des Buchstabenpuzzles nicht.

»Serapis«, sagte Lisa.

Herr Hagemeier nickte anerkennend. »Gut.« Er kam einen Schritt näher. »Sehr gut. Zur Belohnung brauchst du mir auch nicht Jos Zettel auszuhändigen.« Er wandte sich an den Rest der Klasse. »Lisa hat recht. Einige Wissenschaftler – übrigens auch Herr Zuffhausen, unser Direktor – glauben, der Name *Bresel* sei aus *Serapis* entstanden. Manche meinen sogar, dass der Serapis-Kult noch heute in gewissen Köpfen herumgeistert. Nein, nicht in deinem, Freddie. Kennst du übrigens die drei mannsgroßen Runensteine?« Herr Hagemeier wartete Freddies Antwort gar nicht ab und fuhr fort: »Beim Umbau des Klosters ist kürzlich ein vierter aufgetaucht. Den werden wir in ein paar Wochen besichtigen. Ich habe für den vierten Dezember einen Besuch im Historischen Museum gebucht. Verdreht nicht so die Augen. Etwas Wissen über eure Vorfahren schadet nicht.«

»Mir reicht's, dass ich meine Eltern kenne«, grummelte Freddie.

Einige lachten.

»Meine Omas sind auch nicht übel«, verlängerte Jan. »Aber Knotmichmal …«

Ein gnädiges Schellen beendete die Stunde.

Die Bahnhofsuhr zeigte 13.26 Uhr.

»Vorsicht an Gleis drei. In wenigen Minuten hat Einfahrt der Zug von München nach Frankfurt über Augsburg, Bresel, Ulm, Stuttgart, Heidelberg und Darmstadt. Zurücktreten bitte!«

Jo hatte sich bei Lisa untergehakt.

»Wieso, beim Knodomar, besuchen die dich eigentlich noch?« Lisa betrachtete sorgenvoll Jos Miene.

»Sind eben Nachkommen von Adelgunde«, war die knappe Antwort.

»Weiß ich«, sagte Lisa.

»Und Adelgunde ist die Schwester von Tusnelda.«

»Weiß ich auch.«

»Und Tusnelda war mit meinem Vater verheiratet.«

»War!«

»Deshalb sind wir überhaupt auf Knittelstein gelandet, Papa und ich.«

»Jaja.« Lisa war nicht die Spur zufrieden. »Die sind überhaupt nicht deine Cousins, wenn ich das richtig sehe. Und Tusnelda schläft längst bei den Regenwürmern.«

Jo seufzte. »Knodomar hab sie selig.«

»Sag mal …« Lisa blickte Jo in die Augen.

Jo schüttelte nur mit dem Kopf. »Nein. Papa will weder Adelgunde noch ihrem Nachwuchs die Besuche verbieten. Adelgunde ist auf Knittelstein aufgewachsen und …«

»Das meine ich doch gar nicht.«

»Was denn?«

»Knodomar.«

»Knodomar?«

Lisa nickte.

»Du meinst … Adelgunde gehört zu diesem … Geheimbund?«

Lisa ließ resigniert die Schultern sinken. »Nein, das auch nicht.«

»Weiße Frau spricht in Rätseln.«

»Die Schrift.«

Jo schaute nicht sehr intelligent aus der Wäsche.

»Unsere Geheimschrift.«

Allmählich dämmerte Jo, worauf Lisa hinauswollte.

»Diese Namen auf den Steinen. Runen, hat Herr Hagemeier die Zeichen gena…«

Mit kreischenden Bremsen fuhr der Zug aus Augsburg in den Bahnhof. Ein Schaffner hustete in seine Trillerpfeife und Sekunden später ertönte ein Indianergeheul.

»He, Josephine!«

Na super. Kurt oder Knut (das war auf die Entfernung nicht zu sagen) kannte Jos vollen Namen.

»Und die mit den Strippen am Kopf!«

Damit waren wohl Lisas Zöpfe gemeint.

Mit zwei Hopsern landeten ein doppelter Krauskopf, eine doppelte Trachtenjacke und eine doppelte Kniebundhose auf dem Bahnsteig. Das, was Knut und Kurt so cool fanden.

»Na, Mädels?«

Noch keine zwölf, aber schon den Macker raushängen lassen. Die Daumen in den Hosentaschen schlenderten sie auf Jo und Lisa zu. »Was gibt's denn heute zu Mittag?«

»Reis mit Ketchup«, sagte Jo und drehte sich auf dem Absatz um. »Mitkommen. Der Bus wartet nicht.«

Zwei beleidigte Würstchen zockelten hinter ihr her. Lisa sah ihnen nach. Man kann sich seine Verwandtschaft eben nicht aussuchen. Die drei verschwanden im Bahnhofsgebäude. Der Schaffner pfiff, der Zug fuhr ächzend an. Kurz darauf stand Lisa allein auf dem Bahnsteig. Fast allein. Eine klapperdürre Oma im hellbraunen Kamelhaarmantel studierte den Fahrplan. Lisa kannte sie, natürlich. Wer kannte die nicht? Dann verschwand auch Oma Sievers durch die Tür unter dem Dreimeterschild:

BRESEL HAUPTBAHNHOF

Bresel.

Baresil – Paresis – Serapis. Die ollen Alemannen. Hatten dem Serapis gehuldigt, geopfert oder was auch immer. Und mindestens vier ihrer Könige hatten also ihre Namen in Steine gemeißelt, die von den sparsamen schwäbischen Nachfahren wiederverwendet worden waren. Und wann? Als der Ort noch Baresil hieß? Oder schon Bresel? Lisa zuckte mit den Achseln und setzte sich in Bewegung. Sie hatte diese Runensteine noch nie gesehen. In ihrer linken Hosentasche fühlte sie die raue Tontafel. Lisa beschloss, Herrn Hagemeier nach den Steinen zu fragen.

Plötzlich blieb sie stehen. Was stand dort?

KNO

Nein. KNOTEN. BANKNOTEN. Auf einem Werbeplakat der Breselner Sparkasse.

Lisa sah sich verwirrt um. Der Bahnhof war wie immer. Als ob es eine Wahrheit auf den ersten Blick und eine auf den zweiten oder dritten gibt. Ein altes Breselner Sprichwort sagte: *Trau keinem Punkt, es könnte ein Wurm sein!*

Lisa schüttelte sich wieder. Rasch verließ sie den Bahnhof.

Jo war mehr als froh, dass Lisa anrief. Zwar waren ihre netten Beinahe-Cousins aus dem Alter raus, um Ritter und Burgfräulein zu spielen. Immerhin. Aber Jo gefangen zu nehmen und sie in den Knittelsteiner Verliesen verhungern zu lassen, war auch nicht viel lustiger. Elvira hatte Jo in letzter Sekunde retten können, hatte den Knaben die Seile abgenommen, mit denen sie Jo fesseln wollten, und sie gehörig strammstehen lassen.

Elvira war Jos neue Mutter, konnte man sagen. Eigentlich war sie das schon seit bald zehn Jahren, seit Jos richtige Mutter starb. In Augsburg, bei einem Autounfall. Da hatte Jo zwei Jahre bei Elvira verbracht, zwischen Heiligenfiguren und rissigen Ölbildern, denen Elvira zu neuem Glanz verhalf. Jo wäre gern dortgeblieben, doch das einsame Herz ihres Vaters geriet auf verschlungenen Wegen an Adelgunde von Breselberg-Rummelpott. Und an deren Schwester, was weitaus schlimmer war. Tusnelda von Knittelstein-Breselberg, unverheiratet und in ständiger Angst, es auch zu bleiben. Der gnädige Mantel des Vergessens mag über die Gründe gebreitet werden, warum Eduard diese Tusnelda ehelichte. Jedenfalls hieß er danach Baron Eduard und zog mit seiner Tochter nach Bresel auf die Burg Knittelstein.

Die Jahre, die andere Kinder in der Grundschule verbrachten, litt Jo unter der Fuchtel des spitznasigen Fräulein Sibylle von Oelmütz. Die einzige Abwechslung bestand aus ihren *Cousins* Kurt und Knut, die regelmäßig einfielen, um mit ihr Ritter und Burgfräulein zu spielen. Wie gesagt.

Tusnelda starb. Nicht alle Einzelheiten ihres Todes sind aufgeklärt. Auch nicht die Frage nach ihrer Verbindung zu den Florian-Mönchen, den ehemaligen, und deren Mitwirken am Tod des damaligen Abtes. Und dem Tod von Todd Emmerich. Immerhin hatten die Indizien gereicht, die Kerle hinter Schloss und Riegel zu bringen. Klumpp, Bankratz, Bramsch und Schorff. Und zwar lebenslänglich. Das war das Gute an der Geschichte.

Das Beste aber war, dass Baron Eduard sich in Elvira verliebte und sie im vergangenen Mai heiratete. Das Hochzeitsfest auf Knittelstein wird so schnell nicht in Vergessenheit geraten. *Schnürs Enkel* hatten gespielt und die Klasse von Herrn Hagemeier hatte ein komplettes Musical aufgeführt. Überhaupt gehörte die 7b des Adalbertinums zu den Glücksfällen in Jos Leben. Mitsamt Lisa, Freddie und Jan. Während Kurt und Knut eher zu den Unglücksfällen gerechnet werden mussten. Sie benahmen sich, als hätten sie ein lebenslanges Bleiberecht auf Knittelstein.

Über all das wusste Lisa bestens Bescheid. Und auch wenn die Aussicht auf eine Runde Schwimmen mit den Kukies im *Event-Center* nicht die Erfüllung ihrer Träume bedeutete, so musste sie Jo eine Weile aus den Fängen der Zwillinge befreien. Jo war unendlich erleichtert, als sie Lisas Stimme am Telefon hörte, und sagte sofort zu. Schwimmsachen wurden in aller Eile gepackt und keine Stunde später hatten sich Lisa und Jo in der Sauna des *ECs* versteckt, in der Hoffnung, dass Kurt und Knut sie dort nicht finden würden. Oder der Bademeister die beiden Knalltüten anketten würde. Oder noch besser, mit einem Tritt in den Hintern auf die Straße … na ja, so ähnlich kam's dann auch.

Aber das waren die beiden ja nicht anders gewohnt.

Wir befinden uns im Jahre 357 nach Christus. Ganz Alemannien ist von den Römern besetzt. Ganz Alemannien? Nein! Ein von unbeugsamen Kriegern bevölkertes Dorf hört nicht auf, den Besatzern Widerstand zu leisten.

Die furchterregende Gestalt von König Freddie saß auf einem eisernen Ross und befreite im Augenblick Bresel. So wie er rumschrie, war zu vermuten, dass es dem Caesar Julian ziemlich schlecht erging. Doch sein Knappe Jan schien nicht sehr beeindruckt zu sein.

»Armer Kunibald«, sagte er und blinzelte in die Abendsonne, die gerade vom Sankt-Urban-Turm aufgespießt wurde. Freddie saß hinter dem Eisenritter auf dem Zossen und krakeelte, dass Pastor Himmelmeyer besorgt aus der Kirchentür schaute.

»Wo ist denn das Haus, das Ulli meinte?«, versuchte Jan den Alemannenhäuptling auf den Boden des 21. Jahrhunderts zurückzuholen.

»Was für 'n Haus?« Caesar Julian hatte weiterhin schlechte Karten. Sehr schlechte.

»Wo mal die Volkshochschule drin war.«

»Aaaaaaaah!« Offensichtlich des Caesars Ende. »Volkshochschule?«

»Mensch, Freddie, jetzt komm mal runter.« Jan war mindestens ebenso genervt wie Pastor Himmelmeyer. »Das leer steht.«

Schwitzend kletterte Freddie vom Pferderücken.

»Ach ja«, sagte er. »Keine Ahnung.« Freddie setzte sich auf den Brunnenrand und deutete ungefähr in Richtung Rathaus. »Beim Museum.«

Jan holte tief Luft. »Was denn nun? Keine Ahnung oder beim Museum?«

»Guck mal dort.«

Das war keine sehr fröhliche Versammlung, die um die Rathausecke geschlichen kam. So ähnlich mussten die Römer ausgesehen haben, nachdem der Alemannenkönig Freddie ihnen was auf die Mütze gegeben hatte. Vorneweg Jo, gefolgt von einer Trachtengruppe. Lisa trottete hinterdrein.

»Da ist er!«, schrie es wie aus einem Mund.

Ohne Zweifel hätte Ritter Kunibald die beiden aufgespießt. Wenn er nur gekonnt hätte. So musste er die Kukies ertragen.

»Wir wollten grade nach dem leer stehenden Haus schauen«, sagte Freddie.

Jo blickte ihn flehend an. »Dürfen wir mitkommen?«

»Die Erlebnis-Therme war echt ein Erlebnis.« Selten hatte man Lisa so verzweifelt gesehen. »Da sind wir nämlich soeben rausgeflogen. Nur weil wir zugegeben haben, diese Pappnasen zu kennen.«

»Klar«, sagte Jan gönnerhaft und grinste.

»Kommt, lasst uns abhauen«, murmelte Freddie.

Fast hätten sie es geschafft. Kurz vor dem Rathaus hörten sie Kurtis Schrei: »Ey, die verduften!«

Und schon nahmen sie die Verfolgung auf – kurz bevor Kunibald sie in seinem Brunnen hatte versenken können.

Die ehemalige Volkshochschule war nicht schwer zu finden. Das Schild über dem Eingang hing noch dort. Seit dem Umzug hatte sich niemand mehr um das Gebäude gekümmert. Eigentlich sah es so aus, als wäre es schon vor Jahren aufgegeben worden. Die Farbe blätterte vom Putz, das Regenrohr war zerbeult und aus der Dachrinne wuchs eine kleine Birke. Eine Elster saß darauf und beäugte die Kinder misstrauisch.

Sie gingen näher heran. Die Fenster waren staubig, Spinnweben waren die einzigen Vorhänge. Einige Regale konnte man erkennen und herabgefallene Aktenordner. Die trostlose Stille des Hauses schien sich bis auf die Straße auszubreiten. Stumm wanderten die sechs an der Hauswand entlang.

Nein, natürlich nicht alle sechs. Eigentlich war klar, wer das Schweigen am wenigsten ertrug – und gegen eine Fensterscheibe bollerte, sodass sie klirrend nach innen fiel.

»Mensch, Knut, bist du doof!«, bemerkte Kurt ganz richtig und hieb seinen Ellenbogen in das nächste Fenster. Mit dem gleichen Ergebnis. Jos Wutausbruch war nicht von schlechten Eltern. Drei Minuten später schlichen die Kukies wie geprügelte Hunde hinter Jo her Richtung Bushaltestelle.

»Ich will euch hier nie wieder sehen«, hörten Freddie, Jan und Lisa noch. »Nicht in Bresel und nicht auf der Burg!« Dann verschwanden sie um die Straßenecke.

»Puh«, sagte Freddie. »Das saß.«

»Hoffentlich macht sie das wahr.« Lisa starrte ihnen noch immer nach.

Jan stand bei dem eingeschlagenen Fenster. Vorsichtig fasste er hinein. Seine Finger reichten bis an den Fenstergriff.

Freddie schüttelte den Kopf. »Lass lieber«, sagte er. »Ist verboten. Hausfriedensbruch und so.«

Jan zog den Arm wieder zurück. »Aber schlecht wär die Hütte nicht.«

»Für eure Band?« Lisa sah die beiden Jungen an.

»Na klar.« Freddie schaute an der Fassade hinauf zur Birke. Die Elster war verschwunden. »Und Bäume auf dem Dach find ich cool.«

Lisa verdrehte die Augen. Freddie wieder.

Jan dachte da praktischer. »Wen müsste man denn fragen?«

»Die Stadt?«, schlug Lisa vor.

»Etwa den Bürgermeister?« Freddie grinste. »Sehr geehrter Herr Müller-Pfuhr. Wir brauchen ein Haus zum Krachmachen.«

Lisa sah ihn mit hochgezogenen Augenbrauen an. »Ja warum denn nicht?«

Den Sonntag überlebte Jo auch noch. Und zwar größtenteils hinter den schweren Brokatvorhängen der Knittelsteiner Bibliothek, ihrem Lieblingsplatz. Sie saß auf dem breiten Fenstersims, las oder starrte in den grauen Oktoberhimmel. Regen trommelte gegen die achtfach unterteilten Scheiben und tanzte in den Pfützen auf dem Burghof. Das riesige Burgtor mit der Zugbrücke wirkte noch abweisender als sonst. Dahinter wendete die Linie 7 und machte sich auf den Rückweg. Die Serpentinen der Breselbergstraße hinab, die Ulmer Allee entlang und am Kaufhaus Rausch vorbei (wo trotz des Feiertags der nimmermüde Fridolin Rausch mit seinen Schaufensterpuppen Ballett tanzte – zumindest sah es manchmal so aus, wenn Fridolin die Plastikdamen und Kunststoffherren neu einkleidete).

Der Bus bog in den Breselbergring ein, zuckelte am Friedhof vorbei, wo das Glöckchen der Kapelle verloren gegen den Nieselregen anbimmelte. Er umrundete das ehemalige Kloster Sankt Florian, das nun *Event-Center* hieß, passierte das Augsburger Tor und hielt vor dem Capitol-Kino.

Hier stand Jan unter einem Regenschirm. Allein. Die Laune seiner Eltern war heute wie das Wetter gewesen. Mit seinen Geschwistern Lotte und Jonny hatte er nichts anfangen können. Freddie war auf Verwandtenbesuch, Lisa hatte keine Lust, sich zu verabreden, und Jo hockte oben auf Knittelstein. Mit ihren Cousins. Jan überquerte den Augsburgerring und betrat den

Museumsweg. Ein Plakat machte Werbung für die aktuelle Ausstellung im HBM.

ALEMANNEN IN BRESEL?

Das Fragezeichen hatte ihnen Herr Hagemeier erklärt. Man war bisher der Meinung gewesen, Bresel sei vor ziemlich genau eintausend Jahren gegründet worden. Kurz nachdem Ritter Kunibald die Schwaben ausgeraubt und von dem – na ja – Gewinn seine Burg gebaut hatte. Aber in letzter Zeit mehrten sich Hinweise auf eine weit frühere Besiedlung durch die Alemannen. Sie sollten nicht nur die Römer verprügelt, sondern auch feste Wohnsitze gebaut haben. Irgendwo hier.

Unter dem Schild VOLKSHOCHSCHULE BRESEL fiel der Putz vom Mauerwerk. Jan blieb stehen. In dem nackten Stein, der zum Vorschein kam, waren Rillen eingemeißelt. Rillen, die ihn an etwas erinnerten.

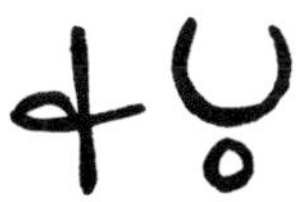

Jan zuckte die Achseln. Ach, da kam sie ja.

Erst viel später, als er Jenny nach einem langen Spaziergang um die Breselner Stadtmauern nach Hause gebracht hatte, fiel ihm ein, dass es zwei Buchstaben von Lisas Geheimschrift waren.

Etwa zur selben Zeit klauten Kurt und Knut Jos quadratisches Pappstück mit den sechsundzwanzig seltsamen Zeichen und der Windrose auf der Rückseite. Dummerweise hatte Jo ihnen erklärt, was es darstellte. Wenigstens in groben Zügen, um dem nervtötenden Gequengel ein Ende zu bereiten.

»Die verarschen wir«, grinste Knut. Die zwei Diebe verließen Jos Turmzimmer und tapsten die Wendeltreppe hinunter. Mit klopfenden Herzen schlichen sie durch die dunklen Flure der Burg und bogen in die Ahnengalerie ein. Vorbei an Ritter Kunibald und Meinhardt dem Dicken. Grabesfinster starrte Arnulf von Breselberg-Zoffhausen aus dem Rahmen (wahrscheinlich der Ururuahn von Clemens Zuffhausen). Adalbert Stifterstein zu Bresel folgte, der Jos Schule gestiftet hatte, das Adalbertinum, 1556. Und drei Schritte weiter griente der verrückte Aimo

Rochefort de Bresèl, der mal eine Rutsche bauen wollte, vom Burgturm durch den Breselberg bis ins Rathaus. Tatsächlich waren die Archäologen, die nach Baronin Tusneldas Tod den Berg durchkämmt hatten, auf Reste des spinnerten Unterfangens gestoßen.

Ja, und am Ende der Galerie hing sie dann höchstselbst. Mittlerweile schon über ein Jahr. Baronin Tusnelda, mit einer schwarzen Trauerschleife um den Rahmen. Die Frau, die Jos Vater geheiratet hatte, nachdem Jos Mutter gestorben war. Mit stechenden Augen verfolgte sie jeden Schritt ihrer diebischen Neffen.

»Was macht ihr hier?«

Kurt und Knut starrten sie an.

Elvira war wie aus dem Nichts erschienen. »Ich suche euch

schon eine ganze Weile.« Die neue Herrin auf Knittelstein kam auf sie zu. »Habt ihr eure Sachen gepackt? In einer Stunde geht euer Zug.«

Die Zwillinge atmeten erleichtert aus. Knut nickte eifrig und Kurt schüttelte ebenso überzeugend den Kopf. »Wir beeilen uns.« Und weg waren sie.

»Halb vier bringe ich euch mit dem Auto zum Bahnhof«, rief Elvira ihnen nach. Sie strich den langen dunklen Zopf nach hinten. Genau wie Jo es immer tat. Dann schlenderte sie die Galerie entlang. Sie vermied es, Tusnelda anzuschauen, und spürte trotzdem ihre hasserfüllten Augen im Rücken.

Knuti

Die Mathearbeit am Montag war erträglich. Erträglicher jedenfalls als die E-Mail am Dienstag. Jo hatte sie noch vor dem Frühstück entdeckt und mitsamt Anhang ausgedruckt. Dieser Anhang allerdings hatte es in sich: Ein gescannter Zettel mit krakeligen Zeichen drauf. Wohlbekannten Zeichen! In der großen Pause saß Jo neben Lisa auf den Stufen des Adalbertinums. Eine ausladende Treppe führte zum Eingang des Renaissancebaus empor.

»Lies«, sagte sie nur und drückte Lisa den Ausdruck in die Hand.

Lisa hielt das Blatt in die Sonne, die endlich die Dauerregenwolken beiseitegeschoben hatte. Und wurde blass.

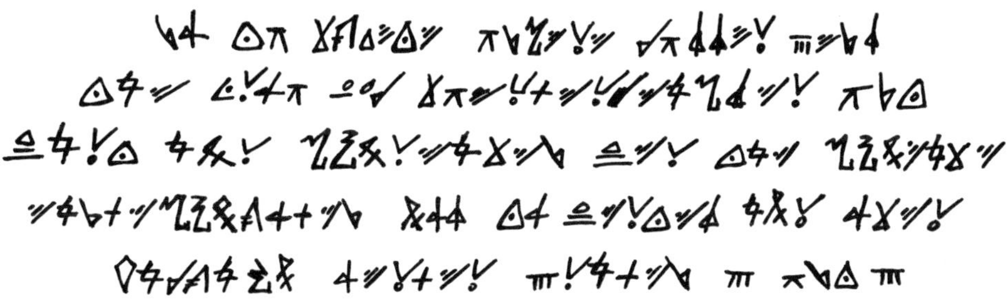

»Ich glaub, ich träume.« Lisa ließ den Zettel sinken. »Das haben deine feinen Cousins gemailt?«

Jo nickte. »Sieht verdammt nach unserem Alphabet aus. Und …«

»Und?« Lisa sah ihr forschend in die Augen.

»Meine Tabelle ist weg.«

»Weg?«

»Futsch, verschwunden, nicht mehr zu finden.«

Sie schwiegen.

Jo ballte die Fäuste.

Es schellte, die Pause war zu Ende.

Wenn ich die in die Finger kriege!

»*Die*« standen vor einem hohen Eisentor. Mit vierundzwanzig weiteren Mädchen und Jungen. Die 6c des Augsburger Ottoniums. Warum sie ihr Klassenlehrer ausgerechnet in die Justizvollzugsanstalt – also ins Gefängnis – schleppte, war den meisten Schülern ein Rätsel. Zwar hatte Herr Reginald Rießling im Politikunterricht das Grundgesetz der Bundesrepublik Deutschland besprochen, aber musste da unbedingt noch ein Besuch hinter Gittern drangehängt werden?

Andererseits fanden einige das sogar cool. Allen voran … na, wer wohl? Kurt und Knut rüttelten mit allen vier Händen am Gefängnistor, bis der Wärter vor seinem Häuschen erschien. Sein gewaltiger Walrossbart zitterte.

»Zurück mit euch!«, schimpfte er und baute sich drohend hinter den Eisenstangen auf. Was selbst die Kukies beeindruckte.

Herr Rießling war mit zwei Schritten hinter den Zwillingen und packte sie am Schlafittchen. Nachdem er sich wortreich entschuldigt hatte, beruhigte sich das Walross wieder. Die Scharniere des Tors quietschten gequält und die Klasse betrat in Zweierreihen den Gefängnishof. Die meisten hatten nun doch einen Kloß im Hals. Stacheldrahtbewehrte Mauern ringsum, ein Wachmann mit einer echten Knarre!

Nur Knut zog ein beleidigtes Gesicht und vergrub die Fäuste tief in den Hosentaschen. Immer hatte es der blöde Rießling auf ihn abgesehen. Und als Frauke ihm auch noch in die Hacken trat, hatten seine Mitschüler alle Hände voll zu tun, ihn zu bändigen. Knut hatte die Fäuste aus den Taschen gerissen und Frauke war blitzschnell hinter zwei Freundinnen verschwunden, die Knut grimmig anstarrten. Dass dabei ein graues Pappquadrat aus Knutis Hosentasche segelte, bemerkte niemand. Der Regen der letzten Tage hatte den Gefängnishof in eine Seenplatte verwandelt. Die Pappe landete auf einem der wenigen trockenen Flecken, wo sie Bruder Schorff beim nächsten Hofgang fand.

Als die Klasse den Knast längst wieder verlassen hatte, bestellte Bruder Klumpp das Walross in seine Zelle. Was denn das für ein Unfug gewesen sei! Wie im Zoo hätten die vier Mönche dagesessen, hinter der Trennwand aus Gitterstäben. Von den Rotznasen begafft und mit dämlichen Fragen bombardiert.

Was sie denn verbrochen hätten? Wie lange sie noch sitzen müssten? Ob es im Knast echt nur Wasser und Brot gebe?

Auf die letzte Frage hätte Klumpp beinahe geantwortet, dass er glücklich über Wasser und Brot gewesen wäre. Statt des Zeugs, das die neuen Köche zusammenrührten. Aber er schwieg. Nur Bankratz wagte den Mund zu öffnen. Ein einziges Mal, danach auch nicht mehr.

Dass sie unschuldig wären.

»Das sagen sie alle«, hatte Knut vorlaut gekräht. Und war unter Klumpps Blick tief in den Stuhl gesunken, genau wie vorher Bankratz.

Schließlich wurden die vier Ex-Mönche wieder abgeführt. Herr Rießling kündigte eine schriftliche Hausarbeit über den Gefängnisbesuch an. Dann verließ die Klasse die Haftanstalt.

Aus den ebenfalls vergitterten Fenstern der Vorratskammer beobachteten vier unruhige Augen den Abzug der Schüler.

»So jung und schon im Knast«, krächzte Carlo heiser und massierte seinen kurzen Hals, als ob das den Klang seiner Stimme verbessern würde. Ede schraubte an den Wirbeln seiner Ukulele. Genauso vergeblich.

»Zwo, drei, vier«, sagte er.

Kurz darauf wurde wutentbrannt gegen Zellentüren geschlagen und auf Blechnäpfe getrommelt. Es reichte. Diese neuerliche Kostprobe des unbeschreiblichen Duos würde nicht ohne Folgen bleiben.

Burg-Knittelstein-in-Öl-auf-Leinwand.

Hoch thronte sie über schroffen Felsen und blickte verächtlich hinab auf eine Handvoll geduckter Bauernhäuser. Und auf Adelgunde und Humbert von Breselberg-Rummelpott, die unter dem Bild saßen. Auf einem Sofa in der Rummelpott'schen Villa in Augsburg. Regungslos. Sie schauten fern. Eine Quizsendung.

Nebenan fetzten sich Kurt und Knut, dass die Villa bebte.

»Du hast sie zuletzt gehabt!«

»Nein, du! Blödmann!«

»Du hast sie verloren, gib's zu!«

»Und wo, bitte schön?«

»Wo wohl.«

»Hä?«

»Wahrscheinlich im Knast.«

»Geh doch fragen.«

»Geh doch fragen«, äffte Kurt seinen Bruder nach. »Geh doch selber!«

Die nun folgenden Freundlichkeiten fielen unter das Kriegswaffenkontrollgesetz. Als das Goldfischglas zu Boden krachte, hob Humbert im Nebenzimmer den Kopf. Der letzte Goldfisch war schon vor Monaten eingegangen.

Humbert starrte auf das Wohnzimmerfenster. Nebenan war es verdächtig still geworden. Humbert dachte nach. Die Ecken eines Pentagramms, also wie viele? Das war die Quizfrage. Draußen braute sich ein Sturm zusammen. *Ostwind,* dachte Humbert. *Dann wird es kalt. Vielleicht kriegen wir Schnee.* Am Ostfenster klebte ein silberner Stern. Mit fünf Zacken.

»Fünf«, sagte Adelgunde.

Humbert erschrak. »Was?«

»Fünf Ecken hat ein Pentagramm«, sagte seine Frau, ohne den Blick vom Fernseher zu nehmen.

»Ach so.«

»Pscht!«

Humbert schnappte nach Luft wie ein Goldfisch auf dem Trockenen. Er hatte plötzlich gewaltigen Durst.

Am Mittwoch, dem 21. Oktober, war es dann so weit. Zitternd und mit gebeugtem Haupt stand Walross vor dem *Erleuchteten Meister.*

Klumpp entblößte die gelben Zähne. »Wie gehen die Geschäfte?«

Walross buckelte noch tiefer. »Könnten nicht besser sein«, flüsterte er.

»Die Vasen?«

»Gehen weg wie warme Semmeln.«

Klumpp trat an das Gitterfenster und nahm zwei Vasen von dem Holzgestell. Eine war leer.

»Hier.« Er hielt sie Walross unter den Schnäuzer. »Kannst du verkaufen.«

»Danke, o Herr.« Der Wärter griff hastig zu.

»Noch was.«

»Ja, Herr?«

»Ich vermute, du willst bald in den Dritten Kreis aufsteigen.«

»Ich«, stammelte der alte Mann, »ich hab erst siebenhundert zusammen.«

»Hör zu«, raunte Klumpp und kam ganz dicht an Walross heran. Der Wärter roch seinen schlechten Atem. Er wagte nicht, sich zu rühren. »Hör zu!«

Dann erzählte Klumpp. Leise, sehr leise. Vom Kunibald-Brunnen in Bresel. Fünf Meter unter dem Marktplatzpflaster lag der schwarze Würfel. In einem fünfeckigen Raum auf einem Steinaltar. Fünf Gänge führten von dort zu den Häusern von Ur, Serapio, Ursicin, Suomar und Vestralp. Und von den letzten beiden je einer zum Haus von Hortar, der damals zu spät kam. Weil er insgeheim schon mit den Römern verhandelte, der Verräter. Damals, als sich die Sieben trafen. Vor der großen Schlacht gegen Caesar Julian 357. In der sie grausam untergingen. Fast alle. Nur nicht Hortar, der Verräter.

Aber davon wussten sie noch nichts, als sie sich um Knodomar versammelten, um seinen Altar, der in der Mitte lag. Als sie dem Serapis opferten und ihre Gesetze niederschrieben in der alten Schrift.

»Und nun, Erleuchteter des Zweiten Kreises …« Klumpp kam noch dichter an Walross' Gesicht; Walross glaubte ersticken zu müssen. »Nun bekommst du eine weitere Vase, eine besondere. Hör genau zu. Ich werde dir jetzt sagen, wo du sie aufstellen sollst. Ich beschreibe dir den Weg dorthin, merke ihn dir gut. Wenn du deine Aufgabe zu meiner Zufriedenheit erfüllst, erlasse ich dir die dreihundert. Aber …« Klumpp wanderte um Walross herum. »Wenn du versagst …«

Walross zitterte. Er war einer Ohnmacht nahe.

»Ich verfüge über Mittel, die du nicht überlebst.«

Walross nickte schwach. Dann beschrieb ihm Klumpp genau, wie er zu dem Ort kam, an dem die Vase aufgestellt werden sollte. Walross war den Tränen nahe, als Klumpp ihn verabschiedete. An der Zellentür verbeugte er sich noch einmal bodentief.

»O Herr, wie gern würde ich Euch und die anderen Meister aus dieser scheußlichen Lage befreien. Aber ich habe nicht die Schlüssel zu allen …«

»Ich weiß, ich weiß.« Klumpp ertrug dieses unterwürfige Geschwätz nicht länger. »Geh jetzt und erledige deine Aufgabe.«

Der Wärter buckelte wieder und verließ rückwärts die Zelle. Gerade als er die Tür schließen wollte, zerriss markerschütterndes Geschrei die Stille des Gefängnisses.

»Osooolläämiooooooo!«

Klumpp zuckte wie nach einem Peitschenhieb. »Mann!«

Walross blickte zu ihm auf. Panik in den Augen. »Ja, Herr?«

»Es reicht! Verstanden?«

Erbsensuppe

Und ob Walross verstanden hatte. Es reichte nicht nur dem *Erleuchteten Meister*. Es reichte inzwischen allen. Und so kam es, dass genau drei Wochen nach dem legendären *Risotto alla Tomato* die beiden Meisterköche und Gesangstalente wieder vor dem verschlossenen Gefängnistor standen. Draußen. Carlo mit dem Kugelrucksack auf dem Rücken, Ede mit seiner Ukulele über der Schulter.

»Am Bahnhof gibt's 'ne warme Suppe für solche wie euch!«,

hatte Walross ihnen hinterhergebrüllt. »Ab sofort kocht der Erleuch… – kocht Bruder Bankratz!«

Eigentlich war Schorff der Koch vom Florian-Kloster gewesen, noch vor einem Jahr. Aber Klumpp war dagegen gewesen. Schorff sollte nicht kochen. So hatte er Bankratz bestimmt. So was wie diese Windbeutel brachte er allemal zustande.

Oje, und da standen sie. Der kleine dicke Windbeutel und der lange – na ja, sagen wir lieber Windhund. Carlo schwitzte. Ede starrte ausdruckslos die Straße entlang. Carlo traute sich einen Schritt näher an ihn heran.

»Du, Ede?«

»Ja, Carlo?«

»Und jetzt?«

Ede sah auf seinen dicken Kumpel herab. Es gab Fragen, die selbst Einstein nicht hätte beantworten können. Aber Ede.

»Zum Bahnhof«, knurrte er.

Carlo nickte. Gut, dass er nicht mit Einstein unterwegs war.

»Hier, halt mal«, sagte Ede. Er drückte Carlo seinen Wanderstab in die rechte und die Ukulele in die linke Hand. Carlo war so hungrig, dass ihm schon die Tränen kamen. Wenige Armlängen entfernt dampfte ein Riesenkessel voll graugrüner Erbsensuppe. Irgendeine wohltätige Organisation hatte ihn dort aufgestellt, mitten im Augsburger Bahnhof, Schalterhalle. Walross hatte also nicht geflunkert. Und es gab anscheinend eine Menge Leute, die gern Erbsensuppe aßen. Umsonst und garniert mit Erbauungssprüchen.

Hilf dir selbst, dann hilft dir Gott, stand auf einem Plakat. Und: *Üb immer Treu und Redlichkeit.*

Hinter Carlos Rücken zischelte eine gebeugte Frau in abenteuerlich zerschlissener Kleidung: »In der Not frisst der Teufel Fliegen.« Carlo überlegte, ob das auch ein Plakatspruch war, konnte ihn aber nirgends entdecken.

Sie waren mittlerweile bis zum Erbsensuppentopf vorgedrungen. Also, Ede war vorgedrungen, Carlo hatte ja alle Hände voll. Sein langer Kumpel nahm mit spitzen Fingern einen Teller mit dampfender Suppe in Empfang. Die Dame mit der Schöpfkelle wünschte einen gesegneten Appetit. Ede knurrte etwas Unverständliches und trat zur Seite. Carlo starrte die Dame mit großen Augen an. Im Handumdrehen hatte sie einen neuen Teller gefüllt.

»Nun?«, fragte die Dame.

»Ede«, flüsterte Carlo. Dann schrie er: »Ede!«

Ede drehte sich um. Die Erbsensuppe schmeckte offensichtlich vortrefflich. Er grinste, aber er verstand. Er war ja gar nicht so. Kurzerhand stellte er seinen Teller auf den Boden, kam zurück und nahm Carlo den Stab und die Ukulele aus den Händen. Carlo ergriff freudestrahlend den Teller.

»Gesegnete Mahlzeit«, wünschte die Dame.

Und da passierte es. Eine in allen Papageienfarben gekleidete weibliche Person, irgendwo zwischen fünfzig und siebzig, feist und rund, auf dem Kopf eine Art Vogelnest, so groß, dass ein Geierpärchen darin hätte brüten können, Stöckelschuhe an den Füßen, hoch und nagelspitz, stakste mit energischen Schritten über das Fliesenmosaik. Gefolgt von einem unauffälligen Herrn im Nadelstreifenanzug, mit extrabreitem Gesicht und zwei wuchtigen Koffern.

Zack! Ein Stöckel traf Edes Teller. *Matsch!* Einer der Quadratlatschen des Quadratschädels trat die Reste platt. Tja, das war's wohl. Doch die Papageientante hatte nichts davon bemerkt. Sie zeterte in irgendeiner seltenen Sprache und winkte einer Gruppe knipsender Japaner zu. Breitmaul versuchte mit ihr Schritt zu halten. Die Japaner lächelten ebenfalls und knipsten erst das Vogelnest, dann das Erbsenpüree, dann Ede und Carlo, dann die Dame von der wohltätigen Organisation, die gerade für Ede einen neuen Teller füllte. Ede klemmte seinen Wanderstab unter den Arm, hängte das Instrument über die Schulter und nahm ihn dankend entgegen.

»Gesegnete Mahlzeit«, sagte die Dame noch einmal, diesmal deutlich strenger.

Der Erbsensuppenmatsch wurde inzwischen von unzähligen Füßen über das Bahnhofsgelände verteilt. Ede ging mit Carlo im Schlepptau drum herum. Sie suchten sich ein ruhiges Plätzchen an Gleis drei unter einem Lautsprecher. Gierig stopfte sich Carlo einen Löffel Suppe in den Mund und verzog schmerzhaft das Gesicht.

»Pusten«, sagte Ede, ohne aufzublicken.

Klick, klick. Nun ja, mit dem ruhigen Plätzchen war es dann auch vorbei. Die Japaner lächelten und fotografierten, und Ede fragte sich, ob Schwäbisch für einen Japaner wohl bescheuert klang. So wie zum Beispiel Japanisch für einen Schwaben. Oder zum Beispiel … und während Ede sein Hirn nach einem besonders ausgefallenen Volksstamm durchsuchte, sah er es. Das Vogelnest. Zielstrebig steuerte es auf sie zu.

Plötzlich ein scharfes Knacken über ihren Köpfen und eine heisere Stimme brüllte: *»Achtung an Gleis drei. Es hat Einfahrt der Intercity …«*

Carlo sprang erschrocken zur Seite. Die zerkochten Erbsen auf seinem Löffel sprangen aber nicht so mit, wie sie sollten. Das hatte was mit der Trägheit der Masse zu tun, auch wenn man die Trägheit eher bei Carlo vermutet hätte. Ede nahm fürsorglich seinen Löffel und kratzte das Unglück von Carlos empfindlicher Wampe. Und nun geschahen einige Dinge gleichzeitig. Fast gleichzeitig.

Also: Carlo kicherte wie ein Vierzehnjähriger und der Intercity fuhr in den Bahnhof ein. Vogelnest und Breitmaul drängten sich an ihnen vorbei und ringsherum knipsten die Japaner. Verzweifelt versuchte Carlo Edes Löffel zu verscheuchen und traf Edes Suppenteller – von unten und mit Schmackes. Die Suppe aus Edes Teller beschrieb einen anmutigen Bogen durch die Luft. Ede schrie, die Japaner knipsten und Carlo taumelte rückwärts auf den einfahrenden Zug zu. Der Suppenbogen landete zielsicher im Nest und die weibliche Person darunter sprang mit einem schrillen Schrei erstens in die Luft und zweitens in die falsche Richtung. Kaum auszudenken, was passiert wäre, wenn der Zug nicht Carlos Hintern erwischt hätte und den Kleinen wie einen Flummi nach vorn katapultiert hätte. So aber prallte Carlo mit Schwung gegen das Vogelnest und bewahrte die Besitzerin vor einem Sturz auf die Bahngleise. Einträchtig purzelten sie übereinander, der Zug hielt und die Japaner applaudierten begeistert.

Bravo!

Dann herrschte für drei Sekunden Stille. Absolute Stille. In dieser Stille rollte der Hut der bunten Frau über den Bahnsteig und verteilte Erbsensuppe. Aber dann. Dann ging es los. Das Zetern übertönte selbst den Bahnhofslautsprecher. Breitmaul half Vogelnest auf die Beine und Ede zog Carlo, so unauffällig er konnte, beiseite. Mitten hinein in die japanische Reisegruppe. Freundliche Hände klopften Carlos Schultern, Kameras surrten. Ein kleines Fräulein lächelte: »Dicker Mann hat Frau gerettet, *hai?*«

Carlo klammerte sich an Edes Arm. Carlo wollte nur fort, weit fort, irgendwohin, wo man in Ruhe eine Erbsensuppe essen konnte. Carlo hatte solchen Hunger.

»Dicker Mann hat Frau gerettet, *hai?*«, hörte er wieder. Ringsum lauter fröhliche Gesichter. Carlo stolperte, wurde geschubst und geschoben und hielt sich an Ede fest. Es war ihm, als drehe sich die ganze Welt. Und irgendwo außerhalb kreischte ein großer bunter Vogel mit dem Bahnhofssprecher um die Wette.

»Achtung an Gleis drei. Vorsicht bei der Abfahrt.«

Hände griffen nach Carlo, die junge Japanerin tätschelte seine Wange. »Dicker Mann«, murmelte sie zärtlich in sein Ohr.

Und der Zug fuhr an.

Als Carlo und Ede wieder einen klaren Gedanken fassen konnten, standen sie vor der Tür des Speisewagens. Im Zug. Die kleine Japanerin schob Carlo sanft in den Wagen und geleitete ihn zu einem Tischchen. Freundlich drückte sie ihn in einen Plastiksitz. Ein letztes gehauchtes »dicker Mann«, dann entfernte sich die Reisegruppe knipsend, lächelnd und winkend. Und Carlo und Ede blieben zurück an einem Tisch in einem rollenden Speisewagen.

»Was kann ich für Sie tun?«, fragte eine livrierte Kellnerin. Carlo starrte sie an. Dann seinen Kumpel. Er hörte Ede etwas sagen. Es klang wie *Risotto alla Tomato.* Carlo starrte wieder die Kellnerin an und erschrak. Sie hatte sich verändert. Jetzt hatte sie einen fürchterlich breiten Mund, große Augen und riesige Zähne. Und sagte mit einer knarzenden Männerstimme: »Meine Herren, ich darf Sie zum Besten einladen, was dieser Speisewagen zu bieten hat.«

Kurze Zeit später saßen sie bei Kalbssteak unter Steinpilzkruste an Cognacrahmsoße mit Kartoffelgalettes und Trüffelsauercreme, glasierten Karotten und gegrilltem Wolfsbarschfilet. Breitmaul hatte ihnen mitgeteilt, dass sie nun im Zug nach Basel säßen. Und dass sie vermutlich seiner Partnerin das Leben gerettet hätten.

»Ich nicht«, sagte Ede und verschlang ein Stück Wolfsbarsch.

Breitmaul betrachtete ihn irritiert. »Ähm«, sagte er dann, »mein Name ist Kyankalismäki. Aarne Kyankalismäki.« Fragend sah er Carlo an.

»Carlo«, murmelte Carlo an einer Steinpilzkruste vorbei. Edes Antwort war durch die Trüffelsauercreme nicht zu verstehen.

Herr Kyankalismäki sah ihnen eine Weile beim Kauen zu. So einen gewaltigen Appetit hatte er noch nicht gesehen. »Was machen Sie in der Schweiz?«, fragte er, ob aus Höflichkeit oder Interesse war nicht zu erkennen.

»In der Schweiz?« Carlos Augen wurden kalbssteakgroß. Ede schaltete schneller.

»Geschäfte«, schmatzte er und begann unvermittelt in seinen Hosentaschen zu kramen. Dann in den Manteltaschen, dann sah er Carlo strafend an. »Wo hast du unsere Fahrscheine?«

»Die … die …« Carlo würgte umständlich den Steakbissen hinunter.

»Na?!« Ede konnte aber auch streng sein.

Vom anderen Ende des Speisewagens hörte man bereits: »Die Fahrkarten bitte.«

Edes Augen verengten sich. »Die Tickets, Mann! Nach … Dingsda!«

»Die Herren fahren ebenfalls nach Basel?«, fragte Herr Kyankalismäki.

»Genau«, schimpfte Ede. »Nach Basel, natürlich.«

Carlo zuckte hilflos mit den Schultern.

»Sag bloß, du hast sie auf dem Bahnhof verloren! Die Tasche. Mit den Kreditkarten, dem Portemonnaie, den Tickets … mein Gott!« Ede war blass geworden. »Mein Gott!«, hauchte er noch einmal.

Der Kontrolleur kam näher.

»Da rettest du wildfremden Menschen das Leben und verlierst unser Hab und Gut. Mein Gott!«

Tja, und so kam es, dass Herr Aarne Kyankalismäki, Geschäftsmann aus Finnland und Partner von Frau Walli Klier, den beiden nicht nur ein üppiges Mahl spendierte, sondern obendrein noch die Bahnfahrt in die Schweiz.

Nach Basel.

Silbersterne

Und so kam es, dass im Augsburger Gefängnis ab sofort Bruder Bankratz kochte. So gut es ging. Aber Klumpp hielt das einfach für sicherer. Er traute Schorff nicht mehr. Und wenn Schorff dreimal berühmt gewesen war für seinen Kartoffelauflauf. Damals im Kloster Sankt Florian in Bresel, das heute ein *Event-Center* war. Mit *Erlebnis-Therme* und Volkshochschule. Mit chromglitzernder Eingangstür und farbenfrohem Anstrich in Magenta, Grau und Pink. Man hatte sich richtig Mühe gegeben. Bis auf die Außenmauern war kaum ein Stein auf dem anderen geblieben.

»Schade eigentlich.« Jan und Freddie standen vor dem Eingang. In einem Glaskasten hingen verschiedene Ankündigungen.

»Wassertreten für Anfänger«, las Jan. Das stand da vermutlich gar nicht, aber Jan fand, dass es passen würde. Und: »Besinnliches Strohsternebasteln.«

»Fehlt nur noch Malen-nach-Zahlen«, lästerte Freddie. »Das ideale Weihnachtsgeschenk für Lisa.«

»Sag ihr das bloß nicht. Die lagert dich unterirdisch«, sagte Jan. »Und zwar dauerhaft. Komm, wir schauen mal bei der alten VHS vorbei. Was sich da so tut.«

Die Jungs liefen los. Jan fiel der Kleinbus erst auf, als er fast davorrannte. Augsburger Kennzeichen. Blau-weiß. *Polizei oder so was,* dachte Jan noch und versuchte Freddie wieder einzuholen.

Kurze Zeit später parkte der blau-weiße Kleinbus an der Breselner Landstraße. Etwa in Höhe der Nummer 110. Ein Mann mit einem gewaltigen Walrossbart stieg aus. Es war eine Inspektion aller Hafteinrichtungen im Augsburger Land angeordnet worden. Und er war dafür zuständig. Walross nickte. Das traf sich gut. Mehr als gut!

Er holte eine große Tasche aus dem Kofferraum. Das Kommissariat wirkte verlassen. Er schellte. Das klägliche Rasseln entsprach nicht gerade dem modernen tatkräftigen Bild, das die Polizei ausstrahlen sollte. Heutzutage. Auch der Struwwelkopf, der wider Erwarten schnell in der Tür erschien, wirkte gelinde gesagt …

»Guten Tag«, sagte Hinrich. »Sie wünschen?«

Wie beim Metzger, dachte Walross und zückte seinen Dienstausweis.

»Kontrolle!«, bellte er. »Wir sind angekündigt.«

Hinrich konnte keine weiteren Personen entdecken und nahm an, dass der Schnauzbart mit *wir* sich selbst meinte.

»Treten Sie ein«, sagte Hinrich und machte dem Mann mit der riesigen Tasche Platz. Misstrauisch spähte Walross in alle Ecken. Auch in die, wo lange nicht mehr gefegt worden war.

»Sie sind der Kommissar?«, fragte er und öffnete ohne Einladung die ungeputzte Glastür zu van der Veldes Büro. Zum Glück hatte der richtige Kommissar schon die Füße vom Tisch genommen. Er kam Walross entgegen.

»Guten Tag. Mit wem habe ich das Vergnügen?«

Hinrich kannte diesen Tonfall. Van der Velde mochte den Kerl nicht. Er händigte ihm den Kellerschlüssel aus und erklärte knapp, wo die einzige Breselner Haftzelle zu finden war.

»Wie lange werden Sie brauchen?«

»Eine halbe Stunde«, brummte Walross. »Etwa.«

»Bis dahin sind wir zurück.« Der Kommissar wandte sich an Hinrich. »Wir müssen.«

Van der Velde lud seinen Assistenten auf einen Kaffee ein. In Favrettis Eisdiele. Zwecks purer Selbstbeherrschung übrigens. Wären sie im Kommissariat geblieben, hätte sich van der Velde nörgelnde Fragen nach dem Sinn einer solchen Kontrolle nicht verkneifen können. So verrauchte der Ärger über diesen *überflüssigen Unfug* bei einem heißen Cappuccino. Als die beiden zum Kommissariat zurückkehrten, stieg der Walrossbart gerade wieder die Kellertreppe herauf.

»Und?«, fragte der Kommissar bissig. »Alles in Ordnung?«

Walross betrachtete ihn mit halb zugekniffenen Augen. Dann gab er ihm den Schlüssel zurück.

»Sie erhalten einen Bericht«, raunzte er und verließ mit schnellen Schritten das Haus.

Hinrich starrte ihm nach. Irgendetwas hatte sich an dem Kerl verändert.

Der Kommissar öffnete die Glastür und betrat sein Büro. »Das Plakat«, sagte er mehr zu sich selbst, »das kann mal weg.«

Hinrich nickte abwesend. *Die Tasche,* dachte er plötzlich. *Wie er die gehalten hat. Als wäre sie leichter geworden.* Viel *leichter.* Hinrich beschloss mal nachzuschauen. Im Keller. In der Zelle.

Was man so alles vergisst.

Die Holztür war morsch. So morsch, dass Freddie sie ohne Schwierigkeiten aufdrücken konnte. Die Schrauben, die das Schloss von innen an der Tür hielten, rutschen einfach aus den aufgeweichten Brettern. Der Pfad dahinter war kaum einen Meter breit – zwischen der ehemaligen Volkshochschule und einer ähnlichen Bruchbude. Nach sieben oder acht Metern erreichten Freddie und Jan die hintere Hausecke. Ein schmaler Innenhof befand sich dort. Sie konnten von hier in die rückwärtigen Räume des verlassenen Hauses blicken.

»Die Hütte wäre ideal.« Freddie war auf eine grüne Regentonne geklettert und versuchte eins der Fenster aufzustoßen. Es leistete keinen Widerstand.

»Sollen wir?«

Ohne eine Antwort abzuwarten, sprang Freddie hoch und hing mit dem Oberkörper schon im Fenster, stemmte sich hinauf und bekam das rechte Knie auf den Sims.

»Komm«, keuchte er.

Eine überflüssige Aufforderung. Im Handumdrehen standen die beiden Jungs in einem leeren Zimmer. Das Sonnenlicht zeichnete Fensterkreuze auf den Boden, ihre Schritte hallten zwischen den kahlen Wänden.

»Ideal«, sagte Freddie noch einmal. »Hier könnten wir super proben.«

»Und keinen würde es stören.« Jan betrat das Nebenzimmer. Auch hier gähnende Leere. Im Flur stießen sie auf ein Holzregal mit zerfledderten Akten. *Kursteilnehmer H bis L* stand auf einem Ordner. Das war schon alles.

»Was hältst du von Lisas Vorschlag?«, fragte Jan und schob den Ordner zurück ins Regal. Er zog den Kopf ein, bevor der mit dem riesigen Kristalllüster zusammenstoßen konnte, den der letzte Rektor der VHS gespendet hatte. Vermutlich, weil der bei ihm zu Hause genauso im Weg gehangen hatte. Am Ende des Flurs befand sich die Haustür mit einem schmalen Fenster in Kopfhöhe. Freddie war schon dort und spähte nach draußen.

»Welchen?«

»Dass wir dem Bürgermeister einen Brief schreiben.«

»Aussichtslos«, sagte Freddie.

»Hast du eine bessere Idee?«

Freddie überlegte nie lange. »Nee«, antwortete er.

»Also?« Jan schlenderte ebenfalls zur Tür. »Ein Versuch schadet doch nicht.«

Freddie drückte die Klinke hinunter. Die Tür ließ sich leicht öffnen. Sonnenlicht blendete sie, als sie das Haus verließen. Mit einem Sprung nahmen sie die Stufen zum Bürgersteig hinab.

»Na?«, krächzte eine altersschwache Stimme in ihrem Rücken.

Freddie und Jan fuhren gleichzeitig herum. Und atmeten gleichzeitig auf. Oma Sievers, die alte Schachtel.

»Ich sag's auch nicht weiter«, kicherte sie. »Ich meine, dass ihr da drin wart.« Schon klar.

»Nur kurz«, sagte Freddie verlegen. Als ob es einen Unterschied gäbe zwischen kurzem oder langem Einbruch.

»Schaut mal, Jungs!« Elfriede schien sich eigentlich gar nicht für die Straftat zu interessieren. »Da, über der Tür.«

Freddie und Jan folgten ihrem Zeigefinger. Über der Tür sah es genauso aus wie überall am Haus. Die ehemals weiße Farbe war schmutzig grau, der Putz blätterte ab.

»Da blättert der Putz ab.«

»Ach«, sagte Freddie, der langsam sein Selbstvertrauen wiederfand.

»Ja«, sagte Elfriede. »Und was seht ihr da?«

»Dass der Putz abblättert.«

»Junge, Junge.« Elfriede drohte ihm mit dem Zeigefinger und einem Dritte-Zähne-Grinsen. »Und da, rechts an der Ecke?«

Jan hatte geschwiegen. Er hatte es sofort wiedererkannt. Jetzt bemerkte Freddie es auch. Die Rillen in dem Querstein über der Tür.

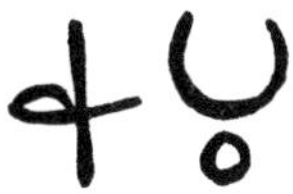

Schlecht zu erkennen, aber eindeutig in Lisas Geheimschrift.

»Und«, fragte Jan vorsichtig, »was ist das?«

Oma Sievers machte ein geheimnisvolles Gesicht. Oder ein belämmertes, das war bei ihr nicht so leicht zu unterscheiden.

»Das ist einer der Sieben«, sagte sie. »Ich hab mir einen Laptop gekauft. Und da steht das. Schon im Ersten Kreis.«

Jetzt wurde es unzusammenhängend.

Oma Sievers wackelte auf unsicheren Beinen an den Jungs vorbei.

»Macht's gut«, krächzte sie und ließ Freddie und Jan kopfschüttelnd vor dem Hauseingang stehen. Die war echt schon drüber. Über allem. Die Jungs sahen ihr nach.

Und da war er wieder. Der blau-weiße Bulli. Er kam vom Augsburgerring und bog in den Museumsweg ein. Langsam fuhr er an ihnen vorbei. Wieder schien der Fahrer die Hausnummern abzusuchen. Ein Kerl mit einem Riesenschnäuzer.

»Den hab ich heute schon mal gesehen«, sagte Jan.

Freddie zuckte mit den Achseln. »Gehen wir zu Favrettis.«

»Schon wieder ein Eis?«

»Und einen Brief schreiben.«

Aber daraus wurde nichts. Lisa war nicht zu Hause, und bei einem Kiwi-Mango-Becher wurde der Brief schnell auf irgendwann verschoben. In manchen Dingen waren sie eben wirklich schnell.

Hachja! Elfriede Sievers lachte. Innerlich. Das hatten ihr die zwei Bengel nicht geglaubt. Wahrscheinlich. Dass sie einen Laptop besaß. *Jaja!* Und der junge Mann vom Elektroladen hatte ihr genau erklärt, wie man eine Elektro-Post verschickte. Nein. Wie war noch dieser neumodische Ausdruck dafür? Elfriede kam nicht drauf. Als ob sie langsam tüdelig würde. Aber sie hatte eine verschickt, an die einzige Adresse, die sie kannte. Die in jedem Werbeblättchen der Stadt Bresel stand. Von Agathe und Radolf Müller-Pfuhr. Abrupt blieb Elfriede stehen. *I-Mehl.* So hatte sich der nette junge Mann vom Elektroladen ausgedrückt. *I-Mehl.*

Und was sollte man sagen, Agathe hatte ihr zurückgeschrieben. Einen höchst interessanten Brief. Und deshalb kam Elfriede ja auch auf die Sieben. Also die sieben Könige. Von diesem wilden Volk, das hier früher gewohnt hatte. Ganz früher. Aber das mit den Namen über manchen Türen, das brauchte man Elfriede nicht zu erzählen. Schließlich war ihr Oskar (möge er in Frieden die Regenwürmer füttern) ein Fachmann für so was gewesen. Ein Heimatforscher, jawohl, und was für einer! Immer schon hatte er darüber geschimpft, dass die Schnösel von der VHS den alten Hausnamen zugekleistert hatten! Und jetzt kam er wieder zum Vorschein. Da hatte Agathe ihr nichts Neues erzählt. *Nein, nein.* Aber der Rest, der war interessant gewesen.

Elfriede wackelte über den Augsburgerring. Autos hupten. Elfriede zog etwa am Mittelstreifen ein Papier aus ihrem Kamelhaarmantel. Da stand es, schwarz auf weiß. Das hatte sie von der *I-Mehl* abgeschrieben. Elfriede las im Gehen. Bremsen quietschten, hochrote Köpfe schimpften aus Autofenstern, Elfriede ließ sich nicht stören. Und las.

Sehr geehrte Frau Sievers!

Vielen Dank für Ihren netten Brief. Was freut es mich, wenn sich alteingesessene Breselner für ihr Stadtoberhaupt interessieren. Und für die Stadt. Wie auch Ihr verstorbener Gatte sich sehr um die Geschichte unserer Heimat verdient gemacht hat. Und da habe ich etwas für Sie.

Nach den neuesten Forschungen unseres geschätzten Herrn Zuffhausen reichen die Wurzeln unserer Stadt bis ins vierte Jahrhundert zu einem bedeutenden Treffen auf unserem Boden zurück. Sieben Könige der Alemannen hatten sich gegen die Römer verschworen. Und sie haben dem Serapis geopfert. Ihre Gesetze wurden von Generation zu Generation weitergereicht. Und zwar an die Erleuchteten!

Liebe Frau Sievers, sicher sind Sie jetzt neugierig geworden. Zunächst aber sollten Sie fünfzackige Sterne an alle Ostfenster kleben, denn von dort werden sie kommen. Sterne aus Silberfolie sind das Erkennungszeichen.

Dann gehören auch Sie zu den Auserwählten, die zu einem neuen Planeten gebracht werden. Zu Knodomar! Ja, da staunen Sie!

Und nun ist es Zeit, in den Kreis der Erleuchteten zu treten. Haben Sie teil an den Gesetzen Knodomars. Für nur 1000 Euro öffnet sich Ihnen der Erste Kreis und eine wunderbare Welt. Machen Sie sich bereit. Noch heute!

Für weitere Fragen steht Ihnen immer zur Verfügung

Ihre Agathe Müller-Pfuhr

Elfriede hatte die andere Straßenseite erreicht. Leise vor sich hin murmelnd stapfte sie den Bordstein entlang. Also: Sie wusste von ihrem Oskar, dass diese Kerle tatsächlich die Breselner Gegend unsicher gemacht hatten, lange bevor es Bresel überhaupt gab. Knodomar und seine Häuptlinge. Elfriede wusste, dass über manchen Türen und an anderen Orten der Stadt diese Namen standen. Zumindest zwei oder drei, von denen Oskar ihr erzählt hatte. Oder vier? Elfriede musste mal in Oskars alten Aufzeichnungen nachlesen, die noch immer in der Küchenschublade verstaubten. Ach ja, und beim Klosterumbau hatte man schon wieder so einen Stein gefunden, mit einem dieser komischen Namen drauf. *West...* manchmal stand Elfriede fassungslos vor ihren Gedächtnislücken. Jedenfalls ebenfalls in dieser seltsamen Schrift. Ruinen hatte Oskar die genannt. *Quatsch*. Elfriede blieb stehen. Ohne i.

Runen. So hießen die Buchstaben.

Und was hatte Oskar gewettert. Über die Leute, die aus allem ein Geheimnis machten. Kaum kapierten sie etwas nicht, war es außerirdisch und wurde angehimmelt. Oh, wie Oskar sich hatte aufregen können! Die Alemannenkönige? Nichts als wüste Schlagetots! Dass die überhaupt ihren Namen hatten schreiben können, war das einzig Geheimnisvolle an der ganzen Geschichte. *Ha!* Und diese Gerüchte von einem Geheimbund, von Knodomars Gesetzen und so weiter. Nicht auszurotten und kompletter Blödsinn! Für Leute, die sonst nichts mit sich anzufangen wussten. Für Topflappenhäkler und Strohsternebastler. Kaum trampelte jemand einen Kreis in ein Kornfeld, waren da bestimmt die Marsmännchen gelandet! Oh, was hatte Oskar sich aufregen können!

Inzwischen hatte Elfriede den Dalli-Markt erreicht. Am Augsburger Tor. Sie winkte Martina Dall zu. Frau Dall saß im Schaufenster und ordnete die Auslagen. Obwohl es bis Weihnachten noch zwei Monate hin war, hingen schon Sternchen an der Scheibe. Fünfzackige silberne Sternchen.

Elfriede drehte sich einmal um die eigene Achse. Ganz sicher, es war ein Westfenster. Also falsch. Elfriede schlang den Mantel enger um die frierenden Knochen und wackelte weiter.

»Jetzt glaubst du schon selbst an diesen Unfug«, schimpfte sie. »Du Topflappenhäkelweib!«

Einige Leute drehten sich nach ihr um und schüttelten die Köpfe. Frau Sievers wurde wohl allmählich tüdelig.

Hachja.

Breselner Runen

Samstag, 24. Oktober.

Ein fünfzackiger silberner Stern. Irgendjemand hatte ihn dort hingeklebt. Auf das Kreuz, genau dort, wo sich die Balken trafen. Bruder Schorff kniete zitternd vor dem Altar. Sein Nacken schmerzte, aber er konnte die Augen nicht abwenden. Vom Kreuz. Von dem Stern, der die immer gleiche Botschaft in sein Hirn hämmerte.

In der Heiligen Nacht wird die Bombe gezündet!

Heute Morgen hatte Klumpp es ihnen beiläufig beim Hofgang mitgeteilt. Dass es so weit war. Alles war vorbereitet, die Bombe tickte. Sie lag bereits an dem Ort, den Klumpp dafür vorgesehen hatte. Es gab kein Zurück mehr. Und danach – *danach!* – würde man ihnen glauben. Und sie freilassen. Sie würden endlich an das Geld kommen. Klumpp hatte es sorgfältig versteckt. Das Geld von all diesen Dummköpfen, diesen *Erleuchteten* der blödsinnigen Kreise. Die verrückt nach Knodomars Gesetzen waren. Klumpp hatte gelacht. Hässlich gelacht.

Wenn die wüssten, hatte er gesagt, *wenn die wüssten!*

Schorff hatte ihn mit fragenden Augen angeblickt. Klumpp hatte ihm die Wange getätschelt und plötzlich geflüstert: *Denk an das sechste Gesetz. Denk an Hortar!* Dann hatte er wieder gelacht und war mit Bankratz und Bramsch abgezogen, zurück in die Zellen. Schorff blieb allein zurück. Er nahm einen der Besen, er hatte Hofdienst.

Knodomars sechstes Gesetz. *Verräter, siehst du Hortar brennen!* Hortar, den die Römer schließlich wegwarfen, als sie seine Dienste nicht mehr benötigten. Seinen Verrat. Der auf dem Scheiterhaufen endete.

Schorff hatte auf seine Hände gestarrt, auf die Herbstblätter, die sie wie ferngesteuert zu kleinen Haufen fegten und in die rostige Tonne warfen. Vertrocknete Reste eines zerronnenen Lebens, die dort verbrannt würden. Schorff hatte diesen eiskalten Schauer im Rücken gespürt. Und Walross' Blicke. Ob er noch einmal in die Kapelle dürfe, hatte Schorff den Wärter gefragt. Beten, schließlich sei er doch ein Mönch. Zumindest gewesen. Walross hatte genickt. Er hielt ihn wohl auch für einen der *Erleuchteten Meister*. So einen wie Klumpp und die anderen beiden. Schorff ließ ihn in dem Glauben.

Klumpp traute ihm nicht. Klumpp ertrug ihn nur, weil er, der kleine Schorff, den dreien auf die Schliche gekommen war. Vor zwei Jahren. Sie duldeten ihn, damit er ihre Geschäfte nicht störte. Aber wie lange noch? Und da war sie wieder, die Angst, das Eis im Rücken. Warum hatte Klumpp das sechste Gesetz erwähnt, warum Hortar?

Bittend streckte Schorff die Hände zum Holzkreuz über dem Altar. *Was soll ich tun?* Aber es schwieg. Schwieg so schreiend, dass es schmerzte. Und wie zum Hohn klebte dieser lächerliche Stern mittendrauf. Langsam erhob sich Schorff. Das Kreuz hing hoch. Schorff kletterte auf den Altar. Mühsam, er war ja nicht mehr der Jüngste. Aber er schaffte es, jetzt kam er dran. Nur ein schmaler Klebestreifen hielt den Stern.

Schorff rutschte vom Opferstein herunter und steckte den Stern in die Jackentasche. Zu dem Pappquadrat, das er neulich gefunden hatte, als es so regnete. Auf dem Hof. Zuerst hatte er geglaubt, Klumpp hätte es verloren. Oder Bramsch oder Bankratz. Es war eine Tabelle mit den komischen Schriftzeichen, die sie immer benutzten. Meistens dann, wenn Schorff etwas nicht lesen sollte. Den Verdacht hatte er jedenfalls. Schorff zog es hervor und setzte sich auf die Altarstufen.

Plötzlich hörte er eine Stimme. Schorffs Kopf flog herum. Mit flackerndem Blick starrte er das Kreuz an. Nein, Blödsinn. Es gab keine Stimme, die von dort sprach. Nie hatte es die gegeben, nie. Doch in diesem Augenblick wusste Schorff, was er zu tun hatte. Sie sollten ihn nicht unterschätzen. Niemand sollte Schorff unterschätzen!

Die Tabelle in seiner Hand war ein Alphabet. Glasklar. Und Schorff wusste, wo Klumpp die Vasen lagerte. Die, die noch frisch waren, sodass man etwas hineinritzen konnte. Irgendwie auf alt machen konnte Schorff die auch. Dreck gab es ja genug in diesem Bau. In jeder Form. Und der Wärter würde einem *Meister* keinen Wunsch abschlagen. Walross würde ein zweites Mal nach Bresel fahren, diesmal mit Schorffs Vase.

Schorff nickte mit geschlossenen Augen. Er würde den Zufall Gott spielen lassen. Er würde Klumpps Pläne nicht verraten, schon aus purer Angst nicht.

Denk an Hortar!

Aber die Breselner erhielten dadurch eine faire Chance. Das Schicksal würde entscheiden. Nicht der kleine Bruder Schorff. Nein. Eine höhere Macht! Wie ein … jawohl, es war ein Gottesurteil!

Na ja, Gottesurteil. Erst einmal war es Paul Ranunkel, der knapp eine Woche später die Vase fand. Am Samstag, dem 31. Oktober. Auf Tusneldas Grabstein. Paul hatte sich in der Friedhofskapelle sein Feierabendbierchen gegönnt und drehte eine letzte Runde um die Gräber. Am Vorabend zu *Allerheiligen* waren die meisten Grabstätten frisch herausgeputzt. Mehr oder weniger. Zumindest hatte dieses Jahr kein Witzbold einen Kürbis auf den Friedhofszaun gespießt wie am letzten *Halloween*. Paul rülpste zufrieden.

Sogar die Knittelsteiner hatten sich blicken lassen und bei Tusnelda Unkraut gejätet. Paul hatte sich mit Elvira und Baron Eduard über das Wetter unterhalten. Dann hatten die hohen

Herrschaften Blumen auf das Grab gelegt und den Friedhof verlassen. Paul wollte eine Vase besorgen, aber sie hatten dankend abgelehnt. Und jetzt? Jetzt stand da *doch* eine!

Paul ging näher ran. Ein dickbauchiger Pott neben den welkenden Chrysanthemen. Ziemlich vergammelt. Sah nicht nach Baron Eduard aus. Nach Frau Elvira schon gar nicht. Paul hob ihn hoch. Da hatte doch jemand seinen Müll auf dem Friedhof entsorgt! Der Totengräber von Bresel kratzte sich am Schädel. Das Ding war leer und roch wie Pauls Unterhose. Paul dachte nach. Seine Bude in der Schnapsgass hatte noch nie Blumen gesehen. Weil keine Vase da war. Oder warum auch immer. Also?

Oder – genial! Er konnte den Topf auf dem Flohmarkt verticken. Irgendwer nahm das Ding bestimmt. Es sah alt aus, es stank und die Zeichen darauf waren geheimnisvoll. Paul schlurfte davon. Heute Abend könnte er mal seine Unterhose waschen, nahm er sich vor.

Am Sonntag herrschte ein böiger Westwind. Deshalb roch der Stadtpark nach Kläranlage. Da fiel die Vase kaum auf. Paul stapfte brummelnd von einem Stand zum nächsten.

Der Breselner Flohmarkt war in der ganzen Umgebung bekannt. Jeden ersten Sonntag im Monat fand er statt. Paul traf Elfriede Sievers, die schnüffelnd vor ihm stehen blieb.

»Westwind«, brummte Paul.

Elfriede sah ihn misstrauisch an. »Ich dachte schon …«

Was sie dachte, ging in lautem Geschrei unter. *Schnürs Enkel* drängelten sich zwischen Paul und Elfriede hindurch. Elfriede schüttelte den Kopf und wackelte ihres Weges. Die Jugend von heute! Kein bisschen besser als früher. Elfriede schlug den Kamelhaarmantelkragen hoch. Warum auch?

Paul hatte endlich gefunden, was er suchte. Den Kerl mit dem Riesenschnauzbart. Der seit einiger Zeit hier regelmäßig aufkreuzte und lauter solche Dinger im Angebot hatte.

»Hier«, sagte Paul und stellte dem Schnauzbart die Vase auf den Stand. Paul kannte diese Sorte Typen, davon hatte er in seinem Leben genug kennengelernt. Mehr als genug! Und er wusste, wann ihr Schreck nur gespielt war. Der vom Walrossbart war echt. Paul beobachtete ihn aus zusammengekniffenen Augen. Sogar seine Finger zitterten, als er die Vase befühlte.

»Die«, stammelte der Kerl, »die stinkt.«

»Liegt am Westwind«, knurrte Paul. Seine Unterhose jedenfalls war frisch gewaschen. Walross hielt ihm die Vase hin wie etwas Ekliges. *Wovor hast 'n Schiss?,* dachte Paul.

»Wovor hast 'n ...«, begann Paul und wurde von einem erstaunten Schrei unterbrochen.

»Ha!« Clemens Zuffhausen stand neben ihm. Der Leiter des Historischen Museums Bresel.

Paul trat respektvoll einen Schritt zur Seite.

»Woher haben Sie die?«, fragte der Herr Zuffhausen.

Walross zeigte auf Paul. »Der da«, sagte er.

Paul blinzelte gegen die tief stehende Novembersonne.

Clemens Zuffhausen nahm die Vase in die Hand wie ein rohes Ei. »Herr Ranunkel, nicht wahr?«

Sie wurden sich schnell handelseinig. Paul war mit einem Zehner mehr als zufrieden. Und Walross wurde plötzlich sauer und wollte auch mit Clemens Zuffhausen ins Geschäft kommen. Aber der winkte ab.

»Alles nachgemacht«, sagte er und zeigte auf die Auslagen des Schnauzbartes. Dann trug er Pauls Vase wie einen Schatz davon. Nein, weder die mäßig begabte Töpferarbeit interessierte ihn daran noch der ausgefallene Geruch, der sich hielt, obwohl der Wind auf Nordost drehte. Was Clemens Zuffhausen in helle Aufregung versetzte, war die Schrift auf der Vase.

Schnürs Enkel hatten längst den Flohmarkt verlassen. Sie standen im Museumsweg vor dem verlassenen VHS-Gebäude.

»Wär schon brauchbar, wenn wir die Hütte kriegen könnten«, sagte Freddie.

Strothkötter junior nickte. »Mein Alter meint, die Stadt hat sich 'n Event-Center spendiert, jetzt wär mal ein Jugendzentrum dran. In diesem Schuppen zum Bleistift.«

»Bück dich mal«, sagte Jenny und Jan stützte die Hände auf die Knie. Freddies Grinsen übersah er einfach. Jenny legte ein Blatt Papier auf seinen Rücken.

»Also«, sagte sie, »ich höre.«

Eine Viertelstunde später war der Brief fertig. Ulli der Langhaarige wohnte in Bresel-Neustadt. Er wollte ihn noch heute Abend bei den Müller-Pfuhrs einwerfen. Der Herr Bürgermeister und Gattin waren nach der Wahl vor gut einem Jahr in diese *bessere Gegend* gezogen. Strothkötter junior sagte noch, auch sein Vater bliebe am Ball. Notfalls würde er eine Demo für ein Jugendzentrum organisieren. Egon – wer sonst – fand eine Demo so überflüssig wie eine Gitarre mit mehr als vier Saiten. Bassistenlogik eben. Dann trennten sie sich. Ulli und Jenny hatten den gleichen Weg, Strothkötter junior und Egon konnten sich noch einen Kilometer über den Sinn von Demonstrationen und sechssaitigen Bässen streiten. Freddie und Jan mussten zur Breselner Landstraße.

Im Dalli-Markt entfernte Frau Dall gerade die Silbersterne vom Schaufenster. Auch sie hatte inzwischen gemerkt, dass dort nicht Osten war.

Die Vase vom Friedhof stand schon am nächsten Tag unter einem Plexiglaswürfel im Breselner Historischen Museum. Zuvor hatte sie Clemens Zuffhausen gründlich untersucht. Von allen Seiten hatte er sie fotografiert und die Schrift sorgfältig in sein Notizbuch übertragen. Da stand nun dieses:

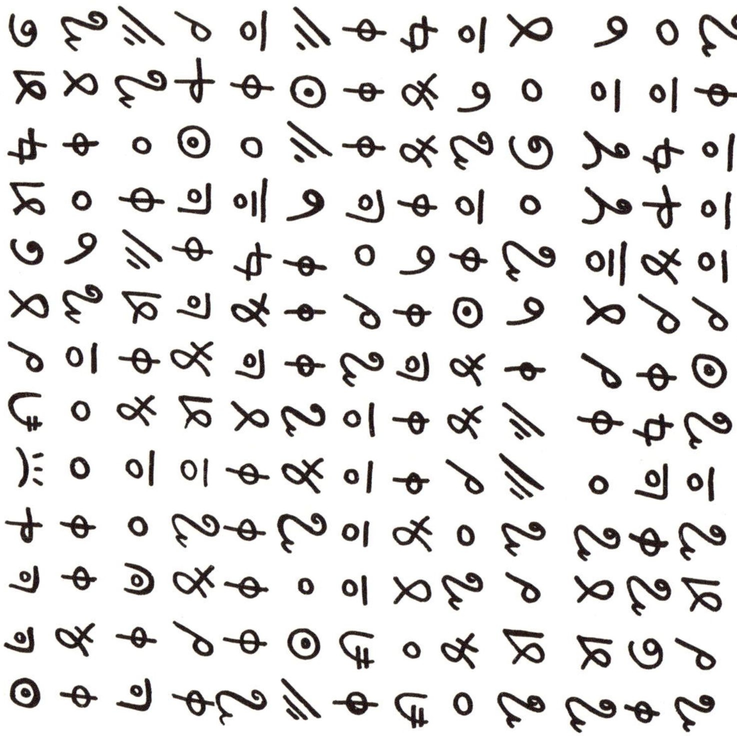

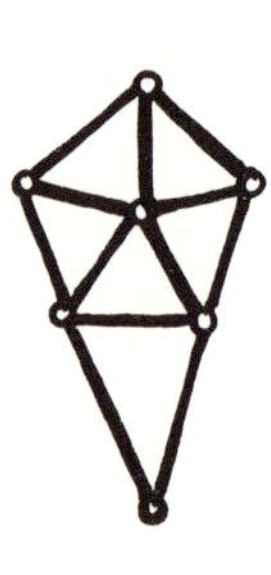

Es war ein Rätsel. Natürlich hatte Clemens Zuffhausen sofort die Runenzeichen erkannt. Ganz ähnlich denen auf den vier Breselner Runensteinen! Und er war Wissenschaftler. Er nutzte seine Kontakte zu dem besten Runenforscher Europas, Lars Grønberg, und mailte ihm seinen Fund.

Die vier Breselner Runenschriften hatte man längst als *Ursicin* (über der alten Goldschmiede), *Serapio* (an einem Seitenaltar in Sankt Urban) und *Ur* (im Fußbodenmosaik der Friedhofskapelle) sowie (beim Klosterumbau neu entdeckt) als *Vestralp* entziffert. Der lang gehegte Verdacht schien sich zu bestätigen, dass zumindest vier der sieben alemannischen Könige hier in Bresel versammelt gewesen waren. Im Jahre 357. Und sich in Stein verewigt hatten. Später hatten die praktischen Breselner diese Steine weiterverwendet. Im Fußboden, wie gesagt, oder quer über ihren Haustüren, wo immer sie solche Klötze gebrauchen konnten. Es fehlten noch *Suomar* und *Hortar*. Und natürlich *Knodomar* selbst, der Boss; nach allem, was man wusste.

Und jetzt diese Vase! Clemens hatte natürlich sofort mit dem Bürgermeister telefoniert. Sie müsse in ein Spezialinstitut geschickt werden. Am besten noch heute. Dort könne ziemlich exakt ihr Entstehungsjahr bestimmt werden. Wie eigentlich nicht anders zu erwarten war, hatte Radolf Müller-Pfuhr auf der Stelle abgelehnt. Clemens nahm dies als eine weitere Bestätigung dafür, dass Bresel pleite war, abgebrannt bis auf den letzten Cent. Und dass der Bürgermeister Schiss hatte. Denn er würde für die Pleite zur Verantwortung gezogen werden, das war so sicher wie das Breselner Gefängnis.

Gut, dachte Clemens. *Beziehungsweise schlecht.* Und noch schlechter war, dass alles, was bisher über die Inschriften bekannt war, nichts taugte. Denn was ihm von seinem dänischen

Kollegen wenige Stunden später auf den Bildschirm gesandt wurde, entsprach wohl dem neuesten Forschungsstand über die Breselner Runen und in etwa Clemens' eigenem Ergebnis, war aber ansonsten von eher zweifelhaftem Wert.

Q	S	E	M	V	E	T	I	V	B	N	O	S
P	B	S	A	T	D	T	H	N	O	V	V	T
I	T	O	D	O	E	T	H	S	Q	J	I	V
P	O	T	F	W	N	F	T	V	O	J	A	V
Q	N	E	T	I	T	O	N	T	S	W	H	V
B	S	P	F	H	T	M	T	D	N	B	M	M
M	V	T	H	F	T	S	F	H	T	M	T	D
L	O	H	P	B	S	V	T	H	E	T	I	S
K	O	V	V	T	H	V	T	M	E	O	F	V
A	T	O	S	T	S	V	H	O	S	S	T	S
F	T	Y	H	T	O	V	B	S	M	B	S	P
F	H	T	M	T	D	L	O	H	P	P	Q	M
D	T	F	T	S	E	T	L	O	S	S	T	S

Kompletter Unsinn also! Lars Grønberg hatte ebenfalls keine Erklärung für eine weitere Merkwürdigkeit. Fast alle Zeichen schienen *auf der Seite* zu liegen. Jedenfalls im Vergleich zu den bisher bekannten Breselner Schriften. Sicher, so etwas kam vor. Auch in anderen Runen-Alphabeten.

Clemens lehnte sich zurück. Er durfte die Hoffnung nicht aufgeben. Er suchte die Adressen der fähigsten Runenforscher heraus und tippte einen neuen Brief. Irgendeiner seiner Kollegen würde eine Idee haben, wie das Rätsel zu entschlüsseln war. Vielleicht war er ja einer großen Sache auf der Spur. Vielleicht waren die Alemannen doch nicht nur tumbe Schlagetots gewesen, wie sein verstorbener Kollege Oskar Sievers immer behauptet hatte. Vielleicht würde man ihm, Clemens Zuffhausen, in ein paar Jahren ein Denkmal setzen. Vielleicht.

Vielleicht auch nicht.

Clemens Zuffhausen klickte auf *Senden*.

Der November zog ins Land, so grau, nebelig und trüb wie seit Jahren nicht mehr. In Dänemark (Lars Grønberg), Schottland (Scott MacDuffy) und Finnland (Niklas Raikkönen) brüteten die erfahrensten Köpfe über der neu entdeckten Vasenschrift, die ihnen aus Bresel geschickt worden war.

Grüezi

Und noch jemand brütete. Agathe. Und zwar eine Grippe aus. Sie hockte unter einem Deckenberg und stierte durch die Scheiben des Müller-Pfuhr'schen Wintergartens. Hinaus in eine graue Suppe. Wie Gespenster wehten die Nebelschwaden durch die Koniferen. Manche, als wären sie lebendig. Agathes Augen weiteten sich. Da! Etwas kam auf sie zu. Ruderte mit den Armen und riss hässlich den Mund auf. Mit schwankenden Schritten näherte sich die Nebelgestalt dem gläsernen Anbau.

Agathe schrie!

Die Gestalt hatte die Scheibe erreicht. Furchterregend schnappten ihre Zähne. »Mach die Tür auf!«, schrie der Mund.

Es war Radolf. Er hatte seinen Haustürschlüssel vergessen. Agathe hatte sein Schellen überhört. Sie war in Gedanken weit fort gewesen. Weltraumweit. Oder eingenickt, sie wusste es nicht mehr. Ächzend quälte sie sich unter der Deckensammlung hervor.

»Ja, ich komm schon!«

Eine Viertelstunde später saß der Bürgermeister in seinem Lieblingssessel. Aus dem Deckenberg gegenüber stieg Dampf. Agathe schlürfte unüberhörbar ihren Erkältungstee. Wer krank war, durfte sich benehmen, wie er wollte.

Radolf betrachtete missmutig einen roten Briefumschlag. Der Absender bestand nur aus einem einzigen Wort. Aber das reichte ihm schon.

Strothkötter.

Es blieb vom Umschlag nicht viel übrig, nachdem Radolf ihn auf seine Art geöffnet hatte. Rote Papierfetzen lagen um den Sessel verstreut. Ein eng beschriebener Zettel kam zum Vorschein.

»Wer schreibt uns?«, kam eine schwache Stimme aus den Decken.

»Mir«, brummte Radolf.

»Also gut«, sagte die schwache Stimme, und wer wollte, konnte schon einen leichten Ärger heraushören. »Wer schreibt *dir?*«

»Strothkötter.«

»Was will er denn?«

»Woher soll ich das wissen?«

»Dann lies doch.«

»Wenn du mich nicht dauernd unterbrechen würdest.«

»Nun reg dich nicht auf.«

»Ich rege mich nicht auf!«

»Was schreist du dann so?«

»Ich ...« Radolf war puterrot im Gesicht. Er rang nach Atem.

»Jetzt beruhige dich doch erst mal«, kam aus den Decken, gefolgt von einem ausgiebigen Schlürfen. »Und lies schon.«

»Ja«, sagte Radolf. »Ich lese.« Es klang nach sehr fest zusammengebissenen Zähnen. *Sie muss sich schonen,* dachte Radolf. Aber wehe, wenn sie wieder gesund ist!

Und er las.

Sehr geehrter Herr Müller-Pfuhr!

Sie erinnern sich bestimmt an einen der größten Söhne unserer Stadt, Christoph Willibald Schnür (1919 bis 1991), den Erbauer des Breselner Klärwerks. Dank seines Einsatzes trinken die Breselner stets sauberes, klares Wasser. Seinem Erbe fühlen wir uns verpflichtet.

Wir, das sind »Schnürs Enkel«, die Rockband mit den klaren, sauberen Texten. Und wir greifen ein, wo immer Klärungsbedarf besteht. Zum Beispiel beim Event-Center. Wo bitte findet sich dort ein Platz für uns? Konkret: ein Proberaum?

Aber wir klagen nicht nur, wir bieten auch Lösungen: Sie stellen uns die alte Volkshochschule zur Verfügung und wir sehen von weiteren Maßnahmen ab. Die Innengestaltung übernehmen wir. Sie (also die Stadt Bresel) spendieren lediglich den Haustürschlüssel und die Gas-, Wasser- und Stromrechnung.

Der große Sohn unserer Stadt, Christoph Willibald Schnür, hätte die Sache nicht besser klären können. Alles klar?

Mit metallischem Gruß,

Schnürs Enkel

Ulli, Jenny, Jan, Egon, Freddie und Strothkötter junior

Radolf schwieg. Der Deckenberg dampfte. Ein lang gezogener Schlürfer. Dann wieder Stille.

Drei Schlürfer später fragte Agathe: »Und?«

Sie hörte Papier zerreißen. Ganz langsam. Noch mal. Und noch mal.

»Auf gar keinen Fall«, sagte Radolf dumpf.

Draußen war es dunkel geworden. Der Nebel rückte noch dichter an die Scheiben. Fast meinte Agathe das Quietschen zu hören, mit dem eine der weißen Gestalten ihre Finger über das Glas zog. Ihr Kopf war eine Vase. Die Buchstaben darauf wurden zu Zähnen. Und grinsten.

Radolf saß am Kopfende des Rathaustisches, übermüdet und grau im Gesicht. Noch eine Woche, dann musste er vor den alemannischen Bürgermeistern seine Rede halten. In Basel. Über die hervorragende Haushaltslage der Stadt Bresel. Im Moment sah es eher so aus, als müsste er seine Rede komplett umschreiben. Doktor Jorgonson, der Kassenwart, hatte ihm den aktuellen Schuldenstand genannt. Er hätte sich sein besorgtes Gesicht dazu sparen können. Radolf wusste selbst, dass er sich vergaloppiert hatte. Und Strothkötter senior grinste. Natürlich.

Zu allem Überfluss hielt jetzt Clemens Zuffhausen diesen gammeligen Topf hoch. Die jüngste Sensation des HMB. Deutlich waren darauf wackelige Schriftzeichen zu erkennen wie ein zähnefletschendes Gebiss, das mit Strothkötters Grinsen mithalten konnte. Bestimmt hatte der seinen Sohn zu dem Brief angestachelt!

Radolf riss sich zusammen. Er musste seine Gedanken auf Zuffhausen konzentrieren. Dessen Wortschwall schwirrte wirr in Radolfs Kopf. Von Experten in Dänemark, Schottland und Finnland war da die Rede, von keltischen Runen und dem sogenannten *Breselner Alphabet* und was da noch an Fachchinesisch war. Wie durch einen dichten Nebel sah Radolf Strothkötters Mund, der jetzt weit aufgerissen war.

»Ha!«, rief der *Sodembu*-Vorsitzende. »Bresel ist also nicht bereit, das Alter der Vase bestimmen zu lassen! Wie stehen wir denn da im internationalen Vergleich? Was für Antworten geben wir den Experten aus Finnland, Schottland und Dänemark?« Hier stützte er die Hände auf die Tischplatte und erhob sich drohend. »Aber die Versicherung!«, raunte er, und es wurde so still, dass man den Mehlstaub aus Bäcker Blumes Hemd rieseln hörte. Die plötzliche Geräuschlosigkeit weckte den Meister der Brötchen.

»Was? Worum geht's?«, nuschelte er und schlief wieder ein.

»Die Versicherung!«, wiederholte Strothkötter senior leise. »Darum wird sich die Stadt nicht drücken können!«

Ja, da hatte er wohl recht. Im weiteren Verlauf der Sitzung ging es um die grundsätzliche Bedeutung der Altertumsforschung, die europaweite Zusammenarbeit und, und, und. Radolf beneidete Bäcker Blume von ganzem Herzen. Und sah sich schon vor den alemannischen Bürgermeistern stehen. Nächste Woche.

Ausgebuht. Mit Tomaten beworfen.

»Buuuuuuuh!«, schrien sie. Einige verloren dabei sogar ihr Gebiss. »Pfui! Aufhören! Stümper!« Und noch viel schlimmere Sachen. Der rüstige Rentner aus der ersten Reihe drohte gar mit seinem Krückstock zur Bühne. Eine aufgebrachte Schreckschraube suchte sich die Kuchenreste von ihrem Teller, die ihr offenbar nicht schmeckten. Es hatte den Anschein, als wollte sie tatsächlich – *matsch!* Kandierte Kirschen in Erdbeersoße umrahmt von Buttercreme und feinem Mandelkrokant wanderten seine Stirn hinab. Verklebten das linke Auge und flossen über die Wange in den Mundwinkel.

Ede leckte mit der Zunge nach der süßen Pampe. Besser als nichts. Als das zweite Kuchenstück haarscharf über Carlo hinwegsegelte (und dummerweise den Geschäftsführer des Lokals traf), entschloss sich Ede zur Flucht.

»Komm«, raunzte er und Carlo sah ihn hilflos an.

Edes Plan reifte in Sekundenbruchteilen. Es gab kein Zurück. Der Geschäftsführer hatte das Kreuz eines Boxers. Es blieb nur ein Weg. Mittendurch. Also rannte Ede mittendurch. Zwei Saiten seiner Ukulele verhedderten sich in einer Steckfrisur und rissen mit jämmerlichem Jaulen. Die dazugehörige Dame warf wutentbrannt ihren Regenschirm zwischen Carlos Beine, was zum ersten gelungenen Purzelbaum in Carlos Leben führte. Ede zerrte ihn wieder auf die Füße und wehrte einen weiteren Käsesahnetortenangriff mit seinem Instrument ab. Völlig unbekannte schweizerische Schimpfwörter und bestens bekannte Stockschläge prasselten auf sie nieder. Und hätte der Boxer nicht einer rotgesichtigen Wuchtbrumme die Gabel entrissen – nicht auszudenken!

So standen die beiden Helden des Volkslieds nach ein paar Minuten unter einer einsamen Straßenlaterne und starrten in den Basler Nebel. Stumm untersuchte der Lange seine Ukulele. Die Hälfte der Saiten war noch ganz. Immerhin. Carlo befühlte seinen Kopf. Der Purzelbaum hatte zur Erinnerung eine Beule hinterlassen.

Eine Windböe riss die weiße Watte auf und gab den Blick auf eine Leuchtreklame frei.

GRÜEZI

Sie klebte an einem riesigen Gebäude mit Marmorsäulen und hohen Fenstern. Wie aus einem Märchenbuch. Dann schloss sich der Vorhang wieder.

»Grüezi«, murmelte Ede und spürte plötzlich einen Finger an der Wange. Fassungslos beobachtete er, wie der Finger buttercremegekrönt in Carlos Mund verschwand.

»Ich hab so einen Hunger«, nuschelte der Dicke. Er wischte sich den Finger an der Hose ab.

»Hab ich da noch mehr?«, fragte Ede.

Carlo nickte zaghaft.

»Na komm, Kleiner.«

Aus dem Basler Nebel löste sich eine männliche Gestalt mit einem ausgesprochen breiten Grinsen. Sie steuerte direkt auf die beiden einsamen Musikanten zu.

»Hallo!«, rief sie erfreut und winkte. »Ich hab da einen Job für euch!«

»Grüezi«, murmelte auch Radolf Müller-Pfuhr. Er saß allein in einem Zugabteil. Draußen glitten die Schweizer Berge vorbei wie in einem Film. Einem Film von Heimatglück und Alpenglühen, ohne einen alemannischen Bürgermeisterkongress. Im berühmten Basler Hotel *Grüezi*. Vermutlich rollten sich jedem Schweizer bei dem Namen die Fußnägel auf. Aber wenn's den Touristen gefiel.

»Grüezi.« Radolf seufzte. Auf seinen Knien lag das Breselner Volksblatt. Mit einer fünf Zentimeter hohen Überschrift.

Alemannische Vase auf Friedhof entdeckt

Für internationales Aufsehen sorgte der Fund eines Tongefäßes auf dem Breselner Friedhof. Clemens Zuffhausen präsentierte die Vase in einer Sonderveranstaltung der Öffentlichkeit und der Presse. Führende Experten aus ganz Europa seien mit der Entschlüsselung der alemannischen Runen beschäftigt, so der Leiter des Historischen Museums. Die 13 x 13 Schriftzeichen auf dem

Gefäß zeigten Übereinstimmungen mit den seit Langem bekannten Breselner Runensteinen, die nach einhelliger Meinung der Fachwelt die Namenszüge der Alemannenkönige Vestralp, Ursicin, Ur und Serapio darstellten. Leider könne, so Herr Zuffhausen, die Stadt Bresel keine Mittel zur Verfügung stellen, um das tatsächliche Alter der Vase zu bestimmen. Die angespannte finanzielle Lage erlaube gerade mal, die Versicherungssumme für den kostbaren Fund zu begleichen. Die Stadt habe sich in der letzten Zeit übernommen, so der Leiter des HMB, jetzt seien die Geldtöpfe leer. Von Bürgermeister Radolf Müller-Pfuhr war zu dem Thema keine Stellungnahme zu bekommen, da er sich auf einer Auslandsreise befindet. Am Rande der Veranstaltung wies Heribert Strothkötter auf die Notwendigkeit hin, einen Treffpunkt für die Jugend der Stadt einzurichten. Sein Vorschlag, das leer stehende Gebäude der ehemaligen Volkshochschule ...

Und so weiter. Radolf schloss müde die Augen. Der Brief fiel ihm wieder ein. Der Brief dieser *Enkel* von Herrn Schnür. Es war ihm ein Rätsel, wie man auf die Idee kommen konnte, sich diesen Herrn als Vorbild zu nehmen. Einen Klärwerksbauer. Na ja. Aber ein Stadtoberhaupt musste auch solche Briefe beantworten. Vielleicht aus der Schweiz. Vielleicht auf Briefpapier dieses Hotels. *Grüezi.*

Radolf holte das Einladungsschreiben hervor. Für heute Abend war ein Essen in Anwesenheit des Geschäftsführers vorgesehen. Des Herrn … *wie bitte?* … Aarne Kyankalismäki. Diese Schweizer und ihre Namen! Später dann ein gemütliches Raclette-Essen mit Weinprobe und einheimischen Musikanten.

Zwischendrin noch der Festvortrag. Gehalten vom Bürgermeister der schwäbischen Stadt Bresel.

Radolf suchte nach einem Taschentuch. Der Schweiß stand ihm bereits jetzt auf der Stirn. Er wünschte sich aus dem Fenster, weit fort, hinauf zu den schneebedeckten Gipfeln der Schweizer Berge. Klare Luft, weiter Blick. Auf einmal hatte er das Gefühl, ersticken zu müssen. Keuchend riss er an seiner Krawatte. Unaufhaltsam ratterte der Zug. Kilometer für Kilometer näherte er sich Basel. Und Aarne Kyankalismäki.

Grüezi.

Walli

Der Herr Kyankalismäki war ein freundlicher Herr mittleren Alters mit einem auffallend breiten Lächeln. Einem sehr breiten Lächeln. Radolf starrte in die goldgefüllte Zahngalerie des Herrn Kyankalismäki und bekam kaum etwas von den lobenden Worten mit. Irgendwas von einer gelungenen Rede, ganz im Sinne der Gemeinschaft der alemannischen Bürgermeister, zukunftsweisend, mutig und innovativ.

Radolf war es im Moment egal, wieso er innovativ gewesen sein sollte. Offensichtlich war das etwas Erfreuliches, denn der Herr Kyankalismäki lächelte dabei besonders breit. Hauptsache, er hatte seine Rede mit Anstand über die Bühne gebracht. Ohne Buhrufe und Tomaten.

Es war inzwischen Abend geworden und sie standen am Büfett. Es gab Brot mit geschmolzenem Käse. Dazu unzählige Sorten Wein, die man alle probieren sollte. Was einige Bürgermeister wörtlich nahmen. Von jeder Sorte ein Gläschen. Mindestens. Danach trafen sie eine engere Auswahl. Aus purer Gewissenhaftigkeit. Dann eine noch engere und so weiter. Die Stimmung im Saal war bald dementsprechend.

Radolf wurde mittlerweile von den meisten geduzt. Von Aarne sowieso. Aarne drückte ihm ein weiteres Glas Spätburgunder in die Hand und schob ihn zu einem Ecktisch. Dort saßen bereits zwei weitere Herren. Der eine etwas rundlich und der andere stimmte eine Art Gitarre.

»Radolf«, schnaufte Aarne. »Das Leben hat es mit mir nicht immer gut gemeint.«

O Schreck, dachte Radolf. Was jetzt wohl kam? Bloß keine Geschichten über unglückliche Liebe und Wie-ich-mich-selbst-aus-dem-Dreck-zog.

»Und weißt du was?«, fragte Aarne.

Radolf schaute dem langen Dürren zu, der eine neue Saite auf sein Instrument spannte, und schüttelte den Kopf.

»Weißt du was?«, fragte Breitmaul-Aarne noch einmal. »Eigentlich bin ich gar nicht der Geschäftsführer vom Grüezi, weißt du?« Aarne hatte offenbar die Weinprobe schon zweimal durch. Komplett. »Eigentlich mach ich in Antik.«

»Ja«, sagte Radolf, nur um irgendwas zu sagen.

»Das verstehst du nicht«, sagte Aarne und trank sein Glas aus. »Du kennst die Walli nicht.«

»Nein«, sagte Radolf wahrheitsgemäß.

»Siehst du. Und darum will ich sie heiraten.«

»Darum?«, fragte Radolf nach und versuchte die Logik darin zu entdecken.

»Genau darum.« Aarnes Aussprache ließ schon sehr zu wünschen übrig.

»Ach«, machte Radolf.

»Und!« Der Geschäftsführer, der keiner war, erhob sich und kam nach einer Minute mit gefüllten Gläsern zurück. »Und ich will ihr was schenken.«

Radolf nickte und nippte.

»Was richtig Wertvolles. Antikes!«

Radolf nippte und nickte.

»Was kostet denn diese Vase?«

Radolf verschluckte sich und hustete. »Welche Vase?«

»Na, du weißt schon.« Jetzt wurde Aarne lauter. »Diese Vase!«

Radolf starrte über den Glasrand in das Breitmaul. Klar, das mit der Vase war durch alle Zeitungen gegangen. Auch im Ausland.

»Aus Bresel, wie herrlich! Ich kenne die Stadt. Wunderschön. Hatte mal dort zu tun. Wie geht's Baronin Tusnelda?«

»Auf … auf ihrem Grab hat man die Vase gefunden«, stotterte Radolf. Er bekam Schweißhände, was nicht nur am übermäßigen Weingenuss lag.

»Was du nicht sagst. Tja, da kann man wohl nichts machen.« Da hatte Aarne zweifellos recht. »Also, wie viel?«

»Ach das meinst du«, sagte Radolf lahm. Aarne wurde ihm langsam unheimlich. Das breite Grinsen wurde noch breiter.

»Muss doch was Besonderes sein für meine Walli, verstehst du? Was wollt ihr denn mit dem Pott? Ich biete dir …«

»Nein, nein.« Radolf hob abwehrend die Hände. »Die Vase ist unverkäuflich.« Und leise fügte er hinzu: »Leider.«

»Na, siehst du.« Aarne war wirklich in Stimmung. »Eigentlich wärst du sie gern los. Gib's doch zu.«

Wie recht er doch hatte.

»Nein, nein«, wiederholte Radolf hastig, bevor etwas Falsches über seine Lippen kam. »Nein, nein.«

Die Erlösung nahte in Form einer korpulenten Dame mit einem Vogelnest auf dem Kopf. Einem Hut wie ein Vogelnest, so groß, dass ein Geierpärchen darin hätte brüten können.

»Walli!«, schrie Aarne und breitete seine fetten Arme aus. Walli rauschte vor seinen Bauch und gemeinsam wankten sie zum Büfett. Radolf konnte aufatmen, zumindest kurz. Denn da waren ja noch die zwei anderen Gestalten an seinem Tisch. In der Ecke, da, wo es schattiger war.

»Bresel?«, räusperte sich Ede.

Radolf nickte mechanisch.

»Sind Sie der Bürgermeister von …«

Radolf nickte immer noch. Plötzlich hielt er inne und starrte den langen dürren Kerl an. Mit seiner Mini-Gitarre. Ihm war, als hätte er ihn schon einmal gesehen. Irgendwo. Auf einem Plakat. (In diesem Punkt hätte ihm Kommissar van der Velde weiterhelfen können.) Ja, und auch den kleinen Dicken, dem der Schweiß in glänzenden Perlen auf der Stirn stand.

»Wieso?«, fragte Radolf.

»Wir hatten auch mal in Bresel zu tun«, flötete Carlo.

»Schnauze!« Der Dürre war wohl nicht gut auf seinen Begleiter zu sprechen.

Radolf wollte eigentlich nur fort von hier. Unter eine Bettdecke, nichts mehr hören und nichts sehen. Oder besser gleich heim nach Bresel.

»Ja«, sagte Radolf unkonzentriert. »Sie sind Musikanten?«

»Ich habe die Frau Walli gerettet«, strahlte Carlo. Die Miene seines Kumpels verhieß nichts Gutes. »Als sie vor den Zug gefallen ist. Fast. Und deshalb dürfen wir …«

»Schnauze!«

»… dürfen wir hier auftreten.«

Carlos Stimme war leiser geworden, mit einem Hauch von Trotz. Ede sah aus, als könnte Carlo gleich die Splitter der Ukulele aus seiner Glatze ziehen. Radolf wurde es jetzt zu viel. Hastig sprang er auf. Die verheerende Wirkung des Alkohols machte sich bemerkbar. Als ob sein Hirn in Spätburgunder badete.

»Ja«, stieß er hervor, »ich bin der Bürgermeister von Bresel. Ich verkaufe keine Vasen. Ich wünsche viel Glück.« Und er rannte davon. Am Büfett vorbei, an Aarne und seiner Geier-Walli vorbei, zwischen den fragenden Gesichtern der alemannischen Bürgermeister hindurch, zur Saaltür hinaus ins Freie. Luft. Kühle Luft. Bloß keinen Wein mehr, keine Walli und keinen Gesang.

Fast zwei Stunden rannte Radolf Müller-Pfuhr durch Basel. Ziellos. Als könne er so den dunklen Wolken entfliehen, den Geldsorgen, der anstehenden Wahl am Neujahrstag und Aarnes breitem Grinsen. Radolf war überzeugt davon, der einsamste Bürgermeister der Welt zu sein. Und der traurigste allemal. Und nichts wurde anders, so lange er auch lief und lief. Nichts besser und hoffentlich auch nichts schlechter. Radolf kam sich vor wie ein Hamster im Hamsterrad. Alles blieb immer nur gleich. Selbst die Straßen schienen sich zu wiederholen. So war er gar nicht mal überrascht, als er gegen 23 Uhr wieder vor dem *Grüezi* stand. Und hatte erstens etwas verpasst. Etwas beinahe Unbeschreibliches. Und stand zweitens vor der Morgenröte einer neuen Hoffnung für ihn und Bresel, wenn der Vergleich nachts um elf überhaupt erlaubt war. Doch der Reihe nach.

Radolf betrat also wieder das *Grüezi*. Und es fiel ihm gleich die merkwürdige Stille auf. Unwillkürlich begann er zu schleichen. Näherte sich dem Festsaal, in dem ohrenbetäubendes Stimmengewirr geherrscht hatte, als er gegangen war. Jetzt war alles mucksmäuschenstill. Fast. Ein leises Schluchzen drang durch die Tür. Radolf ging auf Zehenspitzen. Die Saaltür war nur angelehnt. Mit dem Zeigefinger schob er sie auf.

Drinnen glimmte noch das Notlicht. Zuerst sah er das abgeräumte Büfett. Aber was war das? Die Käselaibe, die Shrimps, die Körbe voll Brot und die edlen Weinflaschen – alles hatte man auf die Bühne gebracht. Beziehungsweise geworfen. Beziehungsweise in unbändiger Zerstörungswut auf dem Podium zerdeppert. Der rückwärtige Vorhang war heruntergerissen, die Wand dahinter sah erheblich renovierungsbedürftig aus. Wie auch der ganze Saal.

Radolf schritt fassungslos zwischen den zerborstenen Stühlen hindurch. Die Bühne war ein einziges Schlachtfeld, als wäre eine Bombe explodiert. Nur in der Mitte stand ein einsames Rotweinglas, gefüllt und wie durch ein Wunder unversehrt. Radolf kletterte hinauf, nahm das Glas und trank es in einem Zug leer.

Und da war es wieder, das Wimmern. Unter dem herabgerissenen Vorhang bewegte sich etwas. Eine Glatze kam zum Vorschein, aus der noch Holzsplitter ragten. Radolf nahm an, von der Ukulele, deren Reste in einem Butterfässchen steckten. Auch das Butterfässchen bewegte sich. Ede, oder was von ihm übrig war, kroch darunter hervor. Carlo half seinem Kollegen auf die Beine. Jetzt erst bemerkten sie Radolf.

Drei Männer in Trümmern. Die Saaltür wurde weiter aufgestoßen und eine stumme Putzkolonne trabte herein.

»Kommen Sie, meine Herren«, sagte Radolf zu den beiden und wies auf eine Tür rechts neben der Bühne. Schweigend verließen sie den Saal. Hinter ihnen fegten schon breite Besen die Scherben zusammen. Vor ihnen führte ein dunkler Flur zu einer Nebentreppe.

Zimmer 313 lag im dritten Stock. Radolf holte eine Flasche

Mineralwasser aus dem Kühlschrank. Ede entfernte mit einer Pinzette die Splitter aus Carlos Kopfhaut. Die Reste der Ukulele. Sie würde nie mehr spielen. Und Carlo würde nie mehr singen. Zumindest das Erste stimmte.

»Mein Herren«, sagte Radolf und bot den Herren ein Glas Wasser an. »Wer sich zu weit nach vorne wagt, hat alle anderen im Rücken.« Er war sich nicht ganz sicher, ob diese Weisheit jetzt angebracht war. Er hatte sie so ähnlich auf einem von Agathes komischen Zetteln gelesen, die seit geraumer Zeit in der Müller-Pfuhr'schen Wohnung herumlagen. Knodomars soundsovieltes Gesetz. Oder so. Hatte Agathe nuschelnd erklärt. Radolf hatte mit den Schultern gezuckt. Die Hobbys seiner Frau interessierten ihn nicht besonders. Voller Mitgefühl betrachtete er Carlos schmerzverzerrtes Gesicht. Sein Schädel war inzwischen holzfrei. Ede legte die Pinzette neben die Vase auf den Tisch.

»Danke«, sagte er. »Für die Pinzette.«

Und Carlo wisperte: »Ist sie das?«

Fragezeichen in Radolfs Gesicht. Carlo zeigte auf die Vase. Ein paar Blumen, deren Namen er nicht kannte, ließen die Köpfe über den Rand hängen.

»Natürlich nicht«, sagte Radolf. »Was wissen Sie denn von der Vase?«

Nur das, was er so mitgehört hatte, sagte Carlo. An dem Tisch im Saal. Vor dem Auftritt.

»Aha«, sagte Radolf.

Und das, was in der Zeitung stand. Von der hohen Versicherungssumme und so. Carlo zog die Augenbrauen hoch wie ein sorgenvoller Versicherungsvertreter.

»Ja«, seufzte Radolf traurig.

Ja, und nun? Jetzt hatte er aus purem Mitleid die beiden Ex-

Musikanten auf sein Zimmer gebeten. Zwei begossene Pudel. Der Lange war wirklich arg mitgenommen und hatte sich auf dem Bett ausgestreckt. Der Kleine saß am Tisch und schielte unentwegt zur Vase. Radolf war, als bemächtige sich eine gewisse Unruhe des pummeligen Körpers. Carlo begann mit den Fingern zu kneten. Seine Füße suchten einen bequemen Platz und fanden keinen. Seine Augäpfel rollten in den sonderbarsten Kapriolen. Schließlich wurde es Radolf zu viel. Da wurde man ja beim Zusehen verrückt.

»Nun«, brummte der Bürgermeister von Bresel. »Raus mit der Sprache!«

»Ach nee«, zierte sich Carlo und begann an den Fransen der Tischdecke zu zupfen. Links, rechts, links, rechts.

»Hören Sie.« Radolf war kurz davor, die Fassung zu verlieren. »Hören Sie auf damit!« Er war lauter geworden, als er beabsichtigt hatte.

Carlo hielt erschrocken inne. »Ich meine doch nur«, sagte der Dicke und starrte Radolf an.

»Was um Himmels willen meinen Sie denn?«, donnerte Radolf über den Tisch.

Ede fuhr mit einem Schrei vom Bett hoch. Fast wäre er eingenickt. Hatte Carlo wieder gesungen? Flogen wieder Käselaibe und Rotweinflaschen? Und plötzlich war es totenstill. Carlo saß stocksteif da. Ede atmete nicht. Und Radolf traten die Augen aus dem Kopf. Und dann sagte Carlo einen einzigen Satz. Vielmehr war es eine Frage. Er sagte: »Und was zahlt die Versicherung, wenn die Vase verschwindet?«

Es war die Frage aller Fragen. Radolf saß im Zug und starrte aus dem Fenster. Die Schweiz versank in der Dämmerung. Auf dem

Sitz gegenüber strickte eine alte Dame einen Topflappen. Kurz nach Mitternacht sollte der Zug in Bresel eintreffen. Bis dahin blieb genug Zeit, die Einzelheiten des Plans durchzugehen.

Punkt eins: Das leer stehende VHS-Gebäude. Gut, dass er den Brief dieser *Enkel* noch nicht beantwortet hatte. Jetzt war es so weit. Radolf schrieb.

Liebe Mädchen und Jungen!
Zu meiner besonderen Freude höre ich, dass Ihr Euch den großen Sohn unserer geliebten Stadt Bresel, den weithin berühmten Christoph Willibald Schnür, zum Vorbild genommen habt. Ja, er hat sich zeit seines Lebens für den Erhalt und den Ausbau des städtischen Klärwerks eingesetzt. Ich habe ihn dabei tatkräftig unterstützt, wann immer ich konnte.

Radolf war besonders stolz auf den Nebensatz: *wann immer ich konnte.* In Wahrheit hatte er sich nie um das Klärwerk gekümmert. Aber so klang es nicht schlecht und war noch nicht einmal gelogen. Er hatte halt nie *gekonnt.* Radolf schrieb weiter.

Ich bin sehr beeindruckt, dass Ihr Eure Angelegenheiten selbst in die Hand nehmt. Ich wünsche Euch viel Glück bei der Suche nach einem Proberaum für Eure Musikgruppe. Bestimmt bietet die Volkshochschule bald einen interessanten Kurs zu dem Thema an. In unserem neuen Event-Center. Fragt doch mal nach. Leider ist das alte VHS-Gebäude schon anderweitig verplant.
Mit vorweihnachtlichen Grüßen
Euer Bürgermeister Radolf Müller-Pfuhr

Radolf las den Brief noch einmal durch. Dann machte er hinter *bietet die Volkshochschule* ein kleines Sternchen und fügte **dank meiner umsichtigen Politik* hinzu. Radolf war sehr zufrieden. Das war Punkt eins.

Punkt zwei war schwieriger. Die zwei bestanden darauf, dass sie niemand in Bresel zu Gesicht bekäme. Wirklich niemand. Außer natürlich Radolf. *Warum?* Der lange Dünne hatte sich am Kopf gekratzt. »Wir sind Profis, verstehen Sie?«

Radolf hatte genickt, obwohl er eigentlich nichts verstanden hatte. *Nur die beiden nicht verärgern.* Denn sie schickte der Himmel oder wer auch immer. Die Idee des kleinen Dicken war einfach genial. Radolf hätte selbst darauf kommen können. Aber so war's jedes Mal. Die besseren Einfälle hatten immer die anderen.

Radolf starrte aus dem Fenster. Irgendeine Kleinstadt rauschte vorüber. Plötzlich stand die Lösung von Punkt zwei sonnenklar vor seinen Augen. Draußen winkte ein verfrühter Weihnachtsmann dem Zug nach. Radolf winkte zurück. *Na klar!,* dachte Radolf. *Das war's!* Er klatschte vor Freude in die Hände. Die alte Dame blickte von ihrem Topflappen auf und schüttelte den Kopf.

MäcPommes

Der erste Dezember war ein Dienstag. Es hatte mit federleichten Flocken zu schneien begonnen. Bresel wurde wie mit Puderzucker überstreut. In allen Gesichtern machte sich ein adventliches Lächeln breit. Besonders auf den Gesichtern der Breselner

Kaufleute. Sie hatten das vergangene Wochenende genutzt und die Schaufenster mit blinkenden Sternen und Tannenzweigen geschmückt. Aus den Lautsprechern sangen die Schrobendorfer Domspatzen *Morgen, Kinder, wird's was geben.* Die Kassen machten dazu *klingelingeling.* Selbst die Autos schienen heute leiser zu fahren. Zum Beispiel die Breselner Landstraße entlang zum Augsburger Tor. Und bogen dort zum Beispiel rechts ab in den Augsburgerring. Und genau an dieser Ecke lag der Dalli-Markt mit einem Regenrohr von der Dachrinne bis in die unterirdischen Abwasserkanäle. Dieses Regenrohr hatte Frau Martina Dall gestern, auf einer lebensgefährlich hohen Leiter balancierend, mit einer Lichterkette umwickelt, mit bunten Lämpchen, die nun stetig nach oben wanderten. Himmelwärts sozusagen. So sah es jedenfalls aus. Und um diese Ecke bog exakt mit dem Zwölf-Uhr-Geläut von Sankt Urban ein Stadtplan.

Jeder Breselner hätte auf Anhieb den Fehler in diesem Bild gefunden. Nicht die beiden Weihnachtsmänner hinter dem Quadratmeter Papier waren falsch, sondern der Plan selbst. Der kleine Dicke mit der roten Bommelmütze hielt ihn nämlich verkehrt herum. Und zwar mit Norden oben. Der lange Dünne schimpfte, dass Elfriede Sievers entrüstet an der Dalli-Markt-Tür stehen blieb. Dann packte er den Plan und drehte ihn um einen Viertelkreis.

»Ich hab mich auch schon gewundert, warum die alles von oben nach unten gedruckt haben«, sagte Carlo erleichtert.

Ede überging diese Erkenntnis und spießte seinen Zeigefinger in die kalte Dezemberluft. »Da oben ist die Burg«, sagte er. »Wir müssen rechts.« Schon nahm Ede die Kurve um das blinkende Regenrohr. Carlo folgte ihm. Wie gut, dass wenigstens einer wusste, wo es langging.

Elfriede schüttelte den Kopf. Weihnachtsmänner. Am 1. Dezember. Und noch dazu diese beiden. Elfriede wackelte in den Laden bis vor das Regal mit den Gurkengläsern. Wo hatte sie die schon mal gesehen? Die beiden Weihnachtsmänner. Misstrauisch betrachtete Elfriede die Gurken. Sie sahen sich alle so verblüffend ähnlich. *Wahrscheinlich,* dachte Elfriede und rückte ihren Dutt zurecht, *wahrscheinlich ist das ein Zeichen des Alters*. Dass man meint, alles schon einmal gesehen zu haben.

Elfriede wählte ein Glas mit möglichst unterschiedlichen Gurken.

Der traurige Bürgermeister hatte den Schlüssel wie verabredet unter der Fußmatte versteckt. Das Türschloss war rostig, ließ sich aber öffnen. Die beiden Weihnachtsmänner hängten ihre Mützen und Mäntel und Carlos Rucksack gleich hinter der Haustür an die Garderobe. Im Handumdrehen hatten sie die Käsebrote verschlungen, die auf dem klapprigen Küchentisch lagen. Sie waren sehr hungrig. Besonders der Kleine. Im oberen Stockwerk fanden sie zwei löchrige Matratzen. Sie rollten ihre Schlafsäcke aus und machten erst mal ein Nickerchen. Darüber wurde es Abend.

Der traurige Bürgermeister hatte ihnen eingeschärft, kein Licht zu machen. Mit einer Taschenlampe, über die Ede seinen rechten Wollsocken gezogen hatte, stiegen sie in den Keller hinab und untersuchten die Örtlichkeiten. Alles war schon vorbereitet. Hammer und Meißel, zwei Spitzhacken, ein Spaten und eine Schubkarre. Selbst an einen Kompass hatte der Bürgermeister gedacht. Na klar, was nützte es, wenn sie im Dalli-Markt rauskommen würden. Und was nützte es, wenn Carlo die Karte verkehrt herum hielt. Mit einem Gesicht, als hätte er ein

Glas saure Gurken vertilgt, drehte Ede den Stadtplan um neunzig Grad. Dann setzte er den Kompass auf den Museumsweg, da, wo er die Nummer 13 vermutete. Lange schaute er Carlo in die Augen.

»In Bresel ist Westen oben.« Ede flüsterte. »Wenn wir nach Norden graben wollen, muss Osten da sein, wo sonst Süden ist, sonst liegt Westen im Norden, verstehst du?«

Carlo sah Ede an. Bewegungslos.

»Ja«, hauchte er. »Also da lang.« Sein rechter Zeigefinger zeigte vorsichtig nach vorn. Von Carlo aus. Also Richtung Norden, zumindest dem Kompass nach. Ede war die Ruhe selbst.

»Carlo.«

»Ja, Ede.«

»Wenn wir in Pusselsheim wären.«

»Ja, Ede?«

»Dann ja.«

»Ach so«, sagte Carlo und sein Zeigefinger bog nach Westen ab. Von Carlo aus gesehen. Edes Augen wurden zu schmalen Schlitzen.

»Wir sind aber nicht in Pusselsheim«, schob er leise durch die Zähne. »Wenn also Norden da ist, wo in Pusselsheim Westen ist«, er drehte die Karte noch einmal um neunzig Grad, »dann müssen wir wohin?«

Carlos Pupillen begannen zu rotieren. Sein Zeigefinger schwenkte in die entgegengesetzte Richtung.

»Endlich!«, knurrte Ede. Langsam drehten sich ihre Köpfe in Zeigefingerrichtung. Vor ihnen glänzte eine feuchte Bruchsteinmauer. Da mussten sie durch. Unter dem Museumsweg lang bis zum HMB. Dort würden sie eine ähnliche Mauer finden, hatte der traurige Bürgermeister gesagt und ihnen einen Zeitungsausschnitt in die Hand gedrückt. Darauf war eine bauchige Vase zu sehen, mit komischem Krickelkrakel drauf, leicht wiederzuerkennen. Keine zehn Meter von hier entfernt. Carlo seufzte tief. Ede auch.

»Morgen«, sagte Carlo.

Ein kleiner Wassertropfen lief die Wand hinab. Carlo und Ede sahen ihm zu, bis er den Boden erreichte. Und im Lehm versickerte.

Morgen.

Mittwoch, 2. Dezember, Spätnachmittag.

»Bestimmt bietet die Volkshochschule dank meiner umsichtigen Politik bald einen interessanten Kurs zu dem Thema an. In unserem neuen Event-Center. Fragt doch mal nach. Leider ist das alte VHS-Gebäude schon anderweitig verplant. Mit vorweihnachtlichen Grüßen, Euer Bürgermeister Radolf Müller-Pfuhr.« Ulli ließ den Brief sinken. *Schnürs Enkel* standen im Halbkreis unter der Laterne am Kunibald-Brunnen.

»Das wüsste ich aber«, sagte Strothkötter junior.

Jenny sah ihn an. »Also lügt Müller-Pfuhr?«

Strothkötter zuckte mit den Schultern. »Mein Alter sagt, die Stadt hat keinen Plan, was mit der Bruchbude geschehen soll. Und kein Geld sowieso nicht.« Strothkötters kamen aus Westfalen. Und da bedeutete *kein Geld sowieso nicht* so was wie *Minus.* Also Schulden, und zwar satt.

»Also Schulden«, sagte Jenny.

Strothkötter nickte. »Und zwar satt!«

Freddie kletterte auf den Brunnenrand. »Wer Schulden hat, braucht Geld.«

»Was du nicht sagst.« Jan kletterte hinterher.

Freddie ließ sich nicht ablenken. »Vielleicht wollen sie die Hütte ja verkaufen.«

»An wen?«

»An MäcPommes, was weiß ich.«

»Au ja«, sagte Egon. Fünf genervte Augenpaare.

»Aber wenn dem so wäre, nur mal angenommen«, sagte Ulli und malte mit dem Zeigefinger eine Figur in die Luft, »dann könnten sie uns doch wenigstens so lange da reinlassen. Ich meine, bis sie einen Käufer finden.«

»Strom kostet Geld. Heizung und Wasser auch.« Strothkötter dachte da ganz praktisch. »Und wenn wir erst mal drin sind ...«

»... dann kriegt uns so schnell keiner mehr raus«, fiel ihm Jenny ins Wort.

»Na ja, zumindest könnten die sehen, dass wir das Haus sinnvoll nutzen.« Ullis Zeigefinger war heute viel unterwegs.

Freddie sprang vom Brunnen. »Und wenn sie uns dann rausschmeißen wollen, machen wir 'ne Demo!«

»Tja, und genau davor hat Müller-Pfuhr Angst«, sagte Strothkötter junior.

»Gehen wir noch mal hin.« Jan landete ebenfalls auf dem Pflaster. Die sechs schlurrten über den Marktplatz.

»Eh, MäcPommes!«, sagte Egon zwischendurch. Keiner reagierte. Beleidigt machte Egon die Biege. Zu fünft standen sie dann vor Museumsweg Nummer 13.

»Schande, wär das toll!« Ulli blinzelte an der Fassade hoch. Und dann hörten sie es. Zuerst Jenny.

»Pscht«, machte sie.

Tocktocktock.

Stille.

Tocktocktock – »Autsch!«

Stille.

Tocktocktock.

Stille. Nichts mehr.

Sie sahen sich an.

»Da wird schon gearbeitet«, flüsterte Jan.

»Kann nicht sein«, sagte Strothkötter junior.

»Aber ganz eindeutig!« Freddie war wie immer sehr schnell.

Ullis Zeigefinger wanderte zur anderen Straßenseite. »Oder kam das aus dem Museum?«

»Wahrscheinlich«, meinte Jenny.

Jan war die drei Stufen zur Eingangstür von Nummer 13 hinaufgesprungen und drückte seine Nase gegen das schmale Türfenster.

»Mäntel. Da hängen Mäntel im Flur.«

»Was für Mäntel?«

»Rote. Mit Pelzkragen und so.«

»Bestimmt wohnt da der Weihnachtsmann«, feixte Freddie. »Knecht Ruprecht ist auch schon im Anmarsch.«

Egon kam den Museumsweg herunter, mit einer Riesentüte Popcorn im Arm. Offensichtlich aus dem Capitol-Kino. Fünf Köpfe schüttelten sich.

»Eh, MäcPommes!«

»Komm, wir gehen«, sagte Jenny.

Freitag, 4. Dezember.

Lisa starrte sie fassungslos an. Die kleine bauchige Vase. Lisa war vorausgelaufen, nach unten ins Kellergeschoss des HMB. Der Rest der Klasse mit Herrn Hagemeier war noch oben, Abteilung Mittelalter. Die kannte Lisa bis zum Überdruss. Jan, Freddie, Jo und sie selbst hatten im Kloster gearbeitet, als Grabungshelfer im letzten Jahr, als die Archäologen in dem Bau jeden Stein umgewendet hatten. Kurz nachdem diese Mönche festgenommen worden waren. Klumpp, Bankratz, Bramsch und Schorff. Bei den Namen bekam Lisa noch immer eine Gänsehaut. Warum kamen ihr ausgerechnet jetzt diese schrecklichen Kerle in den Sinn?

Hastig drehte Lisa den Kopf. Im Augenwinkel hatte sie eine Bewegung wahrgenommen. Jo hatte dieselbe Idee gehabt.

»Jo«, flüsterte Lisa. »Komm schnell!«

Jo merkte sofort, wie aufgeregt Lisa war. Mit wenigen Schritten war sie bei ihr.

»Hammer!«

Jo folgte ihren Blicken. Scharf sog sie die Luft durch die Zähne. »Das glaub ich nicht.«

Mit weit aufgerissenen Augen standen die Mädchen vor der Vase. Dann begann Lisa zu buchstabieren. Zeile für Zeile. »qsemvetivbnos – pbsatdthnovvt – itodoethsqjiv – potfwnftvo-jav – qnetitontswhv – bspfhtmtdnbmm – mvthftsfhtmtd – loh-pbsvthetis – kovvthvtmeofv – atostsvhossts – ftyhtovbsmbsp – fhtmtdlohppqm – dtftsetlossts«

Einen Moment schwiegen sie. Von der Treppe näherte sich der Lärm der Klasse. Herr Hagemeiers Bass versuchte Ordnung zu schaffen.

»Hast du dein Handy dabei?«

Jo nickte.

Hagemeier dozierte: »Und nun betreten wir das Breselner Altertum mit dem kürzlich entdeckten vierten Runenstein. Die Anzeichen häufen sich, dass die Stadtgeschichte um ein weiteres Kapitel ergänzt werden muss. Bisher war die Forschung der Meinung gewesen, Bresel sei um das Jahr eintausend entstanden, etwa zeitgleich mit dem Bau von Burg Knittelstein. Inzwischen mehren sich die Hinweise auf eine viel frühere Besiedlung am Fuß des Breselbergs. War Bresel – oder Baresil, wie es in einer Handschrift aus dem 12. Jahrhundert noch heißt – vormals ein alemannisches Heiligtum? Wurde hier dem Germanengott Zio oder sogar dem aus Griechenland importierten Serapis geopfert? Und – noch viel spannender – traf sich hier im Jahre 357 der Alemannenkönig Knodomar mit seinen sechs Gefährten zu einer Verschwörung gegen die römischen Besatzer?«

Herr Hagemeier hatte den Blitz von Jos Handy nicht gesehen, weil er mit dem Rücken zu ihr stand. Jetzt drehte er sich um.

»Antworten auf diese Fragen erhoffen sich die Experten von jener unscheinbaren Vase, neben der Lisa und Jo stehen. Die Schrift darauf konnte bisher leider noch nicht entschlüsselt werden. Folgt mir. Und nicht drängeln.«

Jo ließ das Handy zurück in die Hosentasche gleiten. »Ich schick es dir per Mail«, flüsterte Jo. »Heute Abend.«

Lisa nickte. Dann wurden sie von einem schwatzenden Haufen umzingelt.

»So 'n Moderpott.«

»Gähn, für den Scheiß zahlen wir Eintritt.«

»Knodomar, lol.«

»Klingt wie 'ne eitrige Entzündung.«

»Ich hab Hunger.«

»Hast du doch immer.«

»Bald gibt's 'n MäcPommes in Bresel.«

»Echt?«

»Hat mein Bruder gesagt«, sagte Egons Schwester.

Angst geht um

Samstag, 5. Dezember.

Draußen stürmte es. Gewitterluft. Lisa saß in ihrem Zimmer, eine Tasse Kakao dampfte auf dem Schreibtisch. Daneben lag die Tonscherbe, die sie auf dem Friedhof gefunden hatte. Als Paul Ranunkel das Grab ausgehoben hatte. Den Computerbildschirm füllte das schärfere der beiden Fotos, die Jo gestern gemacht hatte. Jo hatte sie ihr geschickt und ein paar Zeilen angefügt. Dass sie aus dem Ganzen nicht schlau würde, weder aus den Buchstaben noch aus dem komischen kleinen Ding darunter. Und dass entweder Lisas Tontafel falsch sei oder die Schrift auf der Vase. Oder die Kukies hatten sich einen Scherz erlaubt: eine alte Vase bekritzelt und nach Bresel gebracht. Jedenfalls ergab die Übersetzung nur Schwachsinn.

Lisa stützte das Kinn auf die Handballen. Sie starrte abwechselnd auf den Bildschirm und auf den Zettel zwischen ihren Ellenbogen. Dort stand:

Q S E M V E T I V B N O S
P B S A T D T H N O V V T
I T O D O E T H S Q J I V
P O T F W N F T V O J A V
Q N E T I T O N T S W H V
B S P F H T M T D N B M M
M V T H F T S F H T M T D
L O H P B S V T H E T I S
K O V V T H V T M E O F V
A T O S T S V H O S S T S
F T Y H T O V B S M B S P
F H T M T D L O H P P Q M
D T F T S E T L O S S T S

Dreizehn mal dreizehn Buchstaben. Als ob sich Lisa davon abschrecken ließe. Doch nicht von so einer blöden Zahl. Aber sie musste Jo in allen Punkten recht geben. Nein, in fast allen. Die Kukies schieden aus. Die Schrift war in die Vase eingeritzt gewesen, daran erinnerte sich Lisa genau. Nicht aufgemalt. Und das ging nur, kurz nachdem der Töpfer sie von seiner Drehscheibe genommen hatte. Das war möglicherweise über 1600

Jahre her, und so lange nervten die Kukies die Menschheit noch nicht, auch wenn es manchen so vorkam.

Lisa versuchte die Schrift von hinten nach vorn zu lesen. Das gleiche Ergebnis. Ein einziger unaussprechlicher Buchstabensalat. Noch dazu hatte der Schreiber die meisten Zeichen auf die Seite gekippt. Warum eigentlich? Mit ein paar Tastaturbefehlen drehte Lisa die Vase nach rechts. Jetzt standen die Buchstaben auf den Füßen, sozusagen. Mit den Ellenbogen drehte sie ihren Zettel ebenso. Es wurde keine Spur sinnvoller.

Lisa lehnte sich zurück. Wie man die Tabelle auch drehte, es kam nur Müll dabei raus. Sie beschloss, am Montag mit der Tontafel im HMB vorbeizugehen. Zu Clemens Zuffhausen. Der würde Augen machen. Lisa schaltete den Rechner aus.

Die Erleuchtung kam gegen drei Uhr morgens. Draußen blitzte und donnerte es. Der Hagel prasselte mit solcher Wucht gegen die Fensterscheibe, dass Lisa davon aufwachte.

So ein Mist! Lisa setzte sich auf die Bettkante. *Warum liegt mein Fenster bloß nach Westen.* Warum konnte man die Eisdiele nicht mal drehen. Nur um neunzig Grad. Das würde schon reichen und sie hätte endlich ihre Ruhe. Oder am besten gleich ganz Bresel. Damit Norden endlich richtig lag. Nämlich oben, wie anderswo auch.

»Jaja«, schimpfte Lisa mit sich selbst. Dafür brauchte natürlich nur der Stadtplan gedreht werden, nicht ganz Bresel. So einen Blödsinn gab es echt nirgendwo auf der Welt. Einen Stadtplan mit Westen oben! Vor ihrem inneren Auge tauchte eine Windrose auf. Langsam drehte sie sich, bis das N dort ankam, wo es auch in Pusselsheim lag. Irgendwie kam ihr die Windrose bekannt vor. Sehr schlicht und in Ton geritzt.

Wie von einer Stahlfeder geschossen sprang Lisa aus dem Bett. Na klar, das war es! Warum war die Lösung des Rätsels so einfach? Und warum war sie nicht längst darauf gekommen? Mit zwei Schritten stand sie am Schreibtisch und startete den Rechner. Wo war jetzt die Tontafel? Bei Knodomars Fußpilz, warum fand man Sachen immer erst dort, wo man zuletzt suchte?

Okay, ganz ruhig. Lisa nahm das rotbraune Quadrat. Jetzt so halten, dass auf der Rückseite Norden oben lag. Lisa wischte sich den Schlaf aus den Augen und nahm sich die Schrift auf dem Foto vor. Es war mühsam, jeden Buchstaben umzudenken. Zeichen für Zeichen übertrug Lisa in die Breselner Abfolge.

ANGST GEHT UM IN DUNKELER …

Lisa stockte der Atem. Der Verfasser der Vasenschrift war also schon mal kein Breselner gewesen. Mit zitternden Fingern schrieb sie weiter. Hagel trommelte an das Westfenster. Immer wieder brauchte Lisa eine Pause. Was sie schrieb, war so unglaublich, sie traute ihrer eigenen Hand nicht. Als sie fertig war, trat sie einen Schritt zurück. Der Hagel schien inzwischen die Scheibe zertrümmern zu wollen. Und was da auf dem Zettel stand, war kurz davor, Lisa zu zertrümmern.

Lisa zitterte. Was tun? Die Polizei informieren, sofort! Oder den Bürgermeister. Oder Clemens Zuffhausen. Was, wenn das nur ein dummer Scherz war? Wer kannte die Schrift außer ihr selbst? Jo! Die machte so was nicht. Freddie und Jan! Freddie zumindest war so einiges zuzutrauen. Aber eine Bombendrohung, nur so aus Scheiß? Jan war viel zu vernünftig, der nicht. Also doch Freddie.

Lisa schüttelte langsam den Kopf. Sie atmete etwas ruhiger. Las die Botschaft noch einmal. *In dunkeler Mitte Heiliger Nacht*

ANGSTGEHTUMIN

DUNKELERMITTE

HEILIGERNACHT

DIEBOMBETICKT

AMGEHEIMENORT

UNDBRESELMUSS

STERBENBRESEL

WIRDUNTERGEHN

ZITTERTESGIBT

KEINENTRINNEN

BEFREITUNSUND

BRESELWIRDDAS

LEBENGEWINNEN

stand da. Also vom 24. auf den 25. Dezember. Heute war der 5. Lisa sah auf die Uhr. Nein, längst der 6. Sie legte sich wieder aufs Bett. Ab wann konnte man Herrn Zuffhausen anrufen, am Sonntagmorgen? Lisa machte kein Auge mehr zu.

Kurz nach acht hielt sie es nicht mehr aus. Clemens Zuffhausen war ehrenamtlicher Leiter des HMB, aber im Hauptberuf Direktor des Adalbertinums. Daher kannte er Lisa bestens. Er war erstaunlich munter, so früh am Sonntagmorgen.

»Lisa!«, rief er ins Telefon. »Was gibt's?«

Dann sagte er kein Wort mehr. Fast zehn Minuten lang. Lisa

hatte ihren Bericht vier Stunden geübt, sie ließ nichts aus. Als sie geendet hatte, schwieg Herr Zuffhausen so lange, dass Lisa schon befürchtete, er hätte aufgelegt.

Dann räusperte er sich. »Du bist dir sicher?«

»Hundertpro.«

Clemens Zuffhausen nickte, was Lisa nicht sehen konnte. »Komm bitte um … sagen wir, um neun ins Museum. Und bring die Tontafel mit.«

Jetzt nickte Lisa. »Okay.«

»Bis gleich.«

Herr Zuffhausen hatte aufgelegt. Lisa starrte aus dem Fenster. Der Hagel war in Regen übergegangen. Das bisschen Schnee von letzter Woche war längst weg. Viel zu warm für diese Jahreszeit. Oben im Haus hörte sie eine Tür klappern. Vermutlich Mama. Papa und ihre große Schwester Franka schliefen sonntags immer bis in die Puppen. Lisa fühlte sich leichter, nachdem Herr Zuffhausen informiert war. Und hundemüde. Sie machte sich auf den Weg zur Dusche.

Um neun also. Im HMB.

Dort wurde sie bereits erwartet. Clemens Zuffhausen begrüßte sie knapp und führte sie ins Kellergeschoss, in die Abteilung Altertum. Zu Lisas Überraschung warteten dort bereits zwei weitere Herren, beide wohlbekannt. Sie beugten sich tief über den Glaskasten mit der Vase. Kommissar van der Velde blickte auf, als er die Schritte hörte.

»Lisa!«, rief er. »Was sind das für Geschichten?«

Lisa reichte ihm die Hand. Sie kannten sich vom letzten Jahr, von der Suche nach den zwei Raubvögeln. Dem dicken und dem langen.

»Hallo, Herr Kommissar. Guten Tag, Herr Bürgermeister.«

Radolfs Hand war schlapp und feucht. Der Kommissar hatte weit fester zugedrückt.

»Jetzt erzähl mal.«

»Wo hast du die Tontafel?«, fragte Clemens Zuffhausen beinahe gleichzeitig.

Lisa holte sie aus der Hosentasche. Und erzählte. Von dem Abend auf dem Friedhof, als Paul Ranunkel das Grab aushob.

»Was wolltest du da?«, fragte van der Velde dazwischen.

»Ich war bei Jo, Mathe üben«, antwortete Lisa.

Der Kommissar nickte. Er kannte auch Jo. Lisa erzählte weiter von den Briefen, die sie mit Jo geschrieben hatte. In Geheimschrift.

»Geheimschrift?«

»Na ja, diese komische Schrift halt.« Lisa drehte die Tontafel, dass die westliche Spitze nach oben zeigte. »Aber so.«

Zumindest der Kommissar und Herr Zuffhausen hatten verstanden.

»Ja, und gestern waren wir mit der Klasse hier und ich hab die Vase gesehen. Und dann …« Lisa stockte.

»Und dann?«

»Na ja, am Eingang steht: Fotografieren verboten …«

»Aha«, machte Herr Zuffhausen. »Du hast also …«

»Nicht direkt ich.«

»Das wollen wir jetzt gar nicht genauer wissen«, mischte sich der Kommissar ein. »Wie bist du denn auf diese … Bombendrohung gestoßen?«

»Heute Nacht«, sagte Lisa. Sie nahm wieder die Tafel. »Wenn Norden oben liegt, dann ergibt der Text plötzlich diesen Sinn.«

»Scheint kein Breselner gewesen zu sein«, murmelte Clemens

Zuffhausen. »Und die Vase steht in der falschen Abteilung, eindeutig.«

Der Kommissar setzte seine Lesebrille auf und ging ganz dicht an das Gefäß heran. »Wieso hat man geglaubt, sie sei so alt?«

»Wegen der Schrift natürlich.« Herr Zuffhausen verabreichte dem Bürgermeister einen Seitenblick. »Und weil für eine genauere Altersbestimmung kein Geld da war.«

Radolf trat unruhig von einem Fuß auf den anderen.

»Sie wollten etwas sagen?« Van der Velde musterte den Bürgermeister.

»Ä-häm«, machte Radolf. »Es war halt, na ja, kein Geld da, ganz richtig.«

»So, so«, knurrte van der Velde. »Nun zu dir, Lisa. Was zum Teufel steht da?«

Lisa legte ihren Zettel auf die Glasvitrine. Der Kommissar las.

ANGST GEHT UM IN DUNKELER MITTE HEILIGER NACHT DIE BOMBE TICKT AM GEHEIMEN ORT UND BRESEL MUSS STERBEN BRESEL WIRD UNTERGEHN ZITTERT ES GIBT KEIN ENTRINNEN BEFREIT UNS UND BRESEL WIRD DAS LEBEN GEWINNEN.

Alle Anwesenden schwiegen.

Dann sagte van der Velde: »Die Tontafel ist beschlagnahmt. Die Vase ebenfalls. Sie wird mit allen der Polizei zur Verfügung stehenden Mitteln untersucht. Herr Bürgermeister, ich würde vorschlagen, sämtliche öffentliche Gebäude mit Bombenspürhunden zu durchkämmen. Gleich morgen früh. Für heute hätte ich nur noch zwei Fragen.« Der Kommissar bekam so einen stechenden Blick. Lisa fühlte sich gar nicht mehr wohl in ihrer Haut. »Wer weiß noch von der Tontafel, wer kennt diese Schrift?«

Das Blut pochte in Lisas Schläfen. Der Verdacht war ja nicht unbegründet. Hatte sie nicht selbst schon Freddie … »Ich«, sagte Lisa leise, »Jo, Jan und …«

»Und?«

»Freddie auch«, flüsterte Lisa.

Der Kommissar sah sie bewegungslos an. »Sonst niemand?«

Langsam schüttelte Lisa den Kopf.

»Ich erwarte euch morgen Nachmittag um drei im Präsidium. Alle vier.«

»Ja«, hauchte Lisa. Plötzlich kam ihr die Luft hier unten heiß und stickig vor.

»Frage Nummer zwei.« Endlich ließ der Kommissar von Lisa ab. »Was ist das für ein Ding? Da unter der Schrift?«

Jetzt war der Experte gefragt. Aber Clemens Zuffhausen wusste keine Antwort. »Sieht aus wie ein Kinderdrachen«, meinte er hilflos. »Ich hab so etwas noch nie gesehen.«

»Kümmern Sie sich darum«, ordnete van der Velde an. »Und Sie, Herr Bürgermeister, sorgen dafür, dass die Polizei morgen früh Zugang zu allen öffentlichen Gebäuden der Stadt hat. Ich besorge eine Hundestaffel aus Augsburg. Einen schönen Tag noch.« Mit diesen Worten verließ der Kommissar die Altertumsabteilung.

»Ja, dann will ich auch mal«, stammelte Radolf Müller-Pfuhr und reichte noch mal seine feucht-schlaffe Pfote herum.

Als sie allein waren, schaute Clemens Zuffhausen Lisa ernst in die Augen. »Das ist kein dummer Scherz, nicht wahr?«

Lisa starrte zurück. Dann schüttelte die den Kopf. *Hoffentlich nicht,* dachte sie.

Natürlich waren das nicht alle Fragen, die den Kommissar beschäftigten. Während in den Breselner Kochtöpfen der Sonntagsbraten schmurgelte, saß van der Velde in seinem Büro. Den Kopf in die Hände gestützt, den Blick auf dem grinsenden Gebiss des langen Dürren. Der Kleine neben ihm hatte friedlich die Augen geschlossen. Warum zum Henker hing das Plakat immer noch? Hinrich sollte doch längst … Hinrich! Der Kommissar griff zum Telefon. Es tutete lange. Endlich meldete sich eine verschlafene Frauenstimme.

»Ja?«

Verwirrt starrte van der Velde auf das Telefon in seiner Hand.

»Hallo«, meldete sich die Stimme erneut. »Wer ist denn da?«

»Ähm, van der Velde hier«, stotterte der Kommissar. »Ich wollte nicht stören … ähm … ist Hinrich zu sprechen?«

»Der schläft noch«, sagte Franka Favretti.

»Er soll möglichst schnell ins Präsidium kommen.«

»Es ist Sonntag.«

»Ja«, sagte der Kommissar, »es ist Sonntag.«

Als das Gespräch beendet war, starrte van der Velde wieder die Wand an. Das war der Preis. Der Preis für die Sicherheit der Breselner Bürger. Einer musste ihn bezahlen. Einer musste den einsamen Kommissar geben, der sonntags in seinem einsamen Büro die Wand anstarrte. Der seinen Assistenten aus dem Bett klingelte, von der Freundin wegzerrte und ins Präsidium pfiff.

Der Dicke auf dem Plakat öffnete die Augen und nickte ihm freundlich zu. Van der Velde rieb sich die Stirn und blinzelte. Hatte er schon Halluzinationen? Dann griff er wieder zum Telefon. Diesmal klingelte es nicht so lange. Im Augsburger Präsidium saß ein ebenso einsamer Kommissar. Jawohl, morgen früh um sieben würde die Hundestaffel vor Ort sein. In Bresel, jawohl.

Kommissar van der Velde legte auf. Bis Hinrich eintrudelte,

war noch Zeit. Wahrscheinlich. Zeit genug, sich der Hauptfrage zu widmen. Ein paar Stunden hatte sich van der Velde vor ihr drücken können, jetzt musste sie raus. Der Zettel mit der Vasenbotschaft lag vor ihm auf dem Schreibtisch. Wer, verdammt noch mal, hatte das geschrieben? BEFREIT UNS … Wer wollte da freikommen?

Warum gab der Verfasser keinen Hinweis auf seine Identität? Hatte er es einfach vergessen? Hatte er vielleicht kein Interesse daran, entdeckt zu werden? Überließ er es gar dem Zufall, ob man ihn und seine Kumpane ausfindig machte? Es gab einen Begriff für so etwas.

Der Kommissar war aufgesprungen und lief wie ein Tiger um den Schreibtisch herum. Man überließ es dem Schicksal oder – wie sollte man sagen – einer höheren Macht, ob etwas geschehen würde oder nicht. Ob die Bombe hochging oder rechtzeitig gefunden wurde. Eine Art … der Kommissar blieb stehen … richtig, eine Art Gottesurteil. So nannte man das.

Natürlich blieb noch die Möglichkeit, dass die Vase ein dummer Scherz war. Ein saudummer! In dem Fall konnte der Scherzbold schon jetzt beginnen zu einer höheren Macht zu beten! Grimmig stierte der Kommissar die beiden Visagen auf dem Fahndungsplakat an. Es reichte. Er hob seine Hand und hatte sie fast am oberen Bildrand, als es schellte. An der Haustür, ohrenbetäubend. Van der Velde fuhr erschrocken herum. Es war Hinrich. Er hatte den Schlüssel vergessen.

Fünf Minuten später hatte der Kommissar einen Kaffee aufgesetzt, hauptsächlich um seinen Assistenten munter zu kriegen. Gegen zwei Uhr war der Einsatzplan für den folgenden Tag ausgetüftelt. Hinrich übernahm mit der einen Hälfte der Hundestaffel den südlichen Teil der Stadt. Also Sägewerk Spreißelmeier,

Grundschule, Event-Center, Autohaus Bremser, Gaststätte Zum Roten Hahn, Sparkasse, Friedhofskapelle, Reisebüro Reisich, Musikschule und Kaufhaus Rausch. Der Kommissar nahm sich den Norden vor, mit dem städtischen Klärwerk, der Schützenhalle, Brauerei Breselbräu, Sankt Urban, Rathaus, Museum, Kino, Theater, Bahnhof, Dalli-Markt und Vincenzkrankenhaus.

Ein aufwendiger Plan, keine Frage, aber einer musste eben den Preis für die Sicherheit der Breselner zahlen, wie gesagt. Hinrich bekam zusätzlich den Auftrag, einen Artikel für das Breselner Volksblatt zu verfassen. Einen Aufruf an die Bevölkerung, jeden verdächtigen Besuch der letzten vier Wochen zu melden.

»Heute noch?«, fragte Hinrich wenig begeistert.

»Er muss morgen früh drinstehen«, antwortete der Kommissar.

»Also heute noch«, sagte Hinrich.

Der Kommissar räumte die benutzten Tassen in die Spüle zu den anderen benutzten Tassen. Dann überließen sie das Präsidium wieder den dunklen Schatten, die die spärliche Wintersonne auf den Fußboden und die Wände malte. Und auf das alte Fahndungsplakat.

»Los, komm«, knurrte Ede.

Carlo quetschte seine Hacken in die Stiefel. »Warte doch.« Müde stapfte er hinter dem Langen her. Die Treppe runter in den Keller. Hier war es saukalt.

»Fang an, dann wird dir warm.« Ede drückte Carlo eine Spitzhacke in die Hand.

Eine Glühbirne baumelte von der Decke und beleuchtete die nasse Wand. Die musste eingerissen werden. Dann zehn Meter buddeln, dann noch eine Wand und dann so eine Vase klauen. Gegen freies Wohnen und einen Anteil an dem, was die Versicherung hoffentlich zahlte. Wenn möglich noch vor Weihnachten. Den Lohn gab's Neujahr in Basel, Hotel Grüezi, nach irgend so einer Wahl, wenn sie den traurigen Bürgermeister richtig verstanden hatten.

Carlo seufzte tief. Wenigstens wurde man hier unten nicht mit Schmelzkäse und Rotweingläsern beworfen. Er schwang die Spitzhacke hinter den Rücken, holte aus – und rammte sie in die Decke. Putz bröckelte herab und bedeckte Carlos blanken Schädel mit Zuckerguss. Carlo ließ die Hacke los und wischte sich die Glatze. Und sah zu, wie Ede die Hacke aus dem Deckenbalken riss. Mit einem langen traurigen Blick reichte er sie Carlo. Dann zeigte Ede auf die nasse Wand.

Und seufzte tief.

Neptun

Montagmorgen. Es war der 7. Dezember und bitterkalt. Der Winter kam mit Verspätung, aber er kam. Dunkle Wolken hingen am Himmel. Erst gegen neun war es hell genug, dass die Straßenbeleuchtung erlosch. Da hatte Elfriede Sievers bereits eine Stunde Seniorenschwimmen hinter sich. Im *Event-Center*. Beinahe hätte sie sich auf die Dreißig-Meter-Rutsche mit dem gefährlichen doppelten Loop getraut. Aber Hilde Pomsell hatte ihr davon abgeraten. Obwohl Elfriede noch nicht mal zweiundsiebzig war. Jetzt aber waren die anderen alten Schachteln auf dem Weg in die Umkleidekabinen. Die Gelegenheit war günstig.

Elfriede schlich zu der Wendeltreppe, die ins Obergeschoss führte. Zum Einstieg in die Todesrutsche. Auf halbem Weg geschah es. Elfriede stieß einen Schrei aus. Unter ihr, fünf Meter tiefer, jagten plötzlich Hunde durch das Schwimmbad. Und was für welche! Schwarz-weiße Kläffer rannten kreuz und quer, schnüffelten in jeder Ecke – und dann! Dann kletterte so ein Vieh – so eins mit breiter Schnauze und sabbernden Lefzen, mit vorstehenden Eckzähnen –, so ein Vieh trampelte die Wendeltreppe hoch. Und blieb kurz vor Elfriede stehen. Knurrte, kam näher. Und schnüffelte an Elfriedes Füßen. Schreckliche Sekunden lang.

»Neptun!«, rief jemand von unten. Elfriede kannte die Stimme gut. Sie gehörte Hinrich, dem Kriminalassistenten. »Lass Frau Sievers in Ruhe.«

Neptun machte auf der Stelle kehrt und humpelte (nun wesentlich ungeschickter) die Stufen wieder hinunter.

»Wie sieht's bei euch aus?« Hinrichs Stimmte hallte von den Schwimmbadwänden.

Aus zwei Ecken kam: »Fehlanzeige.«

»Okay. Weiter zum Autohaus Bremser«, hörte Elfriede noch. Dann stieg sie mit zitternden Knien zum rettenden Erdboden zurück. Dort schnappte sie nach Luft wie ein gestrandetes Seepferd, wenn man das zu einer alten Dame sagen durfte.

»Elfriede, wo bleibst du denn?« Hilde Pomsell war auch kein schönerer Anblick, in Unterhemd und Stützstrümpfen.

»Ja«, sagte Elfriede. »Jaja, ich komm ja schon.«

Und so kam es, dass Neptun Elfriede Sievers vor einem allzu frühen Tod bewahrt hatte. Vermutlich.

Hachja.

Das war allerdings das einzig positive Ergebnis dieses Vormittags. Als gegen halb eins die Hundestaffel wieder vor dem Präsidium versammelt war, herrschte Niedergeschlagenheit.

»Nichts«, sagte Hinrich. »Absolute Fehlanzeige.«

Auch der Breselner Norden war bombenfrei, jedenfalls dort, wo die Mannschaft des Kommissars gesucht hatte. Die Hunde wurden zurück in die Kleinlaster geführt, jeder in seinen Käfig. In den Räumen der Dienststelle servierte Hinrich den Kollegen aus Augsburg einen heißen Tee. Dann verabschiedeten sie sich und fuhren davon. Zurück blieben ein ratloser Kommissar und sein Assistent.

»Gibt es wenigstens eine Reaktion auf den Zeitungsartikel?«, fragte van der Velde. Auf dem Schreibtisch lag das Breselner Volksblatt. Gleich auf Seite eins prangte die Frage: VERDÄCHTIGE PERSONEN IN BRESEL? Hinrich hatte den Artikel gestern Nachmittag persönlich dem Chefredakteur in die Hand gedrückt.

»Ich ruf da mal an.« Müde nahm Hinrich das Telefon und tippte die Nummer ein. Die Verbindung kam prompt zustande. Hinrich nickte einige Male, sagte Ja und Danke und machte sich Notizen. Dann legte er auf.

»Drei Meldungen bisher.« Er nahm seinen Zettel. »Am zwanzigsten Oktober stand vor dem HMB am Kiosk ein Pärchen, das die Inhaberin noch nie gesehen hatte. Ohne etwas zu kaufen.«

»Vermutlich Touristen«, brummte van der Velde.

Hinrich nickte. »Drei Tage später fuhr ein blau-weißer Lieferwagen verdächtig langsam die Breselner Landstraße entlang.«

Der Kommissar gähnte. »Wann war diese Gefängnisinspektion?«

»Am dreiundzwanzigsten Oktober.«

»Alles klar.«

»Und Pastor Himmelmeyer schwört Stein und Bein, vorgestern jemand vom *Sodembu* in der Kirche gesehen zu haben. Vielleicht sogar Strothkötter persönlich.«

Der Kommissar verdrehte die Augen. »Na, herzlichen Glückwunsch.«

»Also, ja …«, sagte Hinrich.

»Noch was?«

»Nur noch der alte Fritz Morchel. Hat wieder eine hübsche Außerirdische gesehen, sagt die Redakteurin.« Hinrich grinste. »Sie hätte von ihm verlangt, Sternchen ans Fenster zu kleben. Silberne mit fünf Zacken.«

»Wer, die Redakteurin?«

»Nein, die Außerirdische.«

»Wie hieß die noch gleich?«

»Alpha XP-13.«

»Nein, Mann, die Redakteurin!«

Hinrich zuckte mit den Achseln. Auch der Kommissar war wohl leicht übermüdet. »Und nun?«

Van der Velde kratzte sich am Kopf. »Warten wir auf weitere Hinweise. Und um fünfzehn Uhr vernehmen wir diese vier Blagen.«

Hinrichs Augen schickten zwei Fragezeichen durch den Raum. Der Kommissar erhob sich.

»Lisa Favretti, Jan Fesenfeld, Freddie Haustenbeck und …«

»Josephine von Knittelstein-Breselberg«, ergänzte Hinrich automatisch. Auch ihm war das Quartett bestens bekannt. »Was haben die denn schon wieder angestellt?«

»Erzähl ich dir beim Essen«, sagte der Kommissar. »Ich lad dich ein.«

Punkt 15 Uhr saßen die vier dem Kommissar gegenüber. Hinrich hatte versucht Kakao zu kochen. Zumindest Lisa probierte ihn tapfer.

Dann begann der Kommissar: »Ihr kennt also diese Schriftzeichen. Seit wann?«

»Seit ich diese Tontafel gefunden habe«, antwortete Lisa prompt. »So Anfang Oktober.«

»Nein«, sagte Freddie entschieden, »ich nicht.«

Lisa sah ihn verstohlen an. Warum stritt Freddie das jetzt ab?

»Du kennst sie nicht?« Der Kommissar beugte sich etwas über den Tisch.

»Ist dies ein Verhör?«, fragte Freddie. Das hatte er wohl in einem Krimi gelesen.

Der Kommissar lehnte sich noch etwas weiter über den Tisch. »Willst du deinen Anwalt sprechen?«

»Stehen wir denn unter Verdacht?«

»Gäbe es dafür einen Grund?«

Es war auf einmal so still, dass man das feine *Plick* hören konnte, mit dem die rechte obere Stecknadel vom Fahndungsplakat auf dem Linoleumboden landete.

Dann schüttelte Freddie langsam den Kopf.

»Also?« Der Kommissar gab keinen Millimeter nach.

»Ich kenne die Schrift erst seit ... viel später.« Freddie war sehr leise geworden. Aber wer wollte, konnte eine Spur Trotz heraushören. In Zeitlupe lehnte sich Kommissar van der Velde wieder zurück.

»Ich auch«, sagte Jan.

»Aha.« Van der Veldes Blick glitt über die vier Gesichter. »Hört genau zu«, sagte er dann. »Ich habe zwei Fragen. Überlegt euch die Antworten gut.« Sein Blick landete bei Lisa. »Nummer eins: Ihr seid euch sicher, dass dies kein dummer Scherz ist? Bitte kein übereiltes Ja. Zum jetzigen Zeitpunkt wäre ich noch bereit, beide Augen zuzudrücken. Später nicht mehr. Und ich meine es ernst. Sehr ernst sogar.« Die Miene des Kommissars ließ daran keinen Zweifel.

Einer nach dem anderen nickte.

»Gut«, sagte van der Velde, »ich glaube euch. Aber das lässt nur einen Schluss zu: Es gibt mindestens eine weitere Person, die diese Schrift kennt. Und benutzt.« Der Kommissar machte eine Pause. Es war vollkommen klar, wie die zweite Frage lauten musste. »Habt ihr irgendeine Idee, wer das sein könnte?«

Freddie und Jan schüttelten auf der Stelle die Köpfe. Lisa schien länger überlegen zu müssen. Und Jo starrte auf das Fahndungsplakat, als sähe sie zwei Gespenster.

»Die beiden«, flüsterte sie.

»Wer?«

»Die Kukies.«

Der Kommissar verstand offensichtlich nur Bahnhof.

»Meine … meine Cousins«, stammelte Jo. »Die haben meine Tabelle geklaut.«

»Namen?« Van der Veldes Gesicht war plötzlich hart wie Granit.

Jo sah ihn fassungslos an. »Aber die haben doch nicht …«

»Namen!«

Jo schluckte. »Kurt und Knut«, sagte sie. »Von Breselberg-Rummelpott.«

»Wie bitte?«

»Ich schreib's Ihnen auf.«

Der Kommissar schob Zettel und Stift über die Tischplatte. »Mit Telefonnummer, wenn's geht.«

»Kann ich mal?«, fragte Jo und deutete auf Hinrichs Diensthandy. Kurz darauf hatte sie Baron Eduard am Apparat, der ihr die Telefonnummer durchgab. Und Minuten später klingelte das Telefon in einer Augsburger Villa. Bei den Breselberg-Rummelpotts. *Von* Breselberg-Rummelpotts, so viel Zeit musste sein. Jemand meldete sich.

»Van der Velde, Kommissariat Bresel«, antwortete der Kommissar.

Der Schreck, der der Person am anderen Ende der Leitung in die Glieder fuhr, spiegelte sich in van der Veldes Mundwinkeln.

»Reine Routine, Frau von Breselberg-Rummelpott«, spulte der Kommissar sein gewohntes Programm ab. »Wir haben nur ein paar Fragen.«

Adelgunde keuchte etwas ins Telefon. Ihr Asthma war im gesamten Raum zu vernehmen.

»Nein«, sagte der Kommissar, »sondern an Ihre Söhne. Kurt und Knut.«

Das Keuchen wurde besorgniserregend.

Jo verdrehte die Augen.

»Ja«, sagte der Kommissar ruhig, »holen Sie die beiden ans Telefon.«

Bei dem nun folgenden Gespräch wurde die Geduld des Kommissars auf eine harte Probe gestellt. Zunächst stritten die Zwillinge alles rundweg ab. Was geklaut? Auf gar keinen Fall! Es fiel ihnen schon schwer, sich überhaupt an einen Besuch in Bresel zu erinnern.

Wann soll das gewesen sein? Dieses Jahr? Na ja, doch, könnte hinkommen …

Erst als der Kommissar damit drohte, sie mit ihren Eltern im Polizeipräsidium antanzen zu lassen, wurden sie gesprächiger. Sie wüssten zwar auch nicht, wie, aber dieser komische Zettel mit den blöden Krickeln drauf müsse wohl zufällig in Kurts Hosentasche gelandet sein. Oder in Knuts, da konnten sie sich nun wirklich nicht einigen.

»Und dann habt ihr euch die Vase besorgt?«

Welche Vase?

Der Kommissar angelte einen Kaugummistreifen aus der Packung. »So, so, ihr wisst nichts von einer Vase?« Und jeder im Raum ergänzte: So wenig wie von dem Zettel?

Nein.

»Und ihr habt nie eine bemalt? Mit diesen Buchstaben?« Van der Velde schob sich den Kaustreifen in die Backe und zerknüllte das Papier. »So, so. Und wo habt ihr den Zettel verloren?« Er klemmte die Knitterkugel zwischen Mittelfingernagel und Daumen. »Sagt bloß!« Er zielte. »Dann wisst ihr ja, wie ein Knast von innen aussieht.«

Schnipp. Die Kugel traf den Dicken auf die Nase und tropfte von dort in den Papierkorb. Immerhin.

»Einen schönen Tag noch«, knurrte van der Velde in den Hörer. Dann legte er auf. Niemand sagte ein Wort. Stumm kaute der Kommissar. Eine Minute, zwei.

»Die sitzen im Knast?« Länger hatte es Freddie nicht ausgehalten.

Der Kommissar schien die Frage jedoch nicht gehört zu haben. Als hätte er die Anwesenheit der vier vollkommen vergessen, hob er den Kopf und blickte seinen Assistenten an. »Jetzt rate mal, wo diese beiden Früchtchen die Tabelle mit dem Alphabet verloren haben.«

»Im Knast«, sagte Hinrich.

Van der Velde nickte und sah durch Freddie hindurch. »In Augsburg, in diesem Spezialbau in der Dingsbumsstraße, wie heißt die noch? Wir sind mal da gewesen.«

»Schon klar«, sagte Hinrich.

»Und?«

»Was und?«

»Wer sitzt da drin und will raus?«

Freddie bekam den Mund nicht mehr zu. Das hätte er den Kukies nicht zugetraut! Entgeistert starrte er auf Hinrichs Finger, die eine kleine Stecknadel vom Boden aufhoben und damit die rechte obere Ecke des Fahndungsplakates wieder sorgfältig befestigten.

Freddie holte tief Luft.

»Danke«, sagte der Kommissar und wandte sich unvermittelt wieder an die vier. »Ihr habt uns sehr geholfen.«

»Wie? Das war alles?«

Der Kommissar sah Freddie scharf an. »Ich erwarte absolute Verschwiegenheit.«

Jo nickte. »Klar.«

»Keine Frage.« Jan.

»Bei Knodomar.« Lisa.

»Und was passiert jetzt mit den …?« Freddie konnte es immer noch nicht fassen.

»Das werden Hinrich und ich in Ruhe besprechen.«

Damit waren sie entlassen. Hinrich brachte sie zum Ausgang. Freddie unternahm noch einen letzten Anlauf, während Hinrich ihn mit Entschiedenheit nach draußen schob und die Tür schloss.

»Die Kukies im Knast! Hammer!« Freddie hämmerte gegen die Hauswand des Kommissariats.

Lisa sah ihm gelangweilt zu. »Quatsch!«

»Wieso Quatsch?«

Gleich würde Hinrich wutentbrannt herausstürzen, um dem Gehämmer ein Ende zu bereiten. Und Freddie würde sich wutentbrannt auf Lisa stürzen, wenn die so weitermachte, auch da war sich Jan sicher.

»Denk doch mal nach.« Lisa hakte sich bei Jo unter und schlenderte an Freddie vorbei. »Nicht die Kukies sitzen in Augsburg im Knast.«

»So? Wer dann?«

»Jan, erklär du es ihm.«

Jan stellte sich vorsichtshalber zwischen Freddie und die davonspazierenden Mädels. Und erklärte es ihm.

»Hinrich!«

Hinrich hatte mit einem Knall das Fenster zur Straße geschlossen und kam zurück ins Büro.

»Also: Wer sitzt in Augsburg im Knast und will dringend an die frische Luft?«

Hinrich hustete.

»Wer will sich an uns rächen oder am besten gleich an ganz Bresel?«

Hinrich starrte das Fahndungsplakat an. Nein, die beiden auch nicht. Sondern …

»Diese …«, sagte er.

Van der Velde nickte. »Genau die!« Er stand auf und ging zum Papierkorb. »Ruf an. In Augsburg. Mach einen Termin«, sagte er und nahm das Kaugummi aus dem Mund. »Die müssen wir uns vorknöpfen.«

»Bankratz«, zählte Hinrich auf, »Bramsch, Schorff und …«

Der Kommissar drehte das klebrige Zeug zu einer Kugel und klebte den Klumpen dem Dicken auf die Nase. »Und Klumpp!«

Weiiiiihnachtsmann

Carlo knibbelte umständlich die Kaugummireste von seiner Nase. Er hatte eine Riesenblase geschafft. Dann war sie geplatzt und hatte sich gleichmäßig in seinem Gesicht verteilt. Es war kurz nach vier. Draußen wurde es bereits dunkel. Und sie durften ja kein Licht machen. Dieser traurige Bürgermeister hatte es ihnen verboten. Niemand sollte davon Wind bekommen, was in der alten Volkshochschule vor sich ging. Verständlicherweise.

Ede war schon eine Dreiviertelstunde weg. Einkaufen. Er hatte sich die Weihnachtsmannklamotten angezogen, die rote Mütze mit dem dicken Pelzrand tief ins Gesicht gedrückt und war zum Dalli-Markt gestiefelt. Der Bürgermeister hatte ihnen einen Vorschuss gegeben. Genug, um davon das Lebensnotwendige zu kaufen.

Carlo wartete. Er hatte Hunger. Eigentlich nichts Besonderes bei Carlo. Aber heute war schon zum Frühstück nichts mehr da gewesen. Weil … ja, weil sie gegen fünf Uhr morgens den Kühlschrank leer gefuttert hatten. Nach einer langen Nacht. Fast zwei Meter hatten sie inzwischen geschafft. Hatten Steine und Erde aus der Wand gehauen und auf die angrenzenden Kellerräume verteilt, hatten Blasen an Händen und Füßen und Hunger für vier.

Mittags war Ede aufgewacht. Carlo war nicht vor drei aus den Decken zu kriegen gewesen. Und dann war, wie gesagt, nichts mehr zum Frühstück da gewesen. Also hatte Carlo Hunger. Und wie!

»Um sechs geht's weiter«, hatte Ede geknurrt und sich in die bescheuerten Klamotten geschmissen. Seit fast einer Stunde war er jetzt unterwegs.

Und das lag an diesen Blagen. Alle naselang zupften sie an seinem Mantel rum. Da kam schon wieder so was angedackelt.

»Herr Weiiiiihnachtsmann!«

Mann, Mann, Mann! Ede floh mit seinem Einkaufswagen zur Kasse des Dalli-Markts und stellte die Ohren auf Durchzug.

»Herr Weiiiiihnachtsmann!«

Jaja. Womit wedelte der Knirps da herum? Jetzt klappte er es auf.

»Ich kann schon lesen«, brabbelte der Furz.

Ede starrte auf das zerfledderte braune Ding in den kleinen Händen. Es war ein Portemonnaie. *Sein* Portemonnaie! Und darin gut sichtbar sein Personalausweis. Mit Bild und vollem Namen. Der Dreikäsehoch betrachtete es höchst interessiert, holte Luft und … Ede riss ihm das Ledermäppchen aus den Fingern.

»Das ist meins«, raunzte er.

Der Kleine sah ihn mit großen Augen an.

»Jonny!«, rief eine Frauenstimme aus der Käseabteilung. »Wo steckst du?«

»Du bist gar kein richtiger Weihnachtsmann«, sagte Jonny leise.

»Doch«, raunte Ede.

»Beweise!« Jonny war schon sechs Jahre alt. Da glaubte er nicht mehr alles von den Großen. Auch nicht vom Weihnachtsmann.

Ede sah sich unruhig um. Jetzt interessierten sich bereits mehrere Kunden für ihn. »Wo wohnst du?«, fragte er.

»Das musst du doch selbst wissen«, triumphierte Jonny. »Wenn du echt bist.«

Auch wieder wahr. Ede kniff die Augen zu Schlitzen.

»Kann ich Ihnen helfen?«, fragte die Kassiererin ungeduldig.

»Nein.« Ede packte ein Brot, drei Würste, zwei Schokoladenweihnachtsmänner und eine Kiste Wasser auf das Förderband.

»Breselner Landstraße 153«, krähte Klein-Jonny plötzlich. »Und ich wünsch mir so eine Mütze wie deine.« Dann wetzte er davon. Zur Käsetheke. Seine Mutter nahm ihn beim Wickel. Frau Fesenfeld schickte dem verkleideten Lulatsch einen warnenden Blick durch den Laden und zog mit ihrem Sprössling in die Gemüseabteilung. Dort warteten schon Lotte und Jan. Jonny sauste auf seine Geschwister zu.

»Der Weihnachtsmann hat sein Portemonnaie verloren«, sprudelte er los, »und glaubt, dass ich schon lesen kann!«

Um halb sechs biss Carlo dem Schokoladenweihnachtsmann den Kopf ab und legte sich genüsslich schmatzend auf die Matratze. Endlich wieder satt. Draußen war es bereits stockfinster. Drinnen auch. Carlo starrte an die Decke.

Ede hatte angeordnet, nur nachts zu arbeiten. Carlo fand das übertrieben, aber sein langer Freund bestand darauf. Tagsüber lief zu viel Volk am Haus vorbei. Da könnte jemand was merken. Carlo erhob sich ächzend. Tief unter ihm wummerte es. Ede hatte schon angefangen.

Gegen zwei Uhr morgens hatten sie mindestens einen weiteren Meter geschafft. Das Erdreich war lehmig und durchsetzt mit schweren Gesteinsbrocken. Gemeinsam wuchteten sie die Klötze auf die Schubkarre. Der erste Kellerraum war bald bis zur Decke gefüllt. Es gab noch einen zweiten. Wenn da auch nichts mehr reinging, mussten sie den Schutt nach oben schleppen. Keine schöne Aussicht.

Carlo ließ seine Spitzhacke sinken. Ede war im Nebenraum verschwunden und kippte die Schubkarre aus. Den Lärm hörte man bestimmt bis auf die Straße. Carlo wischte sich den Schweiß von der Stirn und lehnte sich an die Lehmwand. Erschöpft schloss er die Augen und stellte sich vor, er würde durch das Erdreich direkt bis ins Museum sinken. Ach, wäre das schön! Und ein merkwürdiges Gefühl. Carlo ruderte mit den Armen. Krümel rieselten herab. In einem Regen aus Steinen und Lehm sackte Carlo rückwärts. Rückwärts durch die Wand.

Ede hatte Carlos Schrei gehört. Er war ja laut genug gewesen. Ede drehte die Augen zur Kellerdecke. Der Dicke wieder. Ohne Eile fegte er die Reste aus der Karre und stiefelte zurück. Und stand fassungslos vor dem Loch in der Wand. »Carlo?«

Ein leises Wimmern drang aus der Dunkelheit. Ede richtete seine Taschenlampe auf ein Häufchen Elend. Carlo saß mit dem Allerwertesten in einer schlammigen Pfütze und guckte wie eine Kuh, wenn's donnert. Ede pfiff leise durch die Zähne. Sorgfältig leuchtete er die Ränder des Lochs ab. Der Rest schien zu halten. Dann stieg er hindurch.

Sie befanden sich in einer Art Gang. Die Wände waren aus Ziegelsteinen gemauert, ebenso die niedrige gewölbte Decke. Und ein Ende war nicht zu sehen. Nicht nach links und nicht nach rechts. Aber das Tollste war, der Tunnel verlief genau in die richtige Richtung.

»Sieh an«, brummte Ede. »Eine Menge Arbeit gespart.«

Er blickte auf Carlo herab. Carlo hob seine rechte Hand. Ede verdrehte noch einmal die Augen. Dann half er ihm auf.

Karpfen und Bulldogge

Am Mittwoch, dem 9. Dezember, um acht Uhr früh, standen Kommissar van der Velde und sein Assistent Hinrich vor dem hohen Eisengitter. JUSTIZVOLLZUGSANSTALT stand darüber. Hinrich presste seinen Daumen zum vierten Mal auf den verrosteten Klingelknopf. Van der Velde trommelte ungeduldig auf das Türschild. Er mochte es nicht, wenn man ihn warten ließ. Als Hinrich seinen Daumen das fünfte Mal bereit machte, hörten sie schlurfende Schritte. Ein gewaltiger Schnauzbart in Uniform erschien.

»Ja bitte?« Der Schnäuzer wippte beim Sprechen. Er kam den beiden Besuchern nicht unbekannt vor. Sie zückten ihre Ausweise.

»Wir sind angemeldet.«

Walross schob umständlich eine Lesebrille auf die Nase und kontrollierte die Plastikkarten. Dann nickte er und schloss auf. Das Eisentor öffnete sich quietschend.

»Was kann ich für Sie tun?«

Zehn Minuten später saßen die Breselner Kriminalbeamten im Verhörraum. Ein stabiles Eisengitter trennte sie von vier bestens vertrauten Gestalten. Hinrich und van der Velde hatten die Mönche persönlich hierherkutschiert, vor gut einem Jahr. Zur Last gelegt wurde ihnen der gewaltsame Tod von Abt Florestan und von Todd Emmerich, dem ehemaligen Totengräber von Bresel. Die Indizien waren erdrückend und das Urteil lebenslänglich.

Van der Velde ließ sich Zeit. Eine Weile betrachtete er die ausdruckslosen Mienen der Männer. Klumpp saß in der Mitte des Raums und hatte die Augen fast geschlossen. Neben ihm Bankratz und Bramsch. Schorff dagegen hielt auffällig Abstand zu den anderen. Van der Velde entging nicht das nervöse Flattern seiner Augenlider. Hinrich eröffnete das Verhör.

»Lebenslänglich ist verdammt lang«, sagte er, ohne einen Bestimmten anzusprechen.

Von den vier Ex-Mönchen kam keine Reaktion.

»Da kommen einem sicher so Gedanken«, fuhr Hinrich scheinbar ziellos fort. Die gleiche Reaktion. »Und da bald Weihnachten ist …«

Der Kommissar neben ihm hob seine rechte Augenbraue um Haaresbreite. Aber er schwieg.

»… habe ich euch etwas mitgebracht.« Hinrich griff hinter sich und holte eine bauchige Vase hervor. Langsam schob er sie zum Eisengitter.

Der Kommissar verzog keine Miene. Schorffs Schreck war nicht zu übersehen gewesen. Auch das leichte Flackern in Klumpps Augen war ihm nicht entgangen.

»Erkennt ihr sie wieder?« Hinrich war die Unbefangenheit in Person. »Vielleicht kann mir einer von euch sogar helfen.« Er drehte die Vase. Die Schrift zeigte jetzt zum Eisengitter. »Was steht denn da?« Hinrich beugte sich weit vor. Fast flüsterte er. »Herr Klumpp?«

Knappes Schulterzucken.

»Herr Bramsch?«

Das Gleiche.

»Herr Bankratz?«

Entrüstetes Schnauben.

»Herr …«

Schorff zitterte so sehr, dass es schon wie Kopfschütteln aussah.

»Ist Ihnen nicht gut?«

Van der Velde registrierte Klumpps mahnenden Blick. Der nichts half. Schorff bekam seine Glieder nicht unter Kontrolle.

Hinrich lehnte sich wieder zurück.

Schweigen.

Hinrich zog einen Zettel aus der Jackentasche. Ohne den Blick von den vier stummen Kerlen zu wenden, faltete er ihn auseinander.

»Natürlich haben wir das Geschmiere längst entschlüsselt.« Hinrich klang so beiläufig, als erzählte er vom letzten Grillabend. »Auch wenn der Verfasser ein Dummkopf ist.«

Schorffs Zittern wurde noch stärker.

Hinrich hielt plötzlich ein kleines Pappquadrat in der Hand. »Denn in Bresel dreht man Westen nach oben.«

Schorff stand der Schweiß auf der Stirn. Das war ihm in seiner Verzweiflung entfallen. Unruhig schielten seine Augen zur Seite. Auf Klumpps Hände. Auch dem Kommissar war nicht entgangen, dass Klumpps Pranken die Stuhllehnen umklammerten, als wollten sie die Stahlrohre verbiegen. Klumpps Augen waren noch immer geschlossen. Beinahe.

»Angst geht um in dunkeler Mitte Heiliger Nacht. Die Bombe tickt am geheimen Ort und Bresel muss sterben, Bresel wird untergehn. Zittert, es gibt kein Entrinnen. Befreit uns, und Bresel wird das Leben gewinnen.«

Hinrich stand auf. In aller Ruhe schob er den Zettel durch die Gitterstäbe.

»Falls einer von euch noch mal nachlesen will.«

Dann setzte er sich wieder. Schweigen. Nur unterbrochen von Schorffs Zähneklappern. Dreißig Sekunden. Eine Minute.

»Ich …« Schorff würgte.

»Schluss jetzt!« Klumpp war aufgesprungen. Mit den Fäusten umklammerte er zwei Gitterstäbe. Wie ein wütender Gorilla stierte er Hinrich an. »Der kleine Polizist«, spuckte er, »hält sich für so verdammt schlau.« Klumpps Stimme bebte. »Aber was nützt es? Bresel, dieses Dreckskaff, gibt es bald nicht mehr.

Wumm!« Klumpp warf den Kopf in den Nacken und so etwas wie ein Lachen kam aus seiner Kehle. »Wumm! Und Schluss!«

Hinrich bemerkte, wie sich die Muskeln des Kommissars spannten.

»Wumm!«, schrie Klumpp zum dritten Mal.

Für einen Moment sah es so aus, als wollte der Kommissar dem Mönch an die Kehle springen. Dann wurde es wieder still. Sehr still. Bramsch und Bankratz sahen ihrem Mitbruder mit gefrorenen Gesichtern zu, Schorff war in seinem Stuhl versunken und wimmerte leise.

Langsam, Millimeter für Millimeter, drückte Klumpp sein Gesicht zwischen den Eisenstäben durch. Hinrich schauderte. Wie ein Besucher aus einer anderen Welt quetschten sich Klumpps Wangen ins Diesseits. Bis zu den Ohren. Dann stülpten sich seine Lippen vor, wie bei einem Karpfen.

»Lasst uns frei.«

Hinrich war so gebannt von dem Schauspiel, dass ihm die Bewegung neben ihm entgangen war. Der Kommissar hatte seinen Stuhl verlassen. Langsam baute er sich vor dem Karpfenmaul auf.

»Wo liegt sie?« Eine hungrige Bulldogge.

»Lasst uns frei.« Ein feiner Speichelfaden rann aus dem Fischmaul.

»Wo liegt die Bombe?«

»Erst lasst ihr uns frei.«

Wie in Zeitlupe legte van der Velde seine rechte Hand direkt auf das Fischmaul. Und drückte es zurück. Mit einem Schmatzen löste es sich aus dem Gestänge.

»Wir kommen wieder.« Van der Velde wischte sich die Handfläche an seiner Hose ab. »Und dann nehmen wir uns euch einzeln vor.« Und mit einem Blick zu dem zitternden Häufchen Elend fügte er leise hinzu: »Jeden einzeln.«

Auf der Rückfahrt war Hinrich unruhig. Schließlich erbarmte sich der Kommissar. »Wo drückt's?«

»Mit Verlaub, Herr Kommissar«, begann Hinrich umständlich.

»Red schon!«

Das Geduldsspiel, das van der Velde gern mit anderen spielte, ging ihm selbst gehörig auf den Zeiger.

Hinrich verschränkte die Hände. »Hätten wir aus denen nicht viel mehr rausquetschen können? Ich meine …«

Der Kommissar fuhr zu schnell. Hinrich beobachtete ihn besorgt von der Seite. Die Lippen des Kommissars bewegten sich. Van der Velde lächelte. »Hast du dir Schorff angesehen?«

Hinrich nickte. Der Kommissar überholte einen Gemüselaster.

»Schorff hat Angst. Eine Riesenangst. Und vor wem?«

Hinrich spähte unruhig auf den Tacho. »Vor Klumpp?«

Der Kommissar drückte wie zur Bestätigung das Gaspedal weiter hinunter. »Und dieser Klumpp ist stinksauer.«

Reifen quietschten in der Kurve. Hinrich hielt sich am Türgriff fest.

»Hast du bemerkt, wie erschrocken Klumpp war?«

Hinrich nickte mit weit aufgerissenen Augen.

»Ich wette, der wusste nichts von der Vasenaufschrift. Ich wette …«

Der Kommissar musste sich auf ein waghalsiges Überholmanöver konzentrieren. Hinrich war weiß im Gesicht.

»Ich wette«, bellte van der Velde, »die werden sich jetzt zerfleischen.«

Ein greller Blitz aus einem kleinen Kasten vor ihnen rechts am Straßenrand, oben auf einer Stange. Bald würden sie also ein nettes Foto zugeschickt bekommen. Mit genauer Angabe der Geschwindigkeit und einer freundlichen Zahlungsaufforderung.

»Mist«, fluchte van der Velde und ging endlich vom Gas.

Die Vermutung des Kommissars traf die Sache nicht ganz. Niemand wurde zerfleischt. Klumpp saß seit Stunden in der Töpferwerkstatt. Langsam drehte sich die Scheibe. Der nasse Ton glitt durch seine Finger. Nein, er hatte sich nicht verzählt, keineswegs. Als eines Morgens eine Vase verschwunden war. Eine von den ganz frischen. Er hatte Walross in Verdacht gehabt. Aber hätte der sich das getraut? Seinen *Meister* zu bestehlen? Höchstens auf Befehl. Befehl von wem?

Schorff! Dieser miese kleine Feigling. Wer sonst. Wie der gezittert hatte! Aber woher zum Teufel kannte er die Schrift? Nur sehr wenige Auserwählte hatte Klumpp in die Runen eingeweiht. Schorff gehörte nicht dazu. Nein, der nicht! Oder steckte doch Bankratz dahinter? Oder Bramsch? Klumpps Hände drückten fester zu. Hatten die etwa …? Klumpp schüttelte den Kopf. Obwohl – wem konnte man schon trauen!

Die Vase wuchs in seinen Händen. Seinen rissigen Töpferhänden. Der Bauch dehnte sich, der Hals wurde schmaler.

Und dann hatte der Idiot die Schrift verkehrt herum benutzt. Nein, Bankratz und Bramsch wussten Bescheid. Wussten, was in Bresel oben war. Solch ein Schnitzer wäre ihnen nicht unterlaufen. Folglich konnte es nur Schorff gewesen sein. Dieser erbärmliche Feigling! Klumpp lachte bitter. Gut, dass niemand den Ort der Bombe kannte. Wo die Vase lag, randvoll mit Sprengstoff. Und einem Zeitzünder, eingestellt auf null Uhr. In der Nacht vor Weihnachten. In der Heiligen Nacht. Klumpp lachte wieder. Diese Breselner. Das wird ihnen Angst genug einjagen. Sie werden diesen Kommissar schon dazu bringen, sie freizulassen. Was blieb ihnen anderes übrig?

Nur Schorff. Schorff war ein Risiko. Schon immer gewesen. Und ein Einzelverhör würde er nicht überstehen. Da würde er singen. Allmählich trudelte die Töpferscheibe aus. Sorgfältig, fast liebevoll glättete Klumpp den Rand der neuen Vase.

Nein, Schorff wird nicht singen. Ganz sicher nicht.

Donnerstag, 10. Dezember.

»Wir müssen sie freilassen. Wir haben gar keine andere Wahl.« Bäcker Blumes Gesicht war mehlweiß. Doktor Attila Jorgonson sah es mit Sorge. Der Parteibruder wollte doch wohl nicht ohnmächtig werden? Soeben hatte Kommissar van der Velde von dem Besuch in Augsburg berichtet. Von den vier Mönchen und ihrer Forderung.

Der Krisenstab hatte sich mit finsteren Mienen im Rathaussaal versammelt. Bürgermeister Radolf Müller-Pfuhr presste die Lippen aufeinander, was ihm ein entschlossenes Aussehen gab. Sparkassendirektor Schönemann blickte ängstlich von einem zum anderen und Schneider Böck wedelte sich Luft zu. Sich und seinem Nachbarn Clemens Zuffhausen. Der hob langsam den Kopf.

»Ich denke, das sollten wir nicht tun.«

»Was?«, schnaufte Bäcker Blume und wurde noch eine Spur weißer. »Soll denn erst ganz Bresel in die Luft fliegen?«

»Moment.« Kommissar van der Velde hatte sich erhoben. Alle sahen ihn an. Schneider Böck hörte auf zu wedeln. »Wir wissen nicht einmal, ob es überhaupt eine Bombe gibt. Die Spürhunde haben nichts gefunden. Vielleicht blufft Klumpp.«

»Ja, aber …«

Ein Blick des Kommissars ließ Bäcker Blume augenblicklich verstummen. »Selbst wenn wir sie freilassen, wer garantiert uns, dass sie nicht *bums* verschwinden? Ohne uns den Ort der Bombe zu verraten.«

»Sie müssen uns zuerst zur Bombe führen«, warf Schneider Böck hastig ein.

»Ja?« fragte Kommissar van der Velde. »Und danach würden Sie die netten Herren wirklich laufen lassen? Ich nicht. Nie im Leben. Und das wissen Klumpp und seine Kumpane ganz genau.«

Stille. Bäcker Blume hatte die Augen geschlossen. Doktor Jorgonson betrachtete ihn besorgt. Schneider Böck atmete stoßweise. Direktor Schönemann wusste nicht, wohin mit seinen Händen, und der Bürgermeister presste seine Lippen noch fester zusammen. Was nicht mehr entschlossen, sondern verzweifelt aussah.

Clemens Zuffhausen beugte sich nach vorn. »Was schlagen Sie also vor, Herr Kommissar?«

Van der Velde zögerte einen Moment. Dann sagte er mit ruhiger Stimme: »Ich glaube, die Zeit arbeitet für uns. Ich glaube, dieser Klumpp hat seine Leute nicht im Griff. Wenn mich nicht alles täuscht, ist Schorff das schwache Glied in der Kette. Ich gebe dem noch drei Tage, dann liegen die Nerven blank. Dann nehme ich ihn mir allein vor. Ohne den Wachhund Klumpp. Und dann wird er weich.«

Plötzlich klappten Bäcker Blumes Augenlider auf. »Und wenn nicht?«

Van der Veldes Blick glitt über den Tisch bis zu den Händen

des Bäckers. Weiter an seiner schlampig gebundenen Krawatte hinauf. Er blieb an dem Mehlstaub hängen, der auf Blumes Wimpern lag.

Van der Velde schwieg.

Bresel Breakdown

Bäcker Blume war die undichte Stelle. Schon lange hatte man es geahnt. Am Freitagmorgen stand er am Kunibald-Brunnen, Schulter an Schulter mit Strothkötter senior. Was sie zu besprechen hatten, war ohne Zweifel von großer Wichtigkeit. Bäcker Blume schwenkte die Arme von rechts nach links, malte einen großen Kreis in die Luft, ungefähr Richtung Rathaus, und blies feuchte Atemwolken in Strothkötters Gesicht. Der *Sodembu*-Mann hörte mit unbewegter Miene zu. Manchmal nickte er kurz und erwiderte einige Worte. Am Schluss gaben sich die beiden die Hand und verließen den Marktplatz. Blume eilte zu seiner Bäckerei, Strothkötter verschwand in den Altstadtgassen.

Was die zwei besprochen hatten, warum den restlichen Freitag bei Blume und Strothkötter die Telefone heißliefen, weshalb Strothkötter junior den Vormittag auf dem Fahrrad verbrachte und den langhaarigen Ulli, Jenny, Jan, Freddie und Egon alarmierte, das konnte das staunende Bresel am nächsten Morgen besichtigen. Das heißt, das Staunen verging den Breselnern schnell und wich dem blanken Entsetzen. Doch der Reihe nach.

Samstag, 12. Dezember. Noch zwölf Tage bis Heiligabend.

In eisiger Frühe stellten drei dick vermummte Gestalten Podeste auf. Direkt vor den Stufen des Rathauses, wo ein dröhnendes Räumfahrzeug bereits den Schnee der letzten Nacht beiseitegeschoben hatte. Das Trio hatte schon häufig für *Schnürs Enkel* die Bühne gebaut. Diesmal wurden sie sogar aus der Parteikasse des *Sodembu* bezahlt. Um neun, als der vorweihnachtliche Einkaufsrummel richtig losging, waren sie fertig.

Es dauerte noch eine weitere Stunde, dann hatten *Schnürs Enkel* alle Verstärker und Boxen, Instrumente und Mikros in Stellung gebracht. Strom hatte Bäcker Blume quer über den Marktplatz gelegt, mit einem Zwanzig-Meter-Kabel aus seinem Laden. Und dann noch das Wichtigste: Hinter der Bühne und zu beiden Seiten wurden beschriftete Stoffbahnen gespannt.

Für ein selbst verwaltetes Jugendzentrum stand darauf.

Und: *Wir sind Bresel – her mit Nummer 13!*

Dann ging's los.

Punkt 10.15 Uhr legte der langhaarige Ulli den Schalter seiner E-Gitarre um. Die Rückkoppelung drückte sämtlichen Marktbesuchern das Schmalz in die Gehörgänge zurück. Ulli ließ den rechten Arm ein paarmal kreisen, dann haute er das Plektron in die Saiten. *Smoke on the Fischteiche.* Laut und hart und von Ulli. Ritter Kunibald hätte ihn dafür vermutlich in den finstersten Kerker von Burg Knittelstein geworfen. Damals.

Heute blieben den Breselnern nur Kopfschütteln und empörte Proteste. Beziehungsweise eifriges Duttwackeln. Oma Sievers fand die Musik hervorragend. Sie zupfte die beiden Weihnachtsmänner am Ärmel. Ach nee … der kleine war ihr zu dick. Sie schnappte sich den langen dünnen und schob ihn tangomäßig übers Pflaster. *Hui,* was war sie für eine Tanzmaus gewesen. Damals. *Hachja.*

Ede atmete schwer. Warum stürzte sich diese verrückte Alte

ausgerechnet auf ihn? Nur nicht auffallen. Leicht gesagt, mit einem Weihnachtsmannmantel, Wattebart und einer gicksenden Oma am Arm. Aus dem Augenwinkel sah er Carlo. Bewegungslos stand er unter einer Tanne wie eine Dekoration. Ein Mädchen trat auf ihn zu.

»Unsere Forderungen«, sagte Lisa und hielt dem albern verkleideten Kugelbauch ein Flugblatt hin. »Lesen Sie und unterschreiben Sie am Stand.« Lisa zeigte auf einen Holztisch neben der Rockband, die inzwischen *Bresel-Punk* spielte. Laut und hart und von Strothkötter junior.

»Nein«, sagte der dicke Weihnachtsmann.

Lisa sah ihn prüfend an. »Warum denn nicht?«

»Nein.« Als ob der nichts anderes sagen könnte.

»Ich hab Sie schon mal gesehen.« Lisa kam etwas näher heran.

»Nein!« Carlo lief der Schweiß trotz der Kälte bis in die Kniekehlen. »Nein«, flüsterte er ein weiteres Mal und drückte sich um die Tanne herum. »Nein, nein.« Und weg war er.

Lisa zuckte mit den Achseln. Sie hätte schwören können ... aber jetzt stand Wichtigeres an. Vor der Rede mussten noch möglichst viele Breselner mit Infozetteln versorgt werden. Wenn der Stadtrat sich stur stellte, ging vielleicht was über den Druck aus der Bevölkerung. Noch ein weiterer Song, dann war Strothkötter dran. Strothkötter senior. *Schnürs Enkel* spielten *Roter Hahn.* Laut und hart und von Freddie.

Der lange Weihnachtsmann hatte sich von Oma Sievers befreien können und hastete dem dicken hinterher. Lisa sah sie im Museumsweg verschwinden. Ungefähr von dort winkte auch Jo herüber. Sie hatte ihre Blätter unter die Leute gebracht. Lisa legte die letzten vier auf den Brunnenrand – nein, nur drei, eins noch schnell Oma Sievers in die Hand gedrückt.

»Nun komm mal her, mein Mädchen.«

Ein Fehler, ganz klar. *Hoffentlich schwätzt die mir jetzt keinen Knopf an die Backe.*

»In die alte Volkshochschule, so, so.«

Lisa nickte und rieb ihre linke Wange.

»Da, wo der Suomar gewohnt hat.«

Bestimmt der letzte Rektor der VHS.

»Frau Sievers, ich muss …«

»Ja, wenn mein Oskar noch leben würde, der kannte sie ja alle. Zum Beispiel den … verflixt … irgendwas mit *Urs* … bei der Alten Goldschmiede, du weißt schon … und der Chef wohnte in der Mitte, ungefähr hier«, sie stampfte mit den Gummistiefeln, dass der Schneematsch spritzte, »und der Rest drum rum, das hat Oskar immer gesagt. Aber wie hieß noch der … ha!« Sie hob den Zeigefinger. »Der Seropi… nein …«

»Ich muss jetzt aber wirklich …« Lisa deutete mit verzweifeltem Blick zur Bühne.

»Serapio!« Elfriede winkte Pastor Himmelmeyer zu. »In Sankt Urban. Und natürlich am Friedhof in der Dings … in der Kapelle, da wohnte der … jetzt ist mir doch glatt der Name entfallen …« Elfriede hob den Kopf und blickte Ritter Kunibald an. Und schüttelte entrüstet den Dutt. »Nein, nein, das war lange vor deiner Zeit!«

Lisa hatte längst wieder die Bühne erreicht. *Roter Hahn* war fast vorbei. Noch ein Schlagzeugsolo, Jenny war echt in Form. Drei Akkorde, als wollten die *Enkel* Sankt Urban zum Einsturz bringen, und Schluss.

Ein paar Leute klatschten, Oma Sievers drohte Kunibald mit dem Zeigefinger und jemand machte Fotos. Eine Journalistin vom Breselner Volksblatt. Wer hatte die denn informiert? Strothkötter senior kletterte auf die Bühne. Er schnappte sich Ullis Mikrofon und begann ohne Anlauf.

»Breselnerinnen und Breselner! Unsere Stadt ist in Gefahr! Der Bürgermeister verheimlicht eine ungeheure Bedrohung. Es geht uns alle an. Kommen Sie, hören Sie!«

Fragende Gesichter auf dem Platz. Einige besorgt, viele nur neugierig. Vorsichtig näherten sich die Ersten der Bühne. Die Breselner trauten so schnell keinem Zugezogenen über den Weg. Aber was der ins Mikrofon brüllte, war nicht von Pappe. Sie steckten die Köpfe zusammen.

Wie bitte? Eine Bombe? Irgendwo unter der Stadt? Mindestens eine, sagt er. Strothkötter heißt der. Komischer Name. Und Vorsitzender ist er, vom Sodembu, *kenn ich nicht. Sozialdemokratischer Bund Bresel, aha, na dann … Und wenn da doch was dran ist? Da kommt Doktor Jorgonson. Fragen wir doch den. Der winkt ab. Ziemlich hektisch. Hat sein Handy am Ohr. Und oben im Rathaus öffnet sich ein Fenster. Vom Sitzungssaal. Der Bürgermeister schaut heraus. Unser Radolf Müller-Pfuhr. Der wird's schon richten.*

Ein Aufschrei geht durch die Menge.

Nein, er hat sich noch am Fensterkreuz gefangen, der Herr Bürgermeister. Ist nicht herabgestürzt. Jetzt sagt er was. Er brüllt sogar, aber keiner versteht ihn. Wie auch, bei dem Krawall, den Strothkötter veranstaltet. Jetzt knallt er das Fenster wieder zu. Beim heiligen Urban, wie der ausgesehen hat! Als lägen tatsächlich Bomben unter Bresel. Da kommt er.

Radolf nahm drei Stufen gleichzeitig. Hochrot im Gesicht stürzte er aus dem Rathaus. Rannte auf Doktor Jorgonson zu.

»Hol die Polizei!«, schrie er. Und zur Bühne hinüber: »Aufhören! Sofort!«

Strothkötter sah ihn natürlich. Lächelte. Lächelte! »Ah, der Herr Bürgermeister persönlich. Wirklich 'ne Bombenstimmung hier, was?«

»Aufhören!«, schrie Radolf noch einmal. »Sie haben kein Recht! Das hier ist nicht genehmigt!«

»Oh!« Strothkötter schien überrascht. »Jetzt muss man sich die Wahrheit schon genehmigen lassen.«

Keuchend erklomm der Bürgermeister die Bühne.

»Darf ich Ihnen helfen?«, fragte Strothkötter fürsorglich, da riss ihm Radolf schon das Mikrofon aus der Hand.

»Ruhe!«, brüllte er. »Ruhe, meine lieben Breselnerinnen und Breselner!« Mit der verschwitzten linken Hand strich er sich die Haare zurück.

»Wieso Ruhe?« Bäcker Blume, der Verräter, stand in der Menge. »Bresel hat ein Recht auf die Wahrheit.«

»Die Wahrheit ist ein Gerücht!« Radolfs Stimme überschlug sich. Einige lachten. Jetzt merkte der Bürgermeister, was er da gesagt hatte. »Ich wollte sagen, die Bomben, also, wir wissen gar nichts, wir werden getäuscht! Also, liebe Breselner, es besteht keine Gefahr, wahrscheinlich. Und was der Herr vom *Sodembu* sagt, ist unverantwortlich!« Radolfs Haare standen zu Berge. »Unverantwortlich!«, wiederholte er. »Bitte bewahren Sie Ruhe. Die Polizei hat alles im Griff. Ah, da kommt sie schon.«

Tatsächlich tauchte neben dem Kunibald-Brunnen Kommissar van der Velde auf. Doktor Jorgonson hatte ihn im Kaufhaus Rausch erwischt, beim Geschenkekaufen. Die Breselner machten respektvoll Platz. Ein paar Vorlaute wollten gleich wissen, ob die Bomben wenigstens unterm Gefängnis lägen. Aber dem Kommissar war nicht nach Scherzen. Mit wenigen Schritten hatte er die Bühne erreicht und nahm Radolf das Mikrofon aus der Hand.

»Meine Damen und Herren«, sagte er ruhig, »bitte gehen Sie Ihren Geschäften nach. Wie der Bürgermeister schon sagte, besteht keine Gefahr für Bresel. Und es besteht kein Grund, Panik zu verbreiten.« Van der Velde konnte Blicke aussenden, die selbst Strothkötter von der Bühne kriechen ließen. »Es stimmt, dass kriminelle Elemente unsere Stadt erpressen wollen. Vertrauen Sie bitte darauf, dass wir wissen, was wir tun. Niemand wird uns kleinkriegen.«

Strothkötter bahnte sich grummelnd seinen Weg zu Bäcker Blume, der mit der Fotografin vom Breselner Volksblatt tuschelte.

»Und wer diesen Kriminellen glaubt und ihre Drohungen rausposaunt, macht sich zu deren Gehilfen!«

Das hatte gesessen. Strothkötter und Blume verzogen sich. Radolf Müller-Pfuhr kämmte sein Haar in die richtige Richtung. Kommissar van der Velde schaltete das Mikrofon aus.

»Und nun zu euch.«

Schnürs Enkel bemühten sich um nicht allzu betretene Gesichter.

Ulli zupfte einen leisen Akkord. »Strothkötters Vater hat gesagt, wir können hier spielen.«

»Und für unser Haus demonstrieren«, ergänzte Strothkötter junior trotzig.

Der Kommissar sah sie ernst an. »Find ich okay«, sagte er dann. Und bevor Radolf Müller-Pfuhr dazwischenfunken konnte, fragte van der Velde: »Um welches Haus geht es eigentlich?«

Zwanzig Sätze später war er ausführlich informiert. Auch darüber, dass die Stadt auf gar keinen Fall ein Jugendzentrum einrichten wolle. Bürgermeister Müller-Pfuhr schnaufte mit hochrotem Gesicht. Wozu habe man denn das *EC?* Und Geld soll niemand erwarten. Bei der derzeitigen Haushaltslage! Dann verabschiedete er sich hastig. Der Wind blies seine Haare wie ein Segel hoch und trieb ihn zurück in sein Rathaus. Dort hinter den dicken Mauern konnten ihn auch die Zugabe-Rufe aus Blumes Bäckerei nicht mehr erreichen. Ulli schaute zum Brötchenladen rüber und grinste.

»Okay«, sagte der Kommissar. »Kein Wort mehr über die Bombe und ihr dürft weiterspielen.«

»Wie lange?« Freddie gab Jan ein Zeichen, Jan schob die Regler am Mischpult nach oben.

»Ich glaube«, sagte der Kommissar nachdenklich, »die Veranstaltung ist bis zwölf genehmigt.«

»Okay, Mann.« Strothkötter junior gab van der Velde die Hand. »Und jetzt – Achtung!«

Jenny zählte schon ein. Der erste Akkord fegte van der Velde fast von der Bühne. *Bresel Breakdown.* Laut und hart und von Jenny.

Nicht alle Breselner waren froh, als Jan um Punkt zwölf den Masterregler nach unten zog. Aber fast alle. Ein paar hätten sich so einen Regler auch an Sankt Urban gewünscht. Als das Mittagsgeläut ebenfalls durch war, legte sich vorweihnachtliche Stille über den Platz.

Endlich.

Ritter Kunibald streckte die bronzenen Knochen, dass es knackte. Misstrauisch blickte Elfriede an ihm hoch. Nein, der Kerl auf dem Brunnen verzog keine Miene. Elfriede hätte schwören können … aber das war sicher das Alter. Elfriede drohte ihm noch einmal mit dem Zeigefinger und machte sich davon.

Schnürs Enkel verstauten ihre Instrumente und Verstärker im Bulli der drei vermummten Gestalten, die in Windeseile die Bühne auseinandernahmen. Um halb eins erinnerte nichts mehr an die Demo mit Rockkonzert. Außer ein paar Flugblättern in und neben den Papierkörben und einer kaum benutzten Unterschriftenliste. Lisa steckte sie in ihren Rucksack.

»Hat nichts gebracht«, sagte sie.

Jo zuckte mit den Schultern. »Strothkötter mit seiner Bombengeschichte hat heftiger eingeschlagen.«

»Und *wir* mussten versprechen zu schweigen.« Lisa und Jo schlenderten zum Brunnen, Strothkötter junior, Freddie und Jan hinterher. Freddie mit einem Miniradio am Ohr. Der langhaarige Ulli, Jenny und Egon waren im Bulli mitgefahren.

»Halt mal die Klappe«, fauchte Freddie vorsorglich, als Strothkötter ebenfalls sein Ohr an den Empfänger presste. »Die reagieren verdammt schnell!« Es war nicht ganz klar, ob das Ironie sein sollte oder ein Kompliment.

»Was denn?« Jan riss den beiden fast das Radio aus der Hand, aber Freddie duckte sich schnell genug.

»Aufruf an die Bevölkerung«, verkündete er. »So ähnlich wie neulich. Ob wer einen verdächtigen Wagen gesehen hat. Oder irgendwo im Keller was versteckt liegt.«

»Was denn versteckt?« Lisa kaute an einem ihrer Zöpfe.

Freddie schaltete das Radio aus. »Ein unbekannter Koffer, 'ne Plätzchendose, die keiner vermisst, Außerirdische.«

»Bei uns war letzte Woche der Rohr-frei-Dienst.«

Freddie sah Jo besorgt an. »Und? Die Burg schon durchkämmt?«

Jo zeigt ihm einen Vogel.

Eine Elster setzte sich auf Kunibalds Helm. Lisa starrte ihr in die schwarzen Augen. »Aber wenn's stimmt? Wenn wirklich eine Bombe in einem Keller liegt? Genau jetzt. Und tickt.«

»Im Radio sagen sie, es besteht kein Grund zur Panik.«

Strothkötter junior kratzte Schnee zusammen. »Was sollen die sonst sagen?«

Lisa war auf einmal nicht wohl. Strothkötter grinste und knallte den Schneeball vor Kunibalds Nase. Die Elster flog kreischend davon.

»Blödmann«, sagte Lisa. Das fand Jo auch, hakte sich bei Lisa unter und zog sie fort.

Die drei Jungs warfen sich vielsagende Blicke zu. *Mädchen*. Dann trödelten sie mit Abstand hinter ihnen her. Links am Rathaus vorbei in den Museumsweg.

Vor der Nummer 13 blieb Lisa stehen und drehte sich um. »Was latscht ihr hinter uns her?«

Freddie zuckte mit den Achseln. Ja, was latschten sie hinter den beiden her? »Den neuen Proberaum besichtigen.«

»Da wird doch eh nichts draus.« Lisa war schon wieder unterwegs, als es krachte. Im Haus Nummer 13. Offensichtlich. Denn Sekunden später bröckelten zwei Handbreit Putz über der Tür ab und klatschten auf die Stufen, wo sich deutliche Stiefelspuren in die Schneereste drückten. Dann Stille. Bis auf Strothkötters Zähne.

»D… d… die Bombe«, brachte er heraus.

»Quatsch.« Freddie hielt es nicht für nötig, zu flüstern.

Sie lauschten. Irgendwo rutschte Schnee vom Dach. Aber sonst: nichts. Jan hatte sich zu den Mädchen gestellt. Über Lisas Schulter hinweg zeigte er auf eine Stelle oberhalb der Tür. Dort, wo der Putz abgefallen war, warum auch immer.

»Omar«, sagten er und Jo gleichzeitig.

»Omar.« Lisa stieg die Stufen hinauf. Auf Zehenspitzen und mit ausgestrecktem Arm erreichte sie die Stelle. Der Putz saß locker. Weitere Stücke bröckelten herab.

»Suomar.«

Strothkötter junior bekam Stielaugen. »Hä?« Westfälisch für: Wie bitte? »Ich seh nur Kritzel.«

Lisa ging nicht darauf ein. »Suomar«, wiederholte sie. »Und in derselben Schrift.«

Jo nickte. »Wie auf der Vase.«

»Breselner Version.« Auch Jan war auf dem Laufenden.

»Würde mich mal jemand aufklären?« Strothkötter schaute nicht sehr intelligent aus der Wäsche.

»Die Mönche benutzen dieselbe Schrift wie ...« Jan trat näher und fuhr mit dem Finger die gemeißelten Zeichen entlang, »... wie die hier. Aber falsch rum.«

»Hä?«

»Was für ein Zufall aber auch.« Freddie gähnte. Ihm war nur noch kalt. Seit dem frühen Morgen waren sie jetzt unterwegs. Freddie brauchte ein warmes Essen, dringend. Gelangweilt schob er den Schnee vom Treppengeländer.

Lisa hatte währenddessen Jo etwas zugeflüstert. Jo sah sie fragend an. »Elfriede?«

»Erzähl ich dir später.«

Und damit wanderten die Mädchen weiter zum Augsburgerring. Jo wollte heute bei Lisa übernachten.

Strothkötter sagte noch zweimal »Hä?« und die Jungs gerieten wie von selbst in eine letzte Schneeballschlacht. Danach waren wenigsten alle so durchnässt, dass sie nun wirklich nach Hause mussten. Warm essen, heiß duschen und frische Klamotten.

Und Ede und Carlo konnten endlich wieder normal atmen. Die Blagen waren weg. Carlo fegte die Reste des Kronleuchters beiseite. Weiß der Weihnachtsmann, warum das Biest heruntergekommen war. Hauptsache, die da draußen waren nicht auf falsche Gedanken gekommen. Ede hatte schon die Spitzhacke gesäubert. Mit dem Stiel stupste er seinen kugeligen Kollegen in den Hintern.

»Los, weiter«, befahl er.

»Ja-ah.« Carlo schlurfte hinter dem Dürren her. Wie er sein ganzes Leben hinter Ede hergetrottet war. Jedenfalls schon so einige Jahre. An die Zeit davor hatte Carlo kaum mehr eine Erinnerung. Sein Großvater betrachtete die Welt, soweit er wusste, durch solide Gitterstäbe. Und seine Eltern? *Mama,* dachte Carlo.

Wenn es inzwischen nicht so saukalt geworden wäre. Carlo fror. Und erst recht bei dem Gedanken an den Tunnel. Wenn sie es bloß endlich geschafft hätten. Eigentlich hätten sie schon längst beim Museum rausgekommen sein müssen. Fand Carlo. Oder sie waren schon drunter her. Aber Ede ließ ihn ja keinen Satz ausreden.

»Das täuscht«, hatte der Lange erklärt. »Oben sieht alles kürzer aus als unten.«

Carlo hatte an sich runtergeschaut. Wo Ede recht hatte, hatte er recht. Oder nicht? »Aber …«

»Nichts da, aber.« Ede stiefelte ohne weiteren Kommentar die Kellertreppe hinunter. Sie krochen durch das Loch in den gemauerten Gang. Dann begann die Arbeit. Einige Meter waren gut begehbar, dann war die Decke eingestürzt. Zwei Nächte schon hatten sie Schubkarre um Schubkarre den Schutt beiseitegeschafft. Ede glaubte, jetzt könne es nicht mehr viel sein. Und dann wäre alles ein Kinderspiel.

Ein Kinderspiel. Carlos Gedanken suchten wiederum das Weite. Zu seinem Großvater. Zu Mama. Carlo hieb mit aller Kraft in den Schutt.

Eis

Agathe schreckte hoch. Sie hatte geträumt. Mit aller Kraft riss sie die Augen auf. Sie saß noch immer in ihrem Sessel im Wintergarten. Draußen war es klirrend kalt und bereits dunkel. Vor ihrer Nase salbaderte ein nervöses Bündel von Bomben und Verrätern. Agathe spähte zur Uhr. Seit mehr als einer Stunde. Doppelt und dreifach. Warum Weicheier immer alles wiederholen mussten. Jammern, quengeln, flennen.

Agathe starrte über Radolfs zuckenden Kopf hinweg. Dort am Ostfenster der silberne Stern. Die waren aus anderem Holz geschnitzt, die bald kommen würden. Und alle Heulsusen hinwegfegen würden. Noch vor der Heiligen Nacht, hatte der *Meister* gesagt. Genauer: geschrieben. Heute Morgen in einer E-Mail.

Halte ein Auto bereit und dich selbst, hatte dort gestanden. *Noch vor der Heiligen Nacht.*

Absender: Lawross. Der Diener des *Meisters,* soweit Agathe verstanden hatte.

O ja, Agathe war stolz darauf, auserwählt zu sein. Agathe würde sich bereithalten. Jederzeit. Da konnten die Weicheier der Welt noch so viel sülzen. Von verfahrener Haushaltslage, Geldnot, Verrätern in den eigenen Reihen und so weiter.

Jetzt schwieg Radolf. Vielleicht schwieg er auch schon länger und Agathe war es nicht aufgefallen. Aber er schwieg so merkwürdig. So – unruhig, konnte man sagen. Als ob noch etwas rausmusste. Etwas, was sich Weicheier nicht so ohne Weiteres trauten.

»Da ist noch was.«

Aha, dachte Agathe.

»In dem Haus.«

Agathe wartete. *Halte dich bereit.*

»In der alten Volkshochschule.«

Weicheier brauchen immer mehrere Anläufe.

»Da sind zwei Männer.«

Als ob der silberne Stern zu blinken begänne.

»Die graben einen Tunnel.«

Ob *sie* wohl schon kamen?

»Einen Tunnel zum …«

Noch heute auf in eine andere Welt?

»… zum Museum.«

»Was?!«

Agathe war aufgesprungen.

Das Schloss der Nummer 13 klemmte, aber Agathe war kräftig gebaut. Klirrend schob die Tür einen Haufen Scherben beiseite. Im Schein der Taschenlampe betrachtete Agathe die Reste des Kronleuchters. *Schade,* dachte sie. *Aber auch das werde ich hinter mir lassen.* Mit Leichtigkeit. Wenn *sie* kommen. Um Agathe zu holen. Und all die anderen Erleuchteten.

Agathe fühlte sich merkwürdig leicht. Nein, sie hatte keine Angst. Schon gar nicht vor den beiden Weihnachtsmännern. Radolf hatte ihr jede Kleinigkeit gebeichtet. Auch dass die Vase nichts wert war, rein gar nichts, nicht einen Cent. Und dass sie wieder im Museum stand, damit niemand Verdacht schöpfte. Das hatte Radolf einiges an Überredung gekostet. Schließlich hatte Clemens Zuffhausen sich bereit erklärt, den Pott unter den Plexiglaswürfel im Museumskeller zurückzustellen – aber nur noch diese Woche! So blieb vielleicht eine kleine Möglichkeit, dass die Versicherung trotzdem zahlte, wenn die beiden Weihnachtsmänner sie endlich ... Versteh doch, Liebste, die müssen sich verdammt beeilen!

Agathe hatte geschnaubt. *Liebste!* Und wie er da vor ihr gekniet und sie angefleht hatte, in das Haus zu gehen. Er könne das doch nicht selbst tun!

»Wenn mich einer sieht«, hatte er gejammert. »Ich bin doch der Bürgermeister.«

Agathe hatte nur gelächelt. Fast schon ein jenseitiges Lächeln. Jedenfalls weit jenseits von solch elenden Tröpfen. Dann hatte sie sich kurz entschlossen den Pelzmantel übergeworfen und war hergefahren. Bald würde sowieso alles anders sein. Da konnte vorher noch die Stadtkasse durch einen Versicherungsbetrug gerettet werden. Da kam es nun wirklich nicht mehr drauf an. Und zumindest in einem Punkt gab sie Radolf recht. Jemand musste denen mal auf die Finger schauen. Den Weihnachtsmännern. Seit zwei Wochen schon am Buddeln, und was war dabei herausgekommen?

Agathe machte einen Riesenschritt über den Kronleuchter. Von irgendwo unten hörte sie Hammerschläge. Oder was auch immer. Die Kellertür stand offen. Agathe lächelte wieder.

Carlo schrie wie am Spieß.

»Mamaaa!«

Sie hatten sie nicht kommen hören. Weder Ede noch Carlo. Plötzlich stand sie da. Mitten im Tunnel, breit und stark. Agathe eben. Carlo sank zu Boden. Ede richtete seine Taschenlampe auf das Gespenst.

»Das ist nicht deine Mama«, knurrte er. Und barsch an Agathes Adresse: »Was wollen Sie hier?«

»Wie weit seid ihr?«, fragte Agathe.

Ede kam näher und leuchtete ihr direkt ins Gesicht. »Wer sind Sie?«

Jetzt wurde es der Bürgermeistergattin doch ein wenig mulmig. »Mein Mann schickt mich«, hechelte sie. »Er möchte wissen …«

»So«, sagte Ede. »Er möchte also wissen.« Er richtete den Lichtkegel auf einen gewaltigen Schutthaufen. »Da müssen wir noch durch. Und dann.«

Agathe schluckte. Ede richtete die Taschenlampe auf ihre Augen, dass sie geblendet war und die Gesichter der beiden Männer nicht erkennen konnte.

»Dann sind Sie im Museum?« Tapfer sollte es klingen.

»Klar, Mann!«, raunzte Ede.

Agathe zuckte zurück. Die beiden waren ihr unheimlich. Der eine saß auf einem Schutthaufen, der andere kam jetzt so dicht heran, dass sie die Mischung aus Schweiß und Knoblauch riechen konnte. Und sie mochte es gar nicht, mit *Klar, Mann!* angeredet zu werden.

»Ja dann.« Sie bewegte sich rückwärts auf das Loch zu. Das Loch zum rettenden Keller. »Ja dann.« Mit weichen Knien kletterte Agathe hindurch. »Aber beeilen Sie sich.« Da war sie schon auf der Treppe. Als Agathe über den Kronleuchter stieg, durchfuhr sie wie ein Blitz der Gedanke, ob *sie* es vielleicht schon waren. Vielleicht wollten *sie* testen, ob Agathe *sie* erkannte? Bibbernd stolperte Agathe durch das einsetzende Schneetreiben zu ihrem Auto.

So ein Unsinn!

In dieser Nacht schlief Agathe schlecht. Dreimal stand sie auf. Betrachtete ihren schnarchenden Gatten. Wehrte sich gegen den Widerwillen, der in ihr aufstieg. Er würde zurückbleiben. Alle von der Sorte würden zurückbleiben.

Agathe ging in den Wintergarten. Stellte sich unter den silbernen Stern. Und bekam, als sie zum dritten Mal dort stand, Zweifel. Was, wenn alles nur Lüge war? Die zweimal Tausend, die sie gezahlt hatte – für nichts! Der Kreis der Erleuchteten – ein Witz! Was, wenn der *Meister* irgendwo hockte und sich totlachte? Wenn sie sich hatte ausnehmen lassen wie eine Weihnachtsgans.

Agathe starrte den Stern an. Agathe fror. Der Stern blinkte nicht. Kein bisschen. Oben im Schlafzimmer schnarchte Radolf, der Erpel. Agathe fühlte sich plötzlich wie eine Weihnachtsgans.

Und noch jemand fror in dieser Nacht. Das heißt, er hätte gefroren, wenn er noch gekonnt hätte. Bruder Schorff lag auf den Altarstufen der Gefängniskapelle. Er würde nie wieder frieren. Bruder Schorff war tot.

Genau so fand ihn Walross. Gegen sechs Uhr morgens. Walross hatte ein flackerndes Licht durch eines der Kapellenfenster gesehen. Um diese Zeit durfte sich niemand dort aufhalten, also war er hineingegangen. Jemand hatte die dickste und größte Kerze mitten auf den Altar gestellt und angezündet. Und dieser Jemand lag zusammengekrümmt auf den Stufen. Kein Atem mehr, kein Puls. Der Gerichtsmediziner stellte später fest, dass Schorff schon wenigstens vier Stunden dort gelegen hatte. Mausetot.

Und noch etwas stellte der Arzt fest. Es gab keine Verletzungen, weder äußerlich noch innerlich. Es gab nicht die geringsten Spuren von zum Beispiel Gift. Nichts. Schorffs Herz war einfach stehen geblieben. Wie ein Uhrwerk, das man vergessen hatte aufzuziehen.

»Ich habe keine Erklärung«, sagte der Arzt. »Manchmal gibt

es so was. Wenn jemand Angst hat, zum Beispiel.« Und etwas leiser fügte er hinzu: »Ich meine, richtige Angst. Mehr Angst vor etwas als vor dem Tod.« Und dabei blickte er den drei anderen Mönchen in die Augen. In vollkommen ausdruckslose Augen. Er trat ganz dicht an Klumpp heran.

»Wovor hatte der Mann Angst?« Der Arzt registrierte das winzige Heben der Augenlider. Und zugleich wusste er, dass man Klumpp nichts würde nachweisen können. Mord durch Angst. Langsam trat der Arzt zurück. Von Klumpp ging eine Kälte aus, gegen die jedes Feuer machtlos war.

In etwa einer Stunde erwartete man den Kommissar aus Bresel. Der immer gesagt hatte, dass den dreien nicht zu trauen sei. Dass etwas mit ihnen nicht stimmte. Oder mit dem ganzen Betrieb hier. Dass etwas faul sei. Dem Arzt war, als könnte er es riechen.

Van der Velde kam erst gegen neun. Warum in der Vorweihnachtszeit Baustellen an den Hauptverkehrsstraßen sein mussten, war ihm ein Rätsel. Hinrich hatte versucht, eine Umleitung zu finden. Das hatte das elektronische Navigationssystem völlig verwirrt. So hatten sie schließlich auf die altbewährte Methode zurückgreifen müssen und jemanden nach dem Weg gefragt. Na bitte, ging doch.

Und dann kam ihnen dieser Walrossbart noch mit *Das geht jetzt aber nicht.* Der Arzt wäre längst wieder bei Frau und Kind und die drei Mönche hielten Totenwache. In der Kapelle.

»Unbeaufsichtigt?«

Walross schien seinen Fehler zu bemerken und nickte vorsichtig. Der Kommissar war kurz vorm Zerspringen. Und plötzlich ging doch was. Fünf Minuten später saß der erste im Verhörraum. Bruder Bramsch. Der Kommissar nahm ihn in die Mangel, eine halbe Stunde lang. Dann ließ er ihn wieder abführen. Er hatte nichts aus dem Klotz herausbekommen.

Bomben unter Bresel? Bramsch hatte nur gelächelt. Wie viele? Schulterzucken. Wer soll sie dorthin gebracht haben? Fragendes Gesicht. Das gleiche bei Bankratz. Van der Velde verfluchte den Wärter, dieses dämliche Walross. Natürlich hatten sich die drei abgesprochen. Jede Kleinigkeit. Totenwache! So ein Stuss!

Und dann Klumpp. Der Kommissar hatte schon vielen Verbrechern gegenübergesessen. Aber nie so einem Eisblock. Lange Minuten starrten sich die beiden Männer in die Augen. Dem Kommissar kroch eine galaktische Kälte in das Rückenmark. Aber er wusste, wer jetzt das erste Wort sagte, hatte verloren. Van der Velde kämpfte. Und verlor.

»Wo liegt die Bombe?«, presste er schließlich durch die Zähne.

Eine winzige Bewegung der Wimpern bei Klumpp. Oder nur eine Sinnestäuschung. Dann hörte van der Velde: »Lasst uns frei.« Er hätte schwören können, dass Klumpps Lippen sich dabei nicht bewegt hatten. Aber sie hatten. Klumpp war kein Außerirdischer. Er war ein Mensch aus Fleisch und Blut. Van der Velde musste sich das deutlich vor Augen führen. Ein Mensch, der seiner Strafe nicht entkommen würde. Endlich fand van der Velde zu seiner Form zurück.

»Sie kommen hier niemals raus«, zischte er. »Erst recht nicht, wenn in Bresel was in die Luft fliegt.«

Klumpps Mundwinkel zogen sich millimeterweise nach außen. »O doch«, hörte van der Velde. »Wenn die zweite hochgeht. Und die dritte. Und die …«

»Schweigen Sie!«, fauchte van der Velde. »Nichts wird hochgehen. Sie lügen doch.«

Jetzt öffnete Klumpp tatsächlich seinen Mund. Und er lachte. »Sie wissen ganz genau, dass ich nicht lüge.«

»Was hat das mit dieser Schrift zu tun?« Der Kommissar versuchte es auf einem anderen Weg.

Ohne Erfolg. Klumpp zog mit Unschuldsmiene die Schultern hoch. »Finden Sie's raus.«

Van der Velde war aufgesprungen. »Sie werfen Ihr Leben weg!«, schrie er. »Sie kriegen keinen Fuß mehr in die Freiheit. Sie werden in diesem Loch verfaulen, bis Sie ein Tattergreis sind, dafür werde ich persönlich sorgen!« Der Kommissar war dicht an das trennende Gitter herangetreten.

Aus Klumpps Gesicht war jegliches Lächeln verschwunden. »Punkt null Uhr«, kam von dort. »In der Heiligen Nacht.«

Auf dem Rückweg bestand Hinrich darauf, zu fahren. Der Kommissar war außer sich. Verschärfte Haftbedingungen hatte er gefordert. Und dieses Walross hatte mit dem Kopf gewackelt und irgendwas von einem *Dienstweg* gefaselt. Er müsse das erst beantragen und so fort. Van der Velde traute dem Wicht keine Handbreit über den Weg. Erst ließ er drei Verdächtige unbeaufsichtigt in der Kapelle hocken, dann kam er mit lauter unumgänglichen Vorschriften. Hinrich hätte das Auto beinahe in den Graben gelenkt, so hieb van der Velde die Faust gegen die Tür.

»Verdammt noch mal, als ob der mit denen unter einer Decke steckt.« Ein Gedanke, der sich allmählich in van der Veldes Hinterkopf einzunisten begann. War das so abwegig? Hinrich jedenfalls war froh, als er den Kommissar vor dessen Wohnung absetzte.

Jawohl, Herr Kommissar, ich informiere den Bürgermeister, morgen früh um acht, Krisensitzung, wird organisiert, sofort, subito, pronto.

Suomar

Montag, 14. Dezember, 7 Uhr, auf Breselner Frühstückstischen. Breselner Volksblatt, Seite eins. Foto eines wütenden Redners. Ein Bassist betrachtet ihn mit offenem Mund. Im Hintergrund Jan Fesenfeld mit der Hand am Lautstärkeregler eines Verstärkers.

Darunter der Artikel.

Strothkötter schlägt Alarm

Heribert Strothkötter senior (Sodembu) griff am Samstag in einer nicht genehmigten Rede vor dem Rathaus massiv den Bürgermeister von Bresel an. Während eines Konzerts der stadtbekannten Rockformation »Schnürs Enkel« ging er ans Mikrofon und warnte vor einer tödlichen Gefahr für unsere Stadt. Mehrere Bomben lägen in Breselner Kellern! Erst der Einsatz der Polizei und Bürgermeister Müller-Pfuhr persönlich konnten den Vorsitzenden der Opposition stoppen.

Was ist dran an Strothkötters Anschuldigungen? Was wird uns verschwiegen oder werden wir gar belogen? Setzt man uns ohne unser Wissen einer tödlichen Gefahr aus? Benutzt der Stadtrat die Bevölkerung für ein Experiment mit ungewissem Ausgang? Was weiß Müller-Pfuhr wirklich?

Die Breselner haben ein Recht auf die Wahrheit! Reden Sie, Herr Bürgermeister!

Eine Stunde später, Rathaus Bresel.

Bimmelebimmelebim. Selbst die goldene Rathausglocke in Radolfs Hand klang müde. Der Bürgermeister war grauer im Gesicht als sein eigener Schatten. Er hatte ein furchtbares Wochenende hinter sich. Das Telefon hatte den Sonntag über ununterbrochen geklingelt. Radolf hatte geredet und beschwichtigt, getröstet und gebetet, hatte Kindern Schokolade versprochen und Omas davon abgeraten, die Stadt zu verlassen. Das Kaufhaus Rausch sollte bei den üblichen Öffnungszeiten bleiben und die Sparkasse weiterhin Geld auszahlen. Gerade jetzt im Weihnachtstrubel. Scherzbolde hatten Radolfs Nerven mit Briefkastenböllern zermürbt und mindestens fünf anonyme Bombendrohungen waren eingegangen. Radolf hatte geschimpft, getobt, geweint und gebettelt. Schließlich hatte Agathe das Telefon abgestellt und ihren Gatten ins Bett geschickt. Von der Stadtratssitzung hatte Radolf nur erfahren, weil Doktor Jorgonson persönlich vorbeigekommen war.

»Dein Telefon ist kaputt«, hatte er gesagt und Radolf hatte nur gezittert. Doktor Jorgonson hatte ihm ein Beruhigungsmittel verabreicht und mit sorgenumwölkter Stirn das Haus verlassen. Nicht ohne vorher Agathe einzuschärfen, dass der Bürgermeister Ruhe brauche. Agathe hatte ihn so seltsam angeschaut. Dann hatte sie wortlos genickt. Der Doktor hatte noch auf einen Silberstern gezeigt und *schöner Weihnachtsschmuck* gemurmelt. Und war mit schnellen Schritten zum Auto geeilt. Wo hatte er bloß so einen Stern schon mal gesehen? Zu Hause, im Wohnzimmer. An dem großen Fenster, das nach Osten rausging.

Bimmelebimmelebim. Das Gemurmel erstarb.

»Der Kommissar hat das Wort«, krächzte Radolf heiser. Dann stellte er die Glocke ab und blickte teilnahmslos über die Versammelten hinweg. Die Getreuen. Und die Verräter.

»Meine Damen und Herren«, begann van der Velde, »die Lage ist ernst.«

Etwa eine halbe Stunde sprach er. Fasste den Stand der Dinge zusammen und berichtete von dem ergebnislosen Verhör gestern in Augsburg. Als er geendet hatte, sagte niemand ein Wort. Radolf hatte sich nicht einen Millimeter bewegt. Agathe starrte Bäcker Blume hasserfüllt an. Clemens Zuffhausen schrieb irgendwas. Der Kommissar versuchte in den Gesichtern zu lesen. Wie würde der Stadtrat reagieren?

Er reagierte erstaunlich gelassen. Schneider Böck hielt die Zeitung vom Vormittag hoch. Den reißerischen Artikel hatte jeder längst gelesen. Schneider Böck zerknüllte das Breselner Volksblatt und sagte nur: »Wir lassen uns nicht erpressen.«

Und dann geschah das fast Unmögliche. Strothkötter senior erhob sich. Nein, eine Entschuldigung für seinen Auftritt am Samstag kam nicht über seine Lippen. Das hatte auch niemand erwartet. Doch das, was er dann sagte, auch nicht.

»Wir müssen zusammenhalten«, begann er. »Wir alle.« Er hustete ein wenig. »Herr Böck hat recht. Wir dürfen uns nicht erpressen lassen. Wenn das nur einem gelingt, kommen neue. Und immer neue. Aber …« Jetzt hob er die Stimme. »… wir dürfen auch die Sicherheit unserer Bürger nicht aus den Augen verlieren. Was, meine Dame, meine Herren, was tun wir, wenn am 24. Dezember, sagen wir gegen Mittag, die Situation die gleiche ist wie heute?« Er machte eine kleine Pause. Leise tickte die alte Standuhr. Die Zeit verrann. Bis zur letzten Sekunde. »Wer will dann die Verantwortung übernehmen? Für Bresel. Für die Menschen.«

Strothkötter senior setzte sich. Das Schweigen dauerte sehr lange. Dann ergriff Clemens Zuffhausen das Wort. Er sprach mit ruhiger Stimme. Von einem *Plan B*. Für den Notfall. Den er zuvor schon mit Kommissar van der Velde durchgesprochen hatte. Der Plan wurde einstimmig angenommen. Was, seit Strothkötter in die Breselner Politik eingestiegen war, nicht mehr vorgekommen war.

Radolf schaffte es mit letzter Kraft, die Sitzung zu beenden. Noch zehn Tage bis Heiligabend.

Lisa wusste nicht, warum. Lisa hatte nur so ein Gefühl. Nein es gab eigentlich keinen Grund, warum der Name über der VHS-Tür etwas mit der Bombendrohung zu tun haben sollte. Die einzige Verbindung war, dass die Mönche ebenfalls diese Schrift benutzt hatten. Das hatte sich Lisa noch mal aus gut informierter Quelle bestätigen lassen. Der Quelle, die von Bäcker Blume über Strothkötter senior zu Strothkötter junior sprudelte und die vom Kommissar murmelte, der nach Augsburg fuhr, Mönche verhören, in dem Gefängnis, das die Kukies mit ihrem Klassenlehrer besucht hatten. Und in dem sie die Tabelle verloren hatten, die Knalltüten. Die übrigens zu Weihnachten wieder einen Besuch angekündigt hatten. Jo war längst in tiefster Verzweiflung. Klar würde Lisa ihr zur Seite stehen. Diesmal, um die zwei in den tiefsten Knittelsteiner Kerker zu werfen. Mit solchen Gedanken stand Lisa vor der Tür des Kommissariats. Hinrich öffnete. Falls er überrascht war, ließ er es sich nicht anmerken.

»Komm rein«, sagte er schlicht.

Die Anspannung war mit Händen zu greifen. Als Lisa das Gesicht des Kommissars sah, wusste sie, wie wenig er geschlafen hatte. Und dass die Aufrufe im Radio, die Bürger sollten Ruhe bewahren und sich keine Sorgen machen, nicht für van der Velde galten. Nicht im Geringsten.

»Setz dich, Lisa. Was gibt's?«

Der Putz war also abgefallen. Aha. Über der Tür vom Museumsweg 13. Van der Velde nickte müde. Suomar. In was für einer Schrift? Die gleiche? Sicher? Zufall, möglicherweise. Der Kommissar fragte nicht einmal, woher Lisa von den Mönchen wusste. Nein, eine Verbindung zu denen sah er nicht. Wie bitte? Lisa! Lisa, komm jetzt nicht mit der alten Sievers. Die kennt noch mehr solche Schriften? Friedhofskapelle, Alte Goldschmiede. Und wo noch? Sankt Urban, so, so.

»Nein, ich meine nicht, dass das von Bedeutung ist.« Van der Velde schüttelte den Kopf. »Danke, Lisa«, sagte er zum Abschied. »Trotzdem gut, dass du mitdenkst. Wir dürfen nicht nur eingefahrene Wege nehmen.«

Lisa konnte ihre Enttäuschung nicht verbergen. »Ich dachte nur«, sagte sie leise, »weil es doch so ein Muster ergibt. Fünf Namen im Kreis.«

»Ja«, sagte der Kommissar und schloss die Tür.

Stumm saßen sich der Kommissar und sein Assistent gegenüber. Ab und zu trommelten van der Veldes Fingernägel auf der Tischplatte. Wenn er es merkte, hörte er wieder auf. Nicht mal nach einem Kaugummi war ihm.

Irgendwann sagte Hinrich: »Fünf Namen im Kreis.«

»Ja«, sagte van der Velde.

»Was für Namen?«

»Suomar«, sagte van der Velde.

»Und?«

Schulterzucken.

»Wieso im Kreis?«

Van der Velde sah seinen Assistenten an.

»Ich rufe sie an«, sagte Hinrich.

»Ich hole Clemens Zuffhausen dazu«, sagte der Kommissar.

»Also, Oskar«, begann Elfriede Sievers. Sie hatte es sich auf dem bequemsten Stuhl des Kommissariats gemütlich gemacht und genoss die Aufmerksamkeit der drei Herren. Ihr gegenüber saß Clemens Zuffhausen, der ihren Mann noch gut gekannt hatte. Rechts der Kommissar und links Hinrich. »Oskar kannte vier Stück.«

Clemens Zuffhausen hob die Augenbrauen. »Er hat immer nur von dreien erzählt.«

»Welche drei?«, fragte der Kommissar dazwischen.

»Ursicin«, zählte Clemens auf. »An der alten Goldschmiede. Dann Serapio. Die Inschrift ist seit Jahrhunderten bekannt. In Sankt Urban, auf dem sogenannten Serapis-Schrein. Man vermutet ja, dass Knodomar dem Serapis-Kult anhing. Auch der Stadtname lässt sich über Baresil und Paresis auf Serapis zurückführen.«

»Und Nummer drei?« Die Finger des Kommissars hatten wieder zu trommeln begonnen. Er hasste langatmige Erklärungen.

»Ur. In der Friedhofskapelle.«

Elfriede kicherte. »Tja, und da hab ich Oskars Unterlagen durchsucht. Und was hab ich da gefunden?« Triumphierend schaute sie in die Runde. Der Kommissar biss die Zähne zusammen. »Kurz vor seinem Tod hat mein lieber Oskar den vierten entdeckt. Auf einem alten Foto von vor dem Krieg.«

»Vor welchem?«, wollte Hinrich wissen.

Elfriede wühlte in ihrer Handtasche. Dann zog sie eine vergilbte Postkarte heraus. *Schöne Grüße aus Bresel* stand unter dem Bild eines prächtigen Gebäudes. Über der Tür deutlich sechs Zeichen.

»Suomar«, übersetzte Clemens.

Elfriede wendete die Karte. Der Poststempel war noch zu entziffern: 24. 7. 1930.

Hinrich hatte inzwischen einen Stadtplan hervorgeholt und breitete ihn auf der Tischplatte aus.

»Und Nummer fünf?«

»Haben wir kürzlich beim Klosterumbau entdeckt«, sagte Clemens. »Vestralp.«

»Ich hab's doch gewusst«, schnatterte Elfriede, »irgendwas mit West.«

Niemand hörte ihr mehr zu. Alle Augen folgten gebannt Hinrichs Hand. Hinrich schrieb *Vestralp* auf das ehemalige Kloster, *Ur* auf die Friedhofskapelle, *Serapio* in das Schiff von Sankt Urban, *Ursicin* über die Alte Goldschmiede und *Suomar* auf die Nummer 13, Museumsweg. Ein nicht sehr regelmäßiges Fünfeck.

Erneutes nachdenkliches Schweigen. Dann schüttelte Clemens Zuffhausen den Kopf.

»Nein, nein«, sagte er, »das reicht nicht. Wie auch immer, zwei fehlen noch.«

Der Kommissar sah ihn an.

»Erst mal fehlt Knodomar selbst. Er war der Anführer der Alemannenkönige.«

»Dieser Herr kann nicht folgen«, zwitscherte Elfriede dazwischen und nickte in Richtung Kommissar.

»Danke«, brummte van der Velde ärgerlich.

»Ich mach's kurz«, versprach Clemens. »Im Jahre 357 sammelte Knodomar eine Streitmacht gegen die Römer. Sechs weitere Könige der Alemannen mit ihren Truppen waren dabei. Vestralp, Ur, Serapio, Ursicin, Suomar und …«

»Und?«

»Hortar.«

»Wo ist der?«

Clemens wiegte den Kopf. »Wir wissen es nicht. Doch vor allem, wo ist Knodomar?«

»Hier«, sagte Elfriede und tippte mit dem Zeigefinger auf den Stadtplan.

Hinrich nahm wieder den Stift und zog einen Kreis um den Kunibald-Brunnen. Einen Kreis mit einer brennenden Lunte.

»Hier in der Mitte.«

Am nächsten Morgen war der gesamte Marktplatz gesperrt. Die Polizei hatte Anweisung, jedem Neugierigen etwas von einer Übung zu erzählen. Lisa und Jo erblickten Hinrich an den Stufen von Sankt Urban und winkten ihm zu. Hinrich verneinte mit der Hand. Aber man muss ja nicht jede verzappelte Geste verstehen. Die beiden Mädchen schlenderten auf ihn zu.

»Was ist denn hier los?«

»Mädels, ich kann das jetzt nicht erklären. Ihr müsst euch vom Acker machen.«

»Ich hatte also recht«, beharrte Lisa.

Hinrich machte ein verzweifeltes Gesicht. »Also gut. Vielleicht ja, vielleicht auch nicht. Aber bitte!« Er legte seinen Zeigefinger über die Lippen.

»Klar doch«, sagte Lisa.

»Und jetzt macht die Biege.«

Lisa hakte sich bei Jo unter und winkte Hinrich über die Schulter zu. »Ciao.«

»Ja, ciao«, brummte Hinrich leicht verärgert. Dann richtete er seine Aufmerksamkeit wieder auf die Platzmitte. Am Brunnen standen zwei Polizeibeamte in Bergsteigerausrüstung. Neben ihnen der Kommissar und Elfriede Sievers, Clemens Zuffhausen und ein weiterer Polizist. Sie hatten bereits das Gitter entfernt, das normalerweise den Brunnen verschloss. Die Bergsteiger kletterten über den Brunnenrand und verschwanden.

Elfriede erzählte zum hundertsten Mal, dass der Letzte dort unten ihr Oskar gewesen sei. Neunzehnhundert... Sie konnte sich beim besten Willen nicht mehr erinnern. Und dass Oskar auch nichts anderes gefunden hatte, als jetzt zutage kam. Das meiste war ein Fall für die Müllkippe. Ein paar Ketten, Ringe und Portemonnaies wanderten ins Fundbüro. Was sie nicht fanden, war eine Bombe. Weder in Form einer Vase noch sonst wie. Der Brunnen wurde seit Jahrzehnten nicht mehr benutzt. Ganz unten besaß er einen Abfluss in die Kanalisation, damit er nicht mit Regenwasser volllief. Ein paar Ratten flüchteten dort hinein.

Als die Männer wieder herauskletterten, blickten sie in ratlose Gesichter. Es war eine schwache Hoffnung gewesen, die sich im Dezembernebel verflüchtigte. Noch neun Tage bis Heiligabend.

Die Panik wuchs. Trotz aller Beschwichtigungen, die der Krisenstab über Radio, Fernsehen, Zeitungen und im Internet verbreiten ließ, nahmen die besorgten Anrufe aus der Bevölkerung zu. Bürgermeister Müller-Pfuhr bekam in aller Eile einen Zweitanschluss, damit er überhaupt noch ungestört telefonieren konnte. An seine erste Nummer hängte er einen Anrufbeantworter mit den immer gleichen Formeln: *Es besteht kein Grund zur Sorge. Bleiben Sie in der Stadt. Die Polizei hat alles im Griff.*

Nichts davon stimmte. Und selbst den Hartgesottenen unter den Verantwortlichen kamen allmählich Zweifel. Was, wenn die Drohung wahr wurde? Was, wenn Menschen zu Schaden kamen? Von Todesfällen gar nicht zu reden. Was, wenn die Bombe – war es nur eine? – tatsächlich hochging?

In dunkeler Mitte Heiliger Nacht.

Tharalios

Mittwoch, 16. Dezember, große Pause

Die Schüler des Adalbertinums drängelten auf den Schulhof.

Jan und Freddie hatten ihren Lieblingsplatz erobert. Eine steinerne Bank, die von der Pausenaufsicht nicht gut einzusehen war. Als Jo und Lisa dazukamen, hatte sich Freddie schon warmgeschimpft.

»Wir werden doch verarscht!«, krakeelte er. »Keiner rückt mit der Wahrheit raus. Nicht die Bullen, nicht der Zuffhausen und Müller-Pfuhr sowieso nicht!«

»Mann, Freddie«, sagte Jan. »Ist vielleicht auch besser so. Wenn jeder auf eigene Faust Bomben suchen geht und hier die große Panik ausbricht, was glaubst du, was dann los ist.«

Freddie packte sich an den Kopf. »Woher hast du denn diese Sprüche?« Genervt wandte er sich an die Buche hinter der Bank. »Von seinem Alten natürlich, klar.«

»Aber Jan hat doch recht.« Lisa hatte das Letzte mitbekommen. »Wenn jeder …«

»Oh, ihr Korinthenkacker!« Freddie drehte sich mit einem Ruck um. »Mit solchen wie euch können sie es ja machen. Immer schön kuschen. Der liebe Herr Bürgermeister weiß schon, was gut für seine Schäfchen ist. Bis es dann *bum* macht und es sich ausgebreselt hat.«

»Blödsinn«, mischte sich Jo ein. Freddie mal wieder. »Wenn du eine Idee hast, wo die Bombe liegt, raus damit. Ansonsten halt doch die Klappe.«

Freddie funkelte sie an. Nein, er hatte keine Idee. Und das war schwer genug zu ertragen. Also schoss er ins Blaue. »In dem Haus vielleicht darum?«

Sonnenklar, welches Haus Freddie meinte.

»Fußabdrücke auf der Treppe, komische Geräusche.« Freddie merkte, dass die anderen anbissen. »Weiß die Polizei davon? Kümmert sie sich?«

Lisa sah zu Boden. »Ich hab dem Kommissar von der Schrift erzählt.«

»Ach. Von der Schrift. Wie wichtig!« Freddies Tonfall verriet, was er davon hielt. »Und sonst? Was geht da eigentlich vor? Und zum hundertsten Mal, nimmt irgendwer unsere Forderungen ernst? Müller-Pfuhr? Zum Totlachen!«

»Und die Aktion auf dem Marktplatz«, fügte Jo hinzu, »hat rein gar nichts gebracht. Da hat Freddie recht.«

»Wenn man nicht selbst in den Quark kommt, läuft auch nichts!« Jetzt hatte Freddie Oberwasser. »Nägel mit Köpfen, Leute!«

»Was meinst du damit?« Lisa hatte Sorge. Wenn Freddie schon so anfing.

»Reingehen, zum Beispiel.«

Als ob Lisa es geahnt hätte. »Freddie!«

»Wieso? Jan und ich waren schon mal in der Hütte.«

»Ach nee«, sagte Jo. »Und wie?«

»Von hinten.« Jan grinste. »Durch's Fenster.«

»Zumindest will ich wissen, was da los ist«, sagte Freddie endlich etwas ruhiger. »Was die vorhaben.«

»Dann wäre zumindest klar, warum wir nicht in das Haus dürfen.« Jo zog mit dem Fuß eine Spur in den Schnee.

»Du bist dabei?«, fragte Freddie.

Jo sah ihn an. »Ich habe einen Fotoapparat.«

»Ein paar Beweisfotos!« Freddie erhob sich langsam. »Okay, wann?«

Hoch ragte der Turm von Burg Knittelstein über dem Breselberg auf. Der Vollmond hing neben der knatternden Fahne und goss silbernes Licht über die Buchen des Breselwalds. Jo stand auf dem obersten Rundgang des Turms, direkt unter der spitzen Haube. Ein eisiger Wind pfiff zwischen den Zinnen hindurch. Jo streute in einer geschützten Ecke Brotkrumen auf den Steinboden. Für die Elster. Die kam regelmäßig angeflattert. An ihrem rechten Fuß fehlte ihr seit einiger Zeit eine Kralle, daran war sie leicht zu erkennen. Aber sie hatte sich schon ein paar Tage nicht mehr blicken lassen. Das Brot hatten andere Vögel weggepickt.

Jo zog die Kapuze tiefer ins Gesicht. Dort unten lag Bresel. Ein paar Lichter, glitzernde Weihnachtsbäume, wenige Autos. Rundherum tiefschwarze Winternacht. Und eine Handvoll Leute, die fieberhaft nach einer Bombe suchten, von der sie nicht einmal wussten, ob sie existierte. *Besuchen Sie Bresel, solange es noch steht*, hatte Freddie gesagt und Ulli wollte gleich einen Song daraus machen.

Freddie.

Jo stieg die Wendeltreppe ein Stockwerk tiefer. Dort befand sich ihr Zimmer. Jo warf den Mantel in die Ecke (die Art von Ordnung, die zum Rest des Zimmers passte) und schaltete den Rechner an. Drei neue Mails. Die erste war von Freddie. *Bin um 9 online*. In zehn Minuten also.

Die zweite kam von ihren bescheuerten Fast-Cousins. *Noch eine Woche! Dann machen wir Knittelstein platt!* Was anderes war von den Kukies auch nicht zu erwarten.

Die dritte war komisch. *An die Baronin von Knittelstein.* Wer schrieb denn so was? Jos Adresse war richtig. Der Absender lautete *Die Erleuchteten*. Jo überflog den Text. Es ging irgendwie um das Ende der Welt. Um wenige Auserwählte, die den Inneren Kreis betreten durften. Und gerettet würden. Näheres unter blablabla. Spam-Scheiß. Und ab in den Müll.

Ein kleines Fenster erschien. *Tharalios ist online.* Tharalios war Freddie.

Vom höchsten Punkt über Bresel zum tiefsten darunter.

Es war der Durchbruch, endlich. Ede hatte sich längst durch die schmale Öffnung schlängeln können. Carlo nicht. Ede hatte in aller Ruhe zugesehen, wie der Kleine das Loch vergrößerte.

»Das tut dir gut«, hatte Ede gemeint. Carlo schwitzte wie ein Weihnachtsmann im Sommer. Manchmal wünschte er seinen Kumpel auf den Mond. Aber was dann? Carlo allein auf der Erde? Wie denn?

Keuchend zwängte er sich hindurch. Die Einsturzstelle war endlich überwunden. Ede war schon unterwegs. Der Kegel seiner Taschenlampe leuchtete in einen endlosen Gang.

»So warte doch.«

Carlo wischte die nasse Erde von der Jacke und stolperte hinterher. Mit eingezogenem Kopf stapfte Ede durch den Matsch am Boden des Tunnels. Die Wände aus rotbraunen Ziegeln schlossen sich in einem Bogen über ihren Köpfen.

»Ede«, begann Carlo zaghaft.

Der Lange war heute nicht sehr gesprächig. War er eigentlich nie.

»Ede!«

Zwanzig Schritte weiter. Dreißig.

»Aha«, sagte Ede und blieb stehen. Vor ihnen war Schluss. Eine Wand vom Boden bis zur Decke, die weder römisch noch sonst wie alt aussah. Eindeutig 20. Jahrhundert.

»Ede …«

»Ja. Was?!«

Wenigstens mal eine Reaktion, wenn auch so genervt, dass Carlo all seinen Mut zusammenkratzen musste. »Wir sind doch viel zu weit.«

Statt einer Antwort trat Ede gegen die Mauer. »Da müssen wir durch.«

Carlo stöhnte verzweifelt. »Ede, niemals.«

»Weißt du was Besseres?«

Carlo senkte den Kopf. Wie schön war es gewesen, als sie noch mit Ukulele und Gesang durch die Cafés gezogen waren. Jetzt steckten sie in Bresel irgendwo unter der Erde. Vor einer Wand. Carlo schüttelte langsam den Kopf. Er wollte nur noch weg hier. Ganz weit weg.

»Und wohin?«, fragte Ede.

Carlo hob die Augen und starrte den Langen an. Manchmal war ihm Ede regelrecht unheimlich. Und dann geschah etwas Seltenes. Ede lächelte. Wenn er noch Carlos Kopf gestreichelt hätte, wäre es zu viel gewesen.

Und Ede öffnete die Lippen und sagte: »Huhu.«
Das Echo kam prompt.
»Huhuuuuuuu!«
Wie ein schrecklicher Klagelaut zog es durch den Tunnel.
»Huhuuuuuuu!«
Carlos Rückenmark gefror zu Eis.
»Wo saaaaaaiiid ihr?«
Ede hatte eine Hand in Carlos Schulter gekrallt. Die andere presste er ihm vor den Mund. Auf Zehenspitzen – nein, das ging in dem Schlamm nicht –, aber so leise wie möglich stelzten sie den Tunnel zurück.
»Ich seh eure Lampen«, schrie das Gespenst, das mittlerweile die Einsturzstelle erreicht hatte. Ach ja, die Taschenlampen hatten sie noch an. Na gut, keine Chance, sich zu verstecken.
»Was wollen Sie?«, schrie Ede zurück.
»Habt ihr sie?« Agathe lugte durch die Öffnung in Edes Lampe.
Carlo schüttelte sich. Wie hatte er nur diese Schraube für seine Mama halten können!
»Nein«, antwortete Ede, »aber bald.«
»Wie bald?«
»Noch eine Wand.«
»So, so«, schnaufte Agathe. »Also morgen.«
»Wir tun, was wir können.« Ede wurde unwirsch. Am liebsten hätte er ihren Kopf durch das Loch zurückgedrückt. Als ob Agathe Edes Gedanken lesen könnte, verschwand ihre Lockenpracht.
»Beeilen Sie sich!«, drang noch herüber. Dann entfernten sich ihre stampfenden Schritte.

Oh, Agathe war wütend. Unter ihrer Wut hatte jede einzelne Stufe der Kellertreppe zu leiden. Worauf hatte sich Radolf da nur eingelassen. Zwei Landstreicher zum Vasenklauen ranzuholen. So ein Schwachsinn! *Vielleicht,* so dachte Agathe, als sie die Haustür mit einem Krach zuwarf, *vielleicht war es gar nicht so schlecht, dass Bresel in die Luft flog.* Sie selbst würde bald eh nichts mehr mit dem irdischen Kram zu tun haben.

Agathe blickte zum Nachthimmel. Der Vollmond hing fett über Knittelstein. Ein schwarzer Schatten flog hindurch. Agathe erschrak. Nein, nur ein Vogel. Aber bald!

Bomben unter Bresel

23 Uhr.

Die Nacht war bitterkalt. Der Winter holte alles nach, was er bisher versäumt hatte. Agathe kratzte mit Mühe die Scheiben ihres Autos frei und fuhr Richtung Bresel-Neustadt. Beim Breselner Volksblatt brannte Licht. Die Redakteure feilten noch an der morgigen Ausgabe, bevor sie in den Druck ging. Danach konnten sie bei einer Tasse heißem Grog die Zeitungsboten bedauern, die wenige Stunden später rausmussten. Die dick vermummt auf ihren Rädern die spiegelglatten Straßen entlangrutschten, um das Blatt in die Briefkästen zu stopfen, damit spätestens um halb sieben jeder Breselner die schreiende Titelseite zu lesen bekam.

BRESEL IN GEFAHR

Hilflose Polizei weiß keinen Ausweg
Bürgermeister lässt die Stadt im Stich

Wie uns aus zuverlässiger Quelle zugetragen wurde, ist die Bombendrohung ernst. Die in Bresel noch wohlbekannten Mönche Bramsch, Bankratz und Klumpp, die in Augsburg eine lebenslange Freiheitsstrafe verbüßen, drohen mit einem Inferno. Mehrere Behälter mit hoher Sprengkraft sind unter der Stadt deponiert. Exakt um 0.00 Uhr in der Nacht vom 24. auf den 25. Dezember werden sie gezündet. Nur wenn sie freigelassen würden, so die Verbrecher, gäben sie die Verstecke der Bomben preis, sodass diese rechtzeitig entschärft werden könnten. Doch der Rat der Stadt Bresel zögert. Wie lange noch? Die Zeit läuft. Gebt Bresel eine Chance!

Kommissar van der Velde gähnte. Es war auch gestern Abend spät geworden. Sie hatten im engen Kreis noch einmal alle Möglichkeiten erwogen. Clemens Zuffhausen, Radolf Müller-Pfuhr, Doktor Jorgonson und er selbst. Und keinen Ausweg gefunden. Nichts hatten sie unversucht gelassen. Van der Velde hatte sogar telefonisch probiert, diesen Klumpp zu einem Sinneswandel zu bewegen. Vergebens. Auch ohne in sein Gesicht zu blicken, war Klumpps Lachen scheußlich gewesen. Dann hatte er aufgelegt.

Und jetzt das. Van der Velde hatte den Artikel mit grimmiger Miene überflogen. Vom Marktplatz her schlug Sankt Urban acht. Er warf die Zeitung hinter sich. *Wie uns aus zuverlässiger Quelle zugetragen wurde.* Van der Velde fluchte. Irgendwie sickerte immer etwas durch, irgendein Ratsmitglied, das sich wichtigmachen musste, eine unbedachte Bemerkung, und schon wurde es von der gierigen Journalistenschar gefressen, schlecht verdaut und als unappetitlicher Brei dem Bürger frühmorgens serviert. *Hilflose Polizei! Gebt Bresel eine Chance!* Gewäsch! Wortmüll!

Aber nicht ohne Wirkung. Das Telefon schellte. Van der Velde gähnte noch einmal, dann meldete er sich. Es war Hinrich, atemlos vor Aufregung.

»Es sind Hunderte!«, brüllte er in sein Handy. Im Hintergrund hörte van der Velde Pfiffe, Trommeln und Schreie. Jemand blökte etwas in ein Mikrofon. *Lasst sie frei!,* verstand van der Velde. *Rettet Bresel!* Oder so ähnlich.

»Die legen die komplette Innenstadt lahm!« Hinrich stand wohl mittendrin, ohne irgendetwas ausrichten zu können. »Sämtliche Straßen. Hier ist die Hölle los!«

»Bleib, wo du bist«, sagte der Kommissar müde. Etwas Klügeres fiel ihm nicht ein. Ach ja: »Wo bist du eigentlich?« *Eins, zwei, drei – lasst die Mönche frei!,* hörte van der Velde noch, dann brach die Verbindung ab.

Fünfzehn Minuten später war alles Nötige veranlasst. Die Verkehrspolizei war im Großeinsatz, Feuerwehr und Krankenwagen positionierten sich an zentralen Punkten. Ansonsten kamen die Behörden überein, nicht einzugreifen und den Zorn der Breselner zu ertragen. Auch weil niemand einen besseren Vorschlag hatte. Man ließ sich von motorisierten Streifenpolizisten über Funk informieren.

Im Laufe des Vormittags wurden zwei Müllcontainer in Brand gesetzt und eine Schaufensterscheibe ging zu Bruch. Von innen. Weil Fridolin Rausch eine seiner Plastikpuppen vor Schreck von sich stieß, als eine Bande gräulich maskierter Rentner wie aus dem Nichts vor dem Fenster auftauchte. Es handelte sich um eine angetrunkene Reisegruppe aus Ulm, die mitfeiern wollte. Egal wobei. Sie fanden den Breselner Umzug umwerfend. *Drei, zwei, eins – Bresel oder keins!,* johlten sie. Dafür wurden sie schließlich von aufgebrachten Breselnern im Bahnhofsklo eingesperrt und erst gegen zwölf wieder freigelassen, als die meisten Demonstranten zum Mittagessen gingen. Wütend und inzwischen fast wieder nüchtern nahmen die Rentner den nächsten Zug nach Hause. *Nie wieder Fasching in Bresel!*

Um halb eins fuhr die Müllabfuhr durch die Straßen und um ein Uhr öffnete Radolf Müller-Pfuhr die Rathausfenster. Klare kalte Winterluft strömte herein. Radolf füllte seine Lungen bis zum Bersten. Es tat weh, aber es tat gut.

Die folgende Stunde verbrachte er damit, die Stühle und Tische des Sitzungssaals millimetergenau zurechtzurücken. Das half beim Nachdenken. Als der letzte Bleistift rechtwinklig zur Tischkante lag, hatte Radolf seinen Entschluss gefasst. Den trug er etwa eine halbe Stunde später den versammelten Vertretern der Breselner Bürgerschaft vor. Es sei, so sagte er, seine feste Überzeugung, dass die Stadt nichts unversucht lassen dürfe, um ihre Bewohner vor Schaden zu bewahren.

Es gab Gegenstimmen, und nicht zu knapp. Ob der Herr Bürgermeister es verantworten könne, drei Mörder frei herumlaufen zu lassen? Ob er für jeden Erpressungsversuch Recht und Gesetz mit Füßen trete? Vor allem wenn der Wahrheitsgehalt mehr als zweifelhaft sei!

Der Kragen platzte Radolf, als Bäcker Blume giftete, die Frau Bürgermeister habe sich ja schon immer gut mit Bruder Klumpp verstanden. Sicher, das stimmte. Früher, als Klumpp noch Mönch in Bresel war. Aber jetzt hatte sich die Situation doch wohl grundlegend geändert.

»Eben«, sagte Bäcker Blume.

Das verstand Radolf nicht. Agathe saß neben ihm und lächelte.

Um 16 Uhr machte man eine Kaffeepause und bat Kommissar van der Velde hinzu. Um 18 Uhr endete die erste geheime Abstimmung mit einem Patt, bei einer Enthaltung. Um 20 Uhr war es dann so weit. Es kam nie heraus, wer die 18-Uhr-Enthaltung gewesen war, die zwei Stunden später zugunsten des Bürgermeister-Vorschlags stimmte. Agathe lächelte still.

Noch an diesem Abend wurden die ersten Telefonate mit Augsburg geführt. Natürlich ging das nicht mal eben so, drei überführte und lebenslänglich verurteilte Mörder auf freien Fuß zu setzen. Und natürlich waren weder der leitende Staatsanwalt noch der zuständige Richter aus dem Stand zu einer Stellungnahme bereit. Geschweige denn zu einer Freilassung. Wenn überhaupt.

Um 22 Uhr wurde der Bürgermeister persönlich beim Breselner Volksblatt vorstellig. Er bat die Redakteure inständig, nicht noch einmal so einen Artikel in die Welt zu setzen. Der Chef, ein Fuchs mit angegrautem Bürstenhaarschnitt, grinste.

»Nur gegen Informationen«, sagte er und knipste im Sekundentakt mit seinem Kugelschreiber.

Als Radolf die Redaktionsräume verließ, war er schweißgebadet. Er hatte eigentlich alles preisgegeben, was der Stadtrat beschlossen hatte. Im Gegenzug hatte die graue Bürste versprochen, bis Sonntag Stillschweigen zu bewahren.

Noch sieben Tage bis Heiligabend.

Am Freitagmorgen saß schon um halb acht ein langer, dürrer Weihnachtsmann in der Linie 7. Todmüde. Ede und Carlo hatten bis in die frühen Morgenstunden mit der Mauer gekämpft. Nur um feststellen zu müssen, dass das Breselner Museum verdammt gut gesichert war. Die äußere Mauer hatten sie immerhin geschafft. Unter Verlust einer Spitzhacke, einer Brechstange und Carlos linkem Daumen. Genauer: Die Hacke war glatt durchgebrochen, die Brechstange zu einem U gebogen und Carlos Daumen, der zwischen Mauerwerk und Brechstange gesteckt hatte, dick und grün und blau.

Der Kleine hatte geschrien wie am Spieß, dass selbst Edes Herz nach einer Weile Mitleid bekam. Der Finger sah wirklich nicht gut aus. Ede hatte ihn mitsamt dem Rest von Carlo nach oben geschickt, zum Kühlen und zum Schlafen, wenn möglich. Er selbst hatte bis kurz vor fünf versucht die Eisenstangen beiseitezubiegen. Ja, so sah es aus! Hinter der ersten Steinschicht war Eisen eingemauert worden. Nach endlosen vergeblichen Versuchen hatte Ede aufgegeben und sich ebenfalls schlafen gelegt. Zuerst in dem Zimmer neben Carlos. Dann ein Stockwerk tiefer, auch auf die Gefahr hin, von draußen gesehen zu werden.

Doch Carlos Wimmern drang durchs ganze Haus. Der Arme irrte rastlos durch die Flure und hielt seinen Daumen unter sämtliche Wasserhähne. Schließlich hielt es Ede nicht mehr aus. Um sieben schmiss er sich in die Verkleidung, band den albernen Bart unters Kinn und stiefelte los. Grau im Gesicht und schwarz im Herzen. Die Kinder, die im Bus an seinem Rauschebart zupften, zogen erschrocken die Hand zurück, als sie die Augen darüber sahen. Ede war's recht. Er gab sich nicht die geringste Mühe, freundlich zu sein. Mochten die Blagen ihr Leben lang Angst vor dem Weihnachtsmann haben.

Bresel-Neustadt. Ede verließ den Bus. Die Leuchtschrift auf dem Dach des Baumarkts war nicht zu übersehen. Die würden einem Weihnachtsmann schon einen Bolzenschneider verkaufen. So eine riesige Kneifzange.

Etwa zur gleichen Zeit saßen Bürgermeister Müller-Pfuhr, Clemens Zuffhausen und Kommissar Franz van der Velde im Breselner Polizeibulli. Hinrich fuhr. Und wie. Sie schafften die 31 Kilometer in Rekordzeit. Und Radolf war froh, noch nicht gefrühstückt zu haben. Punkt acht saßen sie im Augsburger Gerichtssaal und vor einem harten Stück Überzeugungsarbeit. Schließlich wurde sogar der Ministerpräsident des Freistaates Bayern eingeschaltet.

Als die vier am späten Abend wieder zurückfuhren, hatten sie immerhin eins erreicht: Die zuständigen Behörden waren von der Dringlichkeit des Anliegens überzeugt. Man hatte sich allerdings bis morgen Mittag Bedenkzeit erbeten. Auch war man sich über die genaue Vorgehensweise bei der Freilassung der Mönche nicht im Klaren. Einigkeit herrschte nur darüber, dass die Männer zunächst nach Bresel gebracht werden sollten, um die Polizei zu dem Sprengkörper zu führen. Oder zu mehreren Sprengkörpern.

»Und wenn sie zwei preisgeben, dafür aber drei weitere hochgehen?«, hatte der Oberstaatsanwalt zu bedenken gegeben. Die Antwort darauf waren ratlose Gesichter. Es war ein Spiel mit vielen Unbekannten. Es war und blieb ein hohes Risiko.

Noch sechs Tage bis Heiligabend.

Die folgende Nacht war so kalt, dass Jo und Freddie ihr Vorhaben verschoben. Die alte VHS stand auch morgen noch dort, um fotografiert zu werden. Andernfalls wären sie vermutlich dem gepeinigten Carlo über den Weg gelaufen. Sein Daumen hatte sich inzwischen verdoppelt und schmerzte so sehr, dass der Ärmste keine Minute ruhig sitzen konnte. Stunde um Stunde rannte er durch die Zimmer, Treppe rauf, Treppe runter, Wasserhahn auf und zu, neue Wickel und so weiter. Bis Ede sich endlich erbarmte und zur Vincenz-Apotheke lief, die Notdienst hatte. Carlo schluckte von dem Schmerzmittel gleich die doppelte Dosis. Ede drückte ihn mit aller Kraft auf die Matratze und packte den Schlafsack und mehrere Decken darüber. Mütze auf und Augen zu.

»Du, Ede …«, hauchte Carlo.

»Halt's Maul«, brummte Ede.

Da war Carlo schon eingeschlafen.

Ede machte sich allein auf in den Keller, durch das Loch in den Tunnel und weiter bis zu der eisenbewehrten Wand. Dort holte er den Bolzenschneider hervor. Die ersten vier Versuche blieben erfolglos. Beim fünften war Ede bereits nass geschwitzt. Aber die Strebe war durch. Zumindest am unteren Ende. Ede sah auf die Uhr. Wenn er sich ranhielt, konnte er es bis zum Morgengrauen schaffen.

Als Edes Bolzenschneider die erste Strebe knackte, ging Walross in die Knie. Mit krachenden Gelenken.

»Eure Befehle, Meister«, flüsterte er. »Wie lauten Eure Befehle?«

Klumpp betrachtete mit unbewegter Miene den gesenkten Kopf des Wärters. Mit der kreisrunden pickeligen Glatze. Soeben hatte Walross ihm mitgeteilt, dass der ach so schlaue Kommissar kalte Füße bekommen habe und sie auf freien Fuß setzen wolle. Möglicherweise schon morgen. Woher Schnauzbart diese Information hatte, blieb sein Geheimnis. Undichte Stellen gab es ja in jeder Behörde. Wichtig war jetzt nur eins: nach der Freilassung an das gebunkerte Geld zu kommen. Das Geld all dieser leuchtenden Dummköpfe. Und dann so schnell wie möglich Abstand zu gewinnen. Großen Abstand. Und Klumpp wollte nicht auf das Wort eines Polizisten bauen. Aber wozu gab es Walross.

»Schreib ihr eine Mail.« Klumpps Stimme war kaum zu verstehen.

»Wem?«

»Wem!«, schnaubte Klumpp.

Agathe erhielt die E-Mail noch in derselben Nacht. Danach war an Schlaf nicht mehr zu denken.

Carlos Daumen

Samstag, 19. Dezember.

Am Mittag gab der Oberstaatsanwalt endgültig grünes Licht, wie es Walross' Informant vorausgesehen hatte. Kommissar van der Velde wurde umgehend benachrichtigt. Minuten später saßen er und Hinrich wieder im Auto.

Sie erreichten Augsburg kurz vor halb drei. Dort wartete bereits ein gepanzerter Kleinbus im Gefängnishof. Die drei Ex-Mönche wurden in Handschellen aus ihren Zellen geführt. Man hatte ihre Anstaltskleidung gegen schwarze Hosen und Jacken getauscht. Van der Velde gefiel das gar nicht. Das Spezialfahrzeug hatte an der Rückfront zwei Flügeltüren, dort mussten sie einsteigen. Ein Beamter mit einem gewaltigen Schnauzbart begleitete sie.

»Was soll das!«, schimpfte Klumpp. »Wo bringt ihr uns hin?«

Der Kommissar blickte ihn mit halb geschlossenen Augen an. Klumpp war ihm verdammt noch mal zu selbstsicher. Und der Schnauzbart daneben zu … Van der Velde kam nur auf das Wort »verängstigt«. Der Typ hatte ihm noch nie gefallen. Schon als er im Oktober das Breselner Gefängnis kontrolliert hatte. Seit wann war eigentlich ein Augsburger Knastaufseher dafür zuständig? Doch jetzt blieb keine Zeit für solche Überlegungen. Ohne die vier aus den Augen zu lassen, ging van der Velde zu Hinrich hinüber.

»Hast du eine Waffe dabei?«, fragte er leise.

Hinrich nickte knapp.

»Ich habe so ein ungutes Gefühl.«

Hinrich war nicht erstaunt. Der Kommissar lag mit seinen Ahnungen selten daneben.

»Setz dich dazu. Ich fahre hinterher.«

Wieder nickte Hinrich. Mit lässigem Cowboyschritt ging er auf den Panzerwagen zu und stieg ein.

»Jetzt trauen sie nicht mal mehr den eigenen Leuten«, höhnte Klumpp.

Wie recht du hast, dachte van der Velde, schickte einen letzten misstrauischen Blick in Walross' flackernde Augen und schloss persönlich die Tür. Ein weiterer, sehr kräftiger Polizist nahm hinter dem Steuer Platz. Dann fuhren sie los. Der Gefängniswagen voraus, Kommissar van der Velde hinterher.

Sie hatten den drei Noch-Gefangenen bisher nichts gesagt. Van der Velde vermutete, dass Klumpp ahnte, worum es ging. Und wohin. Aber er wollte, dass der Anführer der Mönche nicht zu viel Zeit zum Planen hatte. Er hoffte auf den Überraschungseffekt, dass Klumpp, die Freiheit zum Greifen nahe, nicht zögern würde, das Versteck der Bombe preiszugeben.

Eine Hoffnung, die sich nicht erfüllen sollte. Den Überraschungseffekt würde es nie geben.

Ede hatte es geschafft. Wie, konnte er selbst nicht sagen. Mit letzter Kraft hatte er zum Sechs-Uhr-Geläut von Sankt Urban die letzte Eisenstrebe durchgekniffen. Er hatte den Bolzenschneider einfach fallen gelassen. Ein hartnäckiger Überlebensinstinkt befahl ihm aus dem Tunnel zu kriechen, die Treppen hinauf bis zu seiner Matratze. Dort fiel er augenblicklich wie betäubt in den Schlaf. Und träumte schreckliche Dinge. Von einem tyrannischen Bolzenschneider, der Eisenstangen durchbiss. Und diese Eisenstangen waren wütend und stürzten sich von allen Seiten auf Ede. Umzingelten ihn, klatschten gegen seine Rippen, schlugen ihm ins Gesicht. Bis Ede aufwachte.

Carlo kniete neben ihm und patschte seine gesunde Hand gegen Edes Wangen, links und rechts, und jammerte zum Steinerweichen.

»Hör auf damit«, blaffte Ede. »Kannst du mich nicht *ein Mal* schlafen lassen?«

»Guck mal«, weinte Carlo und hielt Ede ein großes unförmiges Etwas vor die Nase. Es war Carlos linker Daumen und er sah nicht gut aus.

»Und da«, sagte Carlo und zeigte auf die Innenseite seines linken Arms. Eine dünne dunkelblaue Linie wanderte dort entlang. Sie hatte schon fast die Armbeuge erreicht.

Ede schloss die Augen.

»Bitte«, wimmerte Carlo, »schlaf nicht wieder ein.«

Ede öffnete die Augen.

»Blutvergiftung«, sagte er. »Wie viel Uhr ist es?«

Carlo zuckte mit den Schultern. »Es wird schon wieder dunkel.«

Mühsam richtete Ede sich auf. Es war Samstag, überlegte er. Und mit einer Blutvergiftung war nicht zu spaßen. Ärzte? Konnte man um diese Zeit vergessen. Aber wenn er sich recht erinnerte, gab es in diesem Kaff ein Krankenhaus.

»Zieh dich an«, knurrte Ede. Ächzend schälte er sich aus dem Schlafsack. Jeder einzelne Knochen tat ihm weh. Wirklich jeder. Ede schleppte sich zum Wasserhahn. Die Spiegelscherbe darüber zeigte zwei kleine Augen in einem grauen Gesicht. Seit Tagen unrasiert. *Was mache ich hier eigentlich?* Ede drehte den Wasserhahn auf. Es hatte alles so einfach geklungen. Eine Vase stehlen, sie irgendwo verschwinden lassen. Für zehn Prozent der Versicherungssumme. Und jetzt steckte er seit fast drei Wochen hier im Dreck und konnte kaum mehr einen Finger bewegen. Und musste zu allem Überfluss dieses Riesenbaby zum Krankenhaus begleiten. Sollte der Dicke doch selbst sehen …

Ede klatschte sich eine Handvoll Wasser ins Gesicht. Es sah aus, als liefen Tränen seine Wangen hinunter. Er konnte den Kleinen nicht alleinlassen. Es ging einfach nicht. Als ob Ede weinte. *Warum hast du Arschloch nicht was Anständiges gelernt?*

»Ede.«

Ede wischte sich das Gesicht trocken.

»Ede, ich bin so weit.«

Ede bemühte sich, gar nichts zu denken. Es wäre nur Schlimmes dabei rausgekommen. Langsam stieg er die Treppe hinunter. Neben dem zerdepperten Kronleuchter stand ein kleiner, dicker Weihnachtsmann. Kurz darauf verließ er das Haus Nummer 13 am Museumsweg in Begleitung eines langen dünnen Weihnachtsmanns.

Hinrich hatte keine Chance. Die Handschellen der Mönche waren Attrappen. Sie zu öffnen, ein Kinderspiel. Walross hatte seine Pistole gezogen und hielt sie Hinrich unter das Kinn. Bankratz und Bramsch fesselten ihn mit einem starken Klebeband.

Auch über Mund und Augen. Nur die Nase ließen sie frei. Alles ging sehr schnell und beinahe lautlos.

Walross und Klumpp zerrten Hinrich in eine Ecke, die der Fahrer im Rückspiegel nicht kontrollieren konnte. Er hatte nicht den geringsten Verdacht geschöpft. Er winkte gerade van der Velde zu, der ihn überholte.

Es war nicht mehr weit bis Bresel. Dann mussten sie nur noch raus, das Geld aus dem Versteck holen und zum Fluchtauto. Klumpp hatte an alles gedacht. Und diese dumme Gans würde schon pünktlich zur Stelle sein. Daran gab es keinen Zweifel.

»Ihr nehmt mich doch mit?«, wisperte Walross.

Klumpp sah aus dem vergitterten Fenster. Draußen war es fast schon Nacht. Klumpp lächelte.

Ede fühlte sich, als ob es nie wieder ein Lächeln geben würde. Nicht in diesem Leben und ein anderes war nicht in Sicht. Nur eine schwache Hoffnung hielt ihn noch aufrecht. Dass dieser Albtraum bald ein Ende hatte. Mit Carlo zum Krankenhaus. Dann die letzte Wand einschlagen. Die Vase nehmen. Verduften. Und an Neujahr abkassieren, in Basel vor dem Hotel Grüezi. Vorausgesetzt, der traurige Bürgermeister hielt Wort. Und dann würde Ede sich eine anständige Arbeit suchen. Als Tellerwäscher oder Briefmarkensortierer, es war ihm egal. Vielleicht auch wieder mit Carlo singen gehen. Oder vielleicht doch nicht.

Guck nicht so!, dachte Ede, als eine runzelige Oma in einem braunen Kamelhaarmantel an ihnen vorbeidackelte. Den Dutt hatte Elfriede unter einer selbst gestrickten Wollmütze vergraben.

»Wohin des Wegs?«, flötete sie.

»Geradeaus«, krächzte Ede heiser.

»Und wo ist der Sack mit den Geschenken, hm?«

Ede blieb unter einer Straßenlaterne stehen und starrte die Oma an.

»Schon gut, schon gut«, flüsterte Elfriede und machte sich vom Acker.

Wo gibt es hier ein Krankenhaus?, hatte Ede doch nur fragen wollen. *Ich sehe fürchterlich aus,* dachte Ede. *Mir geht es fürchterlich.* Und trotzdem mussten sie bald ein Krankenhaus finden. Lange hielten sie nicht mehr durch. Sie waren einfach losmarschiert. Zum Augsburger Tor, die Breselner Landstraße hinaus. Irgendeine schwache Erinnerung an ihre früheren Aufenthalte in der Stadt sagte Ede, dass es dort ein Hospital geben müsse. Doch allmählich kamen ihm Zweifel.

Wen konnten sie fragen? Jemanden, der sich nicht vor ihnen erschreckte. Zum Beispiel stand dort an der gut beleuchteten Kreuzung zur Vincentinerstraße ein Polizeiwagen. Vor einer roten Ampel. Dahinter eine Art Minibus der gleichen Firma.

Walross starrte Klumpp an. Panik in den Augen. Warum hielten sie? Was jetzt?

»Raus?« Es war kaum mehr als ein Flüstern.

Klumpp nickte. Walross nestelte an der Verriegelung. Wenn nur der Fahrer nichts merkte. Warum klemmte das verdammte Ding? Walross zerrte an dem Schloss. Von außen war es ganz leicht gewesen. Klumpps Augen wurden zu schmalen Schlitzen. Dieser Versager! Dieser Volltrottel!

»Lass Bankratz mal.«

Ede wusste, auch wenn der Bulle dort hinter dem Steuer ihn schon hundertmal gesehen hätte, mit dem kranken Gesicht und der roten Pelzmütze würde er ihn nicht erkennen. Ede klopfte an die Beifahrertür. Van der Velde ließ die Scheibe herunter. In den Augenwinkeln sah Ede, dass auch der Fahrer vom Minibus ihn misstrauisch beobachtete. Und dass der Dicke um den Bus herumlatschte.

»Wir suchen ein Krankenhaus.« Ede war inzwischen so erkältet, dass nur noch ein Krächzen herauskam.

»Ein kranker Weihnachtsmann?«, grinste van der Velde.

»Blutvergiftung«, sagte Ede. Der Bulle wollte ihm doch wohl kein Gespräch ans Bein binden?

»Da lang.« Van der Velde zeigte in die Vincentinerstraße. »Etwa hundert Meter.«

»Danke«, quälte Ede hervor. Und da passierte es.

Carlo, dieser Unglücksrabe, hatte die Geräusche gehört und bemerkt, dass jemand von innen an der Tür rüttelte. Und vielleicht wäre er in einem klaren Moment nicht so hilfsbereit gewesen. Aber er sah den kleinen Stahlstift, der außen das Schloss blockierte, den van der Velde in Augsburg selbst hineingeklemmt hatte. Es war mehr ein Reflex. Mit einem Fingerschnippen hatte Carlo das Ding entfernt. Fast im selben Moment flogen die Flügeltüren auf. Schrecksekunden auf beiden Seiten. Carlo erkannte sie auf den ersten Blick.

Dann holte Klumpp aus und schlug Walross ins Gesicht. Der Wärter taumelte und stolperte über den verschnürten Hinrich. Bankratz und Bramsch sprangen heraus und schubsten Carlo beiseite. Klumpp hinterher, quer über die Straße. Autos hupten, Bremsen quietschten, van der Velde schaltete die Sirene an.

Die drei Ausbrecher erreichten eine Seitenstraße gegenüber der Vincentinerstraße. Van der Velde sprang aus dem Wagen und hechtete hinterher. Der Fahrer des Busses stand mit gezogener

Waffe zwischen den geöffneten Flügeltüren und kümmerte sich um Walross und Hinrich. Niemand achtete mehr auf die beiden Weihnachtsmänner, die in der Vincentinerstraße verschwanden, ohne sich noch einmal umzublicken.

»Bist du wahnsinnig«, zischte Ede.

»Ich hab doch gar nichts gemacht«, schluchzte Carlo und bemühte sich, mit Ede Schritt zu halten.

»Nein«, sagte Ede und sein Blick verschwand wieder in weiter Ferne. »Du hast gar nichts gemacht.«

Und in der weiten Ferne, in der Edes Blick verschwunden war, tauchte eine kleine silberne Scheibe unter den nachtschwarzen schweren Schneewolken auf und war sofort wieder verschwunden. Niemand sonst hatte sie gesehen. Außer vielleicht Elfriede Sievers.

Zum Glück war das Vincenzkrankenhaus nicht mehr weit. An der Pforte gab es Gekicher. Zwei kranke Weihnachtsmänner, *hihi*.

»Blutvergiftung, der da!«, raunzte Ede. Wenn er eins nicht ertrug, dann waren das gicksende Vincentinernonnen. Als ob die besser aussahen.

»Jaja«, zwitscherte eine der Schwestern und führte sie zur Notaufnahme.

Carlo schämte sich wie ein Schuljunge, als er seinen Hintern blankziehen sollte. Nicht nur wegen der Nonnen. Er hatte sich auch nicht wirklich gut gewaschen. Seit Wochen nicht. Aber die Schwestern waren so einiges gewohnt. Carlo bekam eine Spritze in den Allerwertesten gejagt und eine Salbe für den Daumen.

»Ich brauche noch Ihre Versichertenkarte«, sagte die Schwester.

Carlo sah sie mit großen Augen an.

»Vielleicht ziehen Sie erst mal Ihre Hose wieder hoch«, sagte die Schwester, ohne eine Miene zu verziehen.

Carlo nickte. Verängstigt suchte er Ede.

»Die haben wir … vergessen.« Edes Stimme war kaum mehr verständlich.

»So, so«, sagte die Schwester. »Dann reichen Sie die am Montag bitte nach.«

Ede rührte sich nicht. *Am Montag,* dachte er. *Wenn die wüsste.* Die Schwester sah ihn an, als stünden Edes Gedanken auf seiner Stirn geschrieben. Dann zeigte sie zur Ausgangstür.

»Ihr Brüder seid doch alle gleich.«

Als Ede an ihr vorbeiging, blieb er dicht vor ihr stehen. »Nein«, flüsterte er. »Alle Menschen sind verschieden.«

Ob die Schwester verblüfft war oder nicht, war ihr nicht anzumerken. Sie verließen das Krankenhaus. Draußen auf dem Gehsteig blieb Carlo plötzlich stehen.

»Ich nicht«, sagte er leise.

Knodomars Gesetz

Van der Velde rannte, was er konnte. Eine Verfolgungsjagd zu Fuß gehörte nicht zu seinen täglichen Übungen. Irgendwie schaffte er es, dabei seine Pistole zu ziehen. Vor ihm bogen die drei in die Bachstraße ein. Als sie im Schein einer Straßenlaterne gut zu sehen waren, gab van der Velde einen Warnschuss ab. Die Flüchtenden beeindruckte das wenig. Sie waren einfach jünger als der Kommissar. Und schneller. Ein weiterer Warnschuss mit dem gleichen Ergebnis. Der Abstand zwischen ihnen vergrößerte sich.

Schließlich blieb van der Velde keuchend stehen. Über Handy gab er seine Position an die diensthabenden Polizeistreifen durch. Und den vermutlichen Weg der Flüchtigen. Schwer atmend lehnte er an einem Laternenpfahl. Der schlechtmöglichste Fall war eingetreten. Verdammt, er hätte sich ohrfeigen können. Wieso hatte er diesem Schnauzbart vertraut? Er war ihm doch gleich verdächtig vorgekommen, von Anfang an! Sonnenklar, dass er ein Komplize der Mönche war. Aber verdammt noch mal, warum? Und was hatten die drei jetzt vor? Eigentlich konnten sie sich ausrechnen, dass sie keine Chance hatten. Eigentlich.

Und dann war da immer noch die Bombe.

Van der Velde erreichte die Schulstraße bei der Eisdiele Favretti. Vor dem Eisladen, wo im Sommer Schirme Schutz vor der Sonne boten, herrschte gähnende Leere. Durch die gläserne Eingangstür sah van der Velde ein paar tanzende Gäste. Sparkassendirektor Schönemann feierte seinen Sechzigsten. Die meisten Gesichter kannte er und natürlich Elfriede Sievers, die aufgeregt winkte.

Bitte nicht, dachte van der Velde. *Nicht jetzt.* Na gut. Der Kommissar öffnete die Tür einen Spalt. Tanzmusik wehte in die dunkle Nacht.

»Da lang!«, kreischte Elfriede fröhlich. »Da sind sie lang!« Sie zeigte ungefähr südlich.

Van der Velde war froh, dass die alte Dame dabei nicht ihre dritten Zähne verlor, bedankte sich und trabte südlich. Er kam an der Grundschule vorbei, linker Hand froren die Fischteiche zu. An der Knittelwegkreuzung blieb er stehen. Die Straßenbeleuchtung endete hier. Die Gärtnerei Zengerling lag in schwärzester Finsternis. Dahinter glommen Grablichter wie glühende Kohlestücke in der Nacht.

»Psst!«

Van der Velde fuhr herum.

»Herr Kommissar!«

Hinter einem Haselbusch hockte jemand. Unwillkürlich griff van der Velde wieder zur Waffe.

»Ich bin's. Lisa«, sagte Lisa.

»Mann!«, keuchte der Kommissar. »Was machst du hier? Und dazu allein.«

»Ich hab sie gesehen.«

»So?« Der Kommissar wollte sichergehen. »Wen denn?«

»Die drei Mönche.«

»Den Knittelweg raus?«

»Nein.« Lisa kam hinter dem Busch hervor. »Ich glaub, sie sind Richtung Friedhof.«

»Mit denen ist nicht zu spaßen«, raunte der Kommissar. »Lisa, du gehst jetzt nach Hause. Das ist ein Befehl.«

Lisa sah den Kommissar an.

»Und zu niemandem ein Wort, verstanden?«

Lisa nickte.

»Und auf keinen Fall zu Frau Sievers«, fügte van der Velde noch hinzu, wenn Lisa sich nicht verhört hatte, denn der Kommissar war schon im Dunkel verschwunden.

Sie hatten Paul Ranunkel aus einem Grab gezerrt. Paul hatte sich mit Händen und Füßen gewehrt, aber er war auch nicht mehr der Jüngste. Bramsch und Bankratz hatte Bärenkräfte. Und sie erklärten Paul ohne Umschweife, dass dieses Grab Pauls Grab sein würde, wenn er nur einen Mucks von sich gäbe.

Paul riss die Augen auf und presste die Lippen aufeinander. Da schuftete er den ganzen Samstag bis in den Abend hinein, weil der Wetterbericht Schnee angekündigt hatte. Viel Schnee. Und einer wie Paul wollte vorbereitet sein, man wusste ja nie. Und jetzt das. Für einen endgültigen Aufenthalt im Grab wiederum fühlte sich Paul entschieden zu jung.

Klumpp fischte den Kapellenschlüssel aus Pauls Hosentasche. Klumpp kannte sich aus. Pauls Vorgänger, der alte Todd Emmerich, hatte ihn gründlich eingeweiht. Todd Emmerich, der letzte Großmeister der *Knodomarianer.* Jedenfalls der letzte, der seine Aufgabe noch ernst genommen hatte. Der Knodomars Gesetze befolgte, der in ihnen noch die Lösung der Menschheitssorgen gesehen hatte. Ein lächerlicher alter Knabe.

Klumpp hatte Knodomar von Anfang an für seine eigenen Zwecke benutzt. Als Köder. Für die *Erleuchteten.* Genauer: für die zahlungswilligen *Erleuchteten.* Es war all die Jahre gut gegangen, bis der alte Todd ihr Treiben durchschaut hatte. Tja, seitdem konnte er die Gänseblümchen an den Wurzeln zupfen. Selbst schuld.

Klumpp schloss die Kapellentür auf. Bankratz und Bramsch zogen Paul mit hinein. Jetzt mussten sie nur noch an das Geld ran. Fast eine halbe Million! Die Klumpp an einem besonderen Ort gebunkert hatte, weil er keiner Bank traute. Nie! Und dann: *Auf Nimmerwiedersehen, verfluchtes Bresel!* Klumpp unterdrückte ein nervöses Lachen.

»Schließt die Tür ab!«, befahl er.

Bramsch gehorchte. Bankratz riss Paul den Gürtel aus der Hose und fesselte damit seine Arme auf den Rücken. Mit den

Schnürsenkeln knotete er Pauls Schuhe zusammen und schleifte ihn hinter den Altar.

»Ihr wisst, was zu tun ist?«, fragte Klumpp.

Bramsch und Bankratz nickten.

Jo nickte. »Das Fenster ist nur angelehnt.«

Sie stand auf der Regentonne im Hinterhof der alten VHS. Genau wie Jan vor einigen Wochen. Freddie warf einen letzten Blick auf die Fenster der umliegenden Häuser. Es sah nicht so aus, als würden sie beobachtet. Jo hatte sich schon zum Fensterbrett hochgezogen. Sie lauschte. Das Haus war wie ausgestorben. Kein Laut, absolute Stille. Jo sprang ins Zimmer.

»Die Luft ist rein«, flüsterte sie nach draußen.

Sekunden später stand Freddie neben ihr. Er wickelte ein Tuch um seine Taschenlampe und sah sich um. Überall Lehmspuren. Abdrücke von schweren Stiefeln. Jo holte die Kamera aus dem Rucksack und schoss drei Bilder. Freddie blickte besorgt aus dem Fenster. Das Blitzlicht war verräterisch grell. Jo war schon auf dem Weg in den Flur. Freddie folgte ihr.

»Nach oben?«

»Okay.«

Auch die Treppe ins Obergeschoss war lehmverschmiert. Zwei Zimmer und ein schmales Bad befanden sich dort.

»Ach nee«, sagte Freddie. »Da sieh mal einer guck!« Das Taschenlampenlicht glitt über zerwühlte Schlafsäcke und löchrige Matratzen. »Da haben wir ja den Grund.«

»Meinst du?« Jo war nicht überzeugt.

»Radolf vermietet die Hütte an Obdachlose.«

»Nie im Leben!«

»Als was würdest du das bezeichnen?«

Jo zuckte mit den Achseln. Dann knipste sie die Müllhalde. »Lass uns weitergehen.«

»Sind wir nicht schon durch?« Freddie fror. Im Übrigen war es ihm unheimlich. Wenn die Schlafsackbenutzer plötzlich auftauchten!

»He, Jo, warte.«

Jo war schon wieder unten. »Schau mal«, sagte sie und folgte den Fußspuren mit der Lampe. »Wo geht's da hin?«

»Was bleibt denn noch?«

Jo stand jetzt vor einer schwarz lackierten Tür. Sie quietschte erbärmlich, aber sie ließ sich öffnen. Jo suchte nach dem Lichtschalter. Vor ihnen führten Treppenstufen abwärts. Jo atmete hörbar ein. »Na denn.«

»Was gibt's da schon zu sehen.«

»Freddie, hast du Schiss?«

Wie, verflixt noch mal, sollte Freddie auf diese Frage eine ehrliche Antwort geben. »Okay«, sagte er schließlich. »Geh vor.«

Unten wartete dann die nächste Überraschung auf sie. Jo fotografierte wie wild.

»Wir sind 'nem ganz großen Ding auf der Spur«, flüsterte sie. »Ein Loch in der Kellerwand, unterirdische Grabungen!«

»Jo, du hast 'n Knall.« Freddie kam aus dem Staunen nicht mehr raus. Sonst war *er* doch immer der Hitzkopf. Er folgte Jo durch das Loch in den Tunnel.

»Rechts oder links?«, fragte Jo.

Freddie zuckte mit den Achseln. Und nur weil Jo nach rechts spähte, sagte er: »Links.«

»Okay.«

Die Luft hier unten war muffig. Die Tunnelwände bestanden aus Ziegelmauerwerk, die Decke wölbte sich wie ein Fass. Unter ihren Füßen schmatzte eine schlammige Brühe. Gut, dass sie an Gummistiefel gedacht hatten. Alle paar Meter blieb Jo stehen und fotografierte. Und Freddie suchte nach Argumenten, um umzukehren. Ratten flüchteten vor ihnen ins Dunkel. Jo hinterher, Freddie auch.

Eine Kreuzung. Zwei der Gänge boten keinen sehr vertrauenerweckenden Anblick. Die Ziegelhaufen am Boden stammten eindeutig aus den Löchern in der Decke. Sie nahmen den dritten, schräg nach links. Zwanzig Meter, dreißig, die Entfernung war schwer zu schätzen, hier sah es überall gleich aus. Keine Nischen, keine Abzweigungen, nur Wände, Meter um Meter. Bis Jo plötzlich schrie. Freddie wäre beinahe auf sie draufgerannt.

»Was ist?«

Jo antwortete nicht. Stumm richtete sie ihre Taschenlampe nach vorn.

»Ist das kalt«, jammerte Carlo.

Wütend stapfte Ede den Hausflur entlang zum Hinterzimmer. »Du hast ja auch das Fenster aufgelassen«, schimpfte er. Er war das Gejaule und Gejammer so leid. Den ganzen Weg vom Vincenzkrankenhaus bis in den Museumsweg hatte er es ertragen. Aber nicht mehr lange, dann war es vorbei. Das Gejaule und alles. Nur noch ein paar Steine wegkloppen, die Vase schnappen und dann: *Ciao, Bresel!*

»Heute hilfst du mir, klar?«

»Mit dem Daumen?«

»Du hilfst mir!«

Carlo zitterte, aber er wagte nicht, zu widersprechen. Wenn Ede so wütend war.

Die wärmsten Klamotten, die sie hatten, waren nun mal die pelzbesetzten, langen roten Mäntel und Mützen. Und natürlich die gefütterten Handschuhe. Und erst recht die Stiefel. Also behielten sie ihre Montur einfach an, packten die letzten Brote in Carlos Rucksack und gingen hinunter. Durch das Loch in der Kellerwand, dann rechts, Richtung Westen. Jedenfalls wenn man die Breselkarte mit Süden nach links legte, Osten unten, eine Vierteldrehung nach Norden und dann … ach, es war Ede inzwischen so egal. Sie hatten ihr Ziel erreicht, der eiserne Vorhang war verschwunden, der Rest nur noch ein Klacks. Ede zeigte auf die Stangen, die überall verstreut lagen. Sein Werk der letzten Nacht.

»Pack du den Kram an die Seite. Ich hau die Wand durch.«

»Ja, Ede.« Carlo biss die Zähne zusammen. Bald hatten sie es geschafft. So wie sie es immer geschafft hatten.

Immer irgendwie.

Bankratz und Bramsch hatten es auch geschafft. Die Altarabdeckung in der kleinen Friedhofskapelle war schwer wie vier Erwachsene. Anheben war aussichtslos. Aber es war möglich, sie beiseitezuschieben, so weit, dass selbst der breite Bankratz hineinsteigen konnte. Denn der Altar war innen hohl. Und nicht nur das, eine steinerne Treppe führte hinab in die Finsternis.

»Da runter«, sagte Klumpp mit fast tonloser Stimme.

Wumm! Und noch mal und noch mal. Jemand hieb mit der Faust gegen die Kapellentür.

»Aufmachen!«, rief eine barsche Stimme von draußen.

Klumpp starrte wütend auf die schwarze Tür. Paul begann zu wimmern. Mit einem Satz war Bramsch bei ihm und presste eine Hand auf Pauls Kehle. Paul traten fast die Augen aus dem Kopf. Er verstummte augenblicklich.

Noch fünf oder sechs Mal hieb Kommissar van der Velde seine Fäuste gegen die Eichentür. Dann gab er auf. Die drei Männer lauschten den sich entfernenden Schritten. Dann befahl Klumpp, Paul zu knebeln. Am besten mit den Plastikblumen, die Bankratz vom Altar gefegt hatte. Als das erledigt war, stieg Klumpp als Erster hinein. Bankratz folgte ihm. Dann Bramsch mit einem letzten Kontrollblick zu Paul hinüber.

Klumpp hatte an alles gedacht. Selbst Mini-Taschenlampen hatte er sich von Walross heranschaffen lassen. Vor ihnen lag ein niedriger Gang mit gewölbter Decke.

Jo schoss ein Foto nach dem anderen. Von dem fünfeckigen Raum. Von den mit schwarzem Marmor verkleideten Wänden und den tintendüsteren Gängen, die darin mündeten. Von der ebenfalls schwarzen Decke. Von dem mächtigen Granitblock in der Mitte, in dem der Name des Alemannenchefs eingemeißelt war.

Und zuletzt von dem schwarzen Würfel, der darauf lag, von allen Seiten mit Schriftzeichen bedeckt. Freddie hob ihn vorsichtig hoch und drehte ihn: selbst auf der Unterseite wohlbekannte Breselner Runen. Jetzt waren auch bei Freddie alle Bedenken verschwunden. Sie begannen die Wörter zu entziffern.

Obendrauf stand:

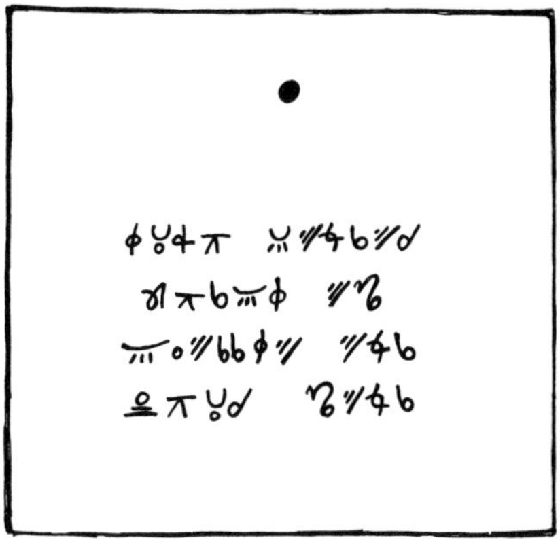

»Trau keinem Punkt, er könnte ein Wurm sein«, buchstabierte Freddie.

Jo nahm sich eine der vier Seiten vor.

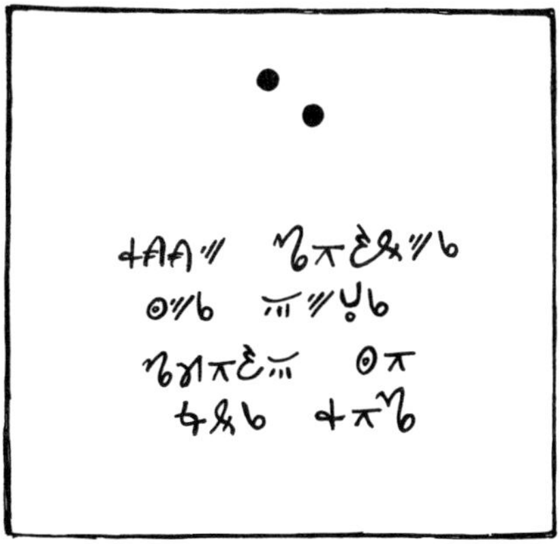

»Alle suchen den Kern, spuck du ihn aus.«

Jetzt war Freddie wieder an der Reihe.

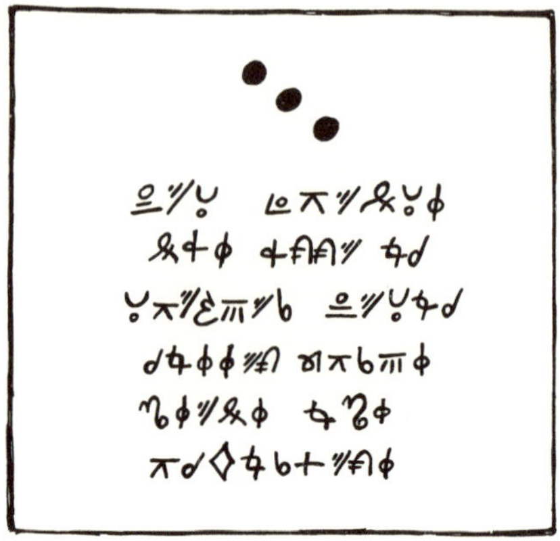

»Wer führt, hat alle im Rücken; wer im Mittelpunkt steht, ist umzingelt.«

»Je größer der Kuhfladen, desto mehr Fliegen«, übersetzte Jo.

»Die Wahrheit über dein Zimmer ist nicht die Wahrheit über das ganze Haus.« Freddie war so aufgeregt, dass er beinahe den

Würfel fallen gelassen hätte, als er ihn auf die Seite kippte. Auf der Unterseite stand das letzte Gesetz.

»Verräter, siehst du Hortar brennen.«

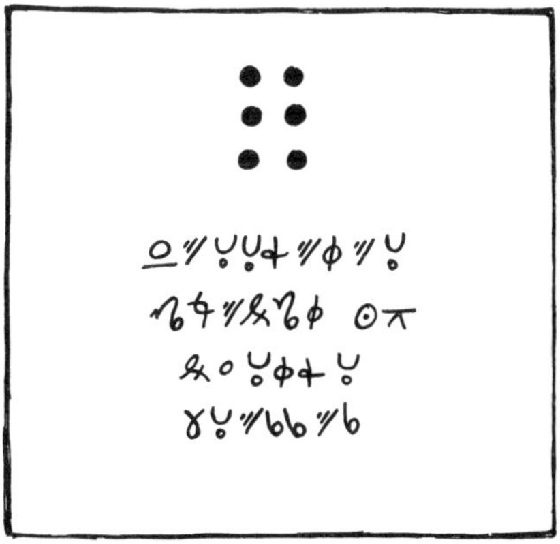

Dem schmalen Schlitz zwischen den Schriftzeichen auf der Unterseite schenkten sie keine Beachtung.

Jo hielt den Atem an. »Knodomars Gesetze«, flüsterte sie.

Freddie sah sie an. »Die Gesetze, die der alte Häuptling seinen Verbündeten gegeben hat. Über 1600 Jahre alt.«

Jo war wie weggetreten. Vielleicht hörte sie deshalb die Schritte nicht. »Nein«, sagte sie. »Knodomar war ein Haudrauf. Ein Schlagetot. Das ist nicht von dem. Niemals.«

»Gar nicht so dumm«, sagte plötzlich eine Stimme hinter ihr.

Serapis

Jo fuhr wie von einer Tarantel gebissen herum und schrie. Ein schwerer Mann warf sich auf sie und riss sie zu Boden. Auf der anderen Altarseite wehrte sich Freddie heftig, aber gegen Bankratz war er machtlos. Klumpp lachte schrill. Sein Gesicht verzog sich zu einer Fratze und sein Gackern hallte in allen fünf Gängen.

»Da bist du ja«, sagte er und seine Stimme wurde plötzlich leise und zärtlich. Wie in Trance näherte er sich dem Altar. Seine Hände zitterten, als er sie nach dem Würfel ausstreckte, als er ihn sanft streichelte. »Wie hab ich dich vermisst.«

Klumpp nahm den Würfel vom Altar. Langsam schloss er ihn in die Arme wie eine Mutter ihr Baby. Sein Mund öffnete sich lautlos und zeigte gelbe Zähne. Ein irres Kichern. Dann drehte er sich auf dem Absatz um und verschwand in einem der Gänge.

»Nehmt sie mit!«, schrie es von dort.

Bankratz und Bramsch sahen sich an. Der wollte doch wohl nicht ohne sie abhauen! Jo und Freddie wurden hochgerissen, die Arme schmerzhaft auf den Rücken gedreht.

»Los!«, befahl Bankratz. »Bewegt euch!«

Sie schoben ihre Gefangenen in den Tunnel, aus dem Klumpps irres Lachen drang. Und sich rasch entfernte.

»Schneller!«, keuchte Bramsch.

Freddie dachte gar nicht daran. Was lag näher, als zu stolpern? Er ließ sich so vor Bankratz' Füße fallen, dass der übergewichtige Kerl beinahe im Schlamm gelandet wäre. Fluchend riss er Freddie wieder hoch. Freddie schrie vor Schmerz. Aber er hatte immerhin erreicht, dass die beiden Kerle es mit der Angst zu tun bekamen. Wollte ihr Kumpel sie wirklich hier unten alleinlassen? Sie abschütteln? So wie er sich Walross entledigt hatte, als er ihn nicht mehr brauchte? Verbissen stolperten sie weiter.

»Der ist längst weg«, keuchte Jo.

Tatsächlich war von Klumpp nichts mehr zu hören oder zu sehen.

»Scheiße!«, fluchte Bramsch.

Freddie war zwar nicht danach zumute, aber er lachte. »Ist doch klar, warum ihr uns bewachen sollt«, höhnte er. »Denkt doch mal nach.«

»Scheiße!«, stieß Bramsch wieder hervor.

Lisa hatte sich tatsächlich auf den Heimweg gemacht, nachdem van der Velde Richtung Friedhof verschwunden war. Lisa war wütend. Auf sich selbst und auf den Kommissar. Schon das zweite Mal hatte sie ihm einen heißen Tipp gegeben. Und wieder nahm er sie nicht ernst. Wieder hatte sie sich einfach nach Hause schicken lassen. Lisa blieb stehen. Wie spät war es jetzt? Kurz nach sieben. Lisa machte kehrt. Die Luft roch nach Schnee. Erste Flocken taumelten durch die gelben Kegel der Straßenlaternen.

Sie erreichte den Friedhof an der Südseite, direkt hinter der Gärtnerei. Diesen Weg hatte vermutlich auch der Kommissar genommen. Lisa schlich auf den schmalen Graswegen zwischen den Kreuzen hindurch. Es war verdammt finster. Nur die unzähligen Grablichter verbreiteten ein ungemütliches Licht.

Da war das Grab von Tusnelda. Lisa schauderte beim Gedanken an die schreckliche Baronin. Vorbei, verweht. Aber unmöglich zu vergessen. Lisa machte, dass sie schnell weiterkam.

Bei dem mittlerweile schon recht hohen Erdhaufen blieb sie stehen. Hier hatte Paul gebuddelt und ihr das Tonquadrat vor die Füße geworfen. Dort in der Grube hatte er gestanden. Eine kurze Leiter lehnte noch darin. Eine Hacke und eine Schaufel. Lisa hob eine lehmverschmierte Taschenlampe auf und leuchtete hinunter. Paul war doch sonst nicht so unordentlich. Sein Zollstock lag quer über einem verdreckten Friedhofsplan, Pauls Jacke hing über einer Leitersprosse und eine Thermoskanne war umgekippt und ausgelaufen. Bald würde alles unter einer Schneedecke verschwinden. Und dann sah Lisa die Schleifspuren. Im Licht der Taschenlampe deutlich erkennbar. Vom Rand der Grube den Weg entlang …

Lisa sah sich unruhig um. Nichts rührte sich. Außer den flackernden Grablichtern.

… über den geharkten Kies bis zur Kapellentür. Es gab keinen Zweifel. Mit wenigen Schritten war Lisa bei dem Kirchlein. Sie lauschte. Stille. Ein schwaches Wimmern. Oder der Wind in den Bäumen. Vorsichtig drückte Lisa die Klinke herunter. Abgeschlossen. Was sonst. Und da war es wieder. Kaum wahrnehmbar, aber auf keinen Fall der Wind. Lisa starrte auf die Tür.

»Hallo«, rief sie leise. Lauter traute sie sich nicht. Und dann biss Lisa die Zähne aufeinander vor Wut. Dieser Kommissar, dieser Blindfisch. Und wo war er jetzt? Einmal noch tief atmen, dann stürmte Lisa los.

Am Haupteingang des Friedhofs wäre Lisa fast vor ein parkendes Auto gerannt, so dicht stand die Karre am Tor. Lisa schimpfte. Im Vorbeirennen glaubte sie jemanden darin zu erkennen. Jemanden mit einem Lockenkopf. Oder es war nur ein achtlos hingeworfener Pelzmantel. Lisa überquerte den Breselbergring und stürzte sich in die Altstadtgassen durch den immer dichter fallenden Schnee. Die Glocken von Sankt Urban schlugen sieben.

Die Glocken von Sankt Urban waren verflixt groß. Und laut. So manche, die im Kirchenschiff direkt darunter stand, hatte sich schon fürchterlich erschrocken. Selbst wenn sie es gewohnt war als alte Breselnerin, Elfriede zuckte dennoch zusammen. Sie hatte es auf Direktor Schönemanns Eisdielenparty nicht lange ausgehalten und sich mal wieder in Sankt Urban blicken lassen. Was in letzter Zeit seltener geworden war. *Ach, meine müden Knochen,* war ihre gewohnheitsmäßige Ausrede. Und gleich hatte sie Pastor Himmelmeyer am Wickel gehabt, der in der Nische stand, beim Serapis-Schrein.

»Ja, ja«, hatte Elfriede erkältet gekrächzt und mit dem krummen Zeigefinger auf die Schrift gezielt.

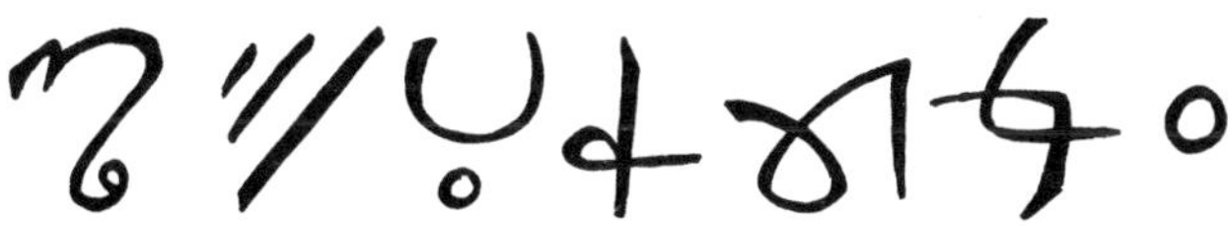

»Ein Überbleibsel aus der Zeit, als die Kirche noch nicht alle unter ihrer Fuchtel hatte.«

»Aber Frau Sievers«, hatte Pastor Himmelmeyer geschmunzelt. »Wir haben unsere Schäfchen doch nicht unter der Fuchtel.«

»Mäh«, hatte Elfriede leise geantwortet.

Es mochte aber auch *Nee* gewesen sein, daran konnte sich Pastor Himmelmeyer später nicht mehr genau erinnern. Denn im selben Moment, als Elfriede diesen Laut ausstieß, öffnete sich der Serapis-Schrein. Das heißt, der Deckel hob sich ein wenig und rutschte zur Seite. Und heraus stieg … nein, nicht Serapis persönlich, sondern Klumpp. In einem pechschwarzen Gewand, mit brennenden Augen und einem glänzenden schwarzen Würfel im Arm. Er sprach kein Wort, er fauchte. Wie eine wütende Katze. Krümmte die Finger der linken Hand zu einer Kralle und machte eine Bewegung, als wollte er Elfriede und Himmelmeyer zur Seite fegen. Dann sprang er aus dem steinernen Sarg heraus. Ein Schuh blieb dabei im Steintrog hängen. Klumpp achtete nicht darauf. Er witterte nach allen Seiten. Ein letzter glühender Blick auf Oma Sievers, dann humpelte er zum Portal.

Und Oma Sievers schrie. Schrie, dass die kristallenen Lüster über dem Mittelschiff klirrten. Dann fiel sie in Ohnmacht und Pastor Himmelmeyer in die Arme.

Elfriedes Schrei nahm seinen Weg durch die alten Gänge. Mederich hatte sie anlegen lassen. 357 nach der verlorenen Schlacht gegen die Römer. Knodomar war nach Rom verschleppt worden. Mederich und wenige Getreue, darunter sein Sohn Serapio, wollten den alten Kult retten, koste es, was es wolle. Und sei es im Untergrund, unbemerkt von den römischen Besatzern. In diesem Fünfeck, wo jede Ecke mit dem Mittelpunkt verbunden war. Dem Altar.

An ihm vorbei schrammte Elfriedes Schrei und verteilte sich in alle fünf Ecken. Und weiter, hinein in einen Tunnel, der das

Fünfeck verließ, der weiterführte zum Haus des Nachzüglers. Des Verräters. Hortar.

Dort standen zwei Weihnachtsmänner vor einer durchbrochenen Mauer.

»Hast du dich schon wieder gequetscht?«, raunzte Ede.

Carlo starrte in die Finsternis. »N-nein«, flüsterte er. »Das war ich nicht.«

»So, so«, brummte Ede. Er war so müde, dass er schon Stimmen hörte. Ede holte aus. Noch drei, vier Schläge, dann war das Loch groß genug. Ede hatte schon einen Blick hindurchgeworfen. Ein kahler schmaler Raum, eine Gittertür und dahinter ein Flur. Und wenn er sich nicht täuschte, stand rechts neben dem Loch eine Kloschüssel. Verdammt seltsames Museum.

Ede schlug zu.

Lisa rannte. Eine inzwischen geschlossene Schneedecke schluckte die Geräusche ihrer Schritte. Lisa hatte keine Ahnung, wo sie den Kommissar suchen sollte. Also nahm sie den kürzesten Weg zur Polizeiwache, quer durch die Gassen der Altstadt. Jeder Fremde hätte sich gnadenlos verlaufen. Lisa nicht. Sie kannte hier jeden Winkel, jeden Schleichweg, jede Abkürzung, selbst durch dunkle Hinterhöfe und die wenigen Gärten. So sprang sie plötzlich aus einer Hofeinfahrt direkt gegenüber vom *Roten Hahn* auf den Bürgersteig.

Der *Rote Hahn* war die älteste und berühmteste Kneipe der Stadt. Und wer kam genau in diesem Moment dort aus der Tür? Der Kommissar! Lisa bremste knapp vor seinen Füßen.

»Paul Ranunkel«, stieß sie schwer atmend hervor.

»Genau den suche ich«, sagte der Kommissar. »Hier ist er auch nicht.« Er deutete auf die Kneipentür.

»Nein.« Lisa schüttelte entschieden den Kopf. »Er ist in der Kapelle.«

Van der Velde sah sie durchdringend an. »Wie kommst du darauf?«

Lisa erzählte, so schnell sie konnte. Von Pauls Sachen, die wie weggeworfen im Grab lagen. Und den Schleifspuren und dem Wimmern. Sie verkniff sich die Frage, warum der Kommissar das nicht selbst bemerkt hatte. Der hielt inzwischen sein Handy ans Ohr.

»Hinrich? … Hier van der Velde. … Ich weiß, was los ist, verdammt. … Ich brauche dich und ein Brecheisen. … Ja, du hast richtig verstanden. … Auf dem Friedhof, an der Kapelle. … Was heißt sofort? Wenn's geht, noch eher!« Van der Velde beendete das Gespräch. Er wandte sich an Lisa. »Also«, sagte er, »du gehst jetzt am besten …«

Aber Lisa war es leid. »Nein«, sagte sie wütend. »Ich komme mit. Versuchen Sie nicht wieder, mich loszuwerden.«

»Schon gut, schon gut.« Van der Velde ließ sich seine Überraschung nicht anmerken.

»Den kürzesten Weg?«, fragte Lisa.

Van der Velde nickte. Und dann kletterte er hinter Lisa her über das nächste Hoftor.

Jan war im Kino gewesen. Der Film hatte ihn gelangweilt. Klar, geile Action. Aber sonst? Na, zumindest der Schluss hatte es gebracht. Fand Jenny auch. Jetzt wollte er sie nach Hause bringen. Jenny wohnte am Ulmenwall.

Als sie über den Marktplatz gingen, hörten sie einen Schrei. Nein, es war mehr ein schrilles, hohes Kreischen, als würde die Turmspitze von Sankt Urban abgesägt. Dann wurde das Portal der Kirche aufgerissen. Eine schwarz gekleidete Gestalt rannte heraus, sah sich ruckartig nach allen Seiten um und sprang wie ein Kobold die große Treppe herunter. Es war ein Mann. Unter dem Arm trug er ein schwarzes Paket. Eine Art Würfel. Jan zog Jenny instinktiv zur Seite, hinter Ritter Kunibald.

»Den kenne ich«, flüsterte er.

Und ob Jan den kannte! Wie hätte er je Bruder Klumpp vergessen können? Einen der Florian-Mönche. Der schrecklichste. Ganz dicht humpelte er an ihnen vorbei. Für den Bruchteil einer Sekunde erwischte Jans Blick seine Augen. Jans Rückgrat gefror zu Eis. Klumpp warf den Kopf in den Nacken und stieß ein meckerndes Lachen aus. Dann hinkte er Richtung Rathaus und verschwand im dichten Schneetreiben.

Erst jetzt bemerkte Jan, dass Jenny ihre Fingernägel in seinen Arm gekrallt hatte, dass es schmerzte.

»Der hatte nur einen Schuh an«, wisperte sie.

»Das war Klumpp.« Jan sah sie an. Gleichzeitig überlegte er fieberhaft.

»Klumpp?«

»Einer der Mönche.« Wie sollte er das in aller Eile erklären. »Später«, sagte Jan. »Wir müssen hinterher.«

Jenny zögerte.

»Oder willst du lieber …«

»Quatsch.«

Klumpp hatte schon reichlich Vorsprung und seine Fußspuren verschwanden bereits unter einer frischen Schneeschicht.

»Kommst du da durch?« Ede zeigte auf das Loch. Carlo zwinkerte nervös mit den Augen. Dann nahm er den Rucksack ab und zog den Bauch ein. Ede lächelte müde. »Du gehst vor.«

Das war eine gute Entscheidung. Als ob Ede es geahnt hätte. Aber so konnte er wenigstens schieben. Das Einzige, was ihn wunderte, war, dass es nicht *plopp* machte, als Carlo in das Museum plumpste.

Ede stieg hinterher.

Moderne Kunst, das sah Carlo gleich. Eine Pritsche an der Wand. Eine Gittertür. Eine nackte Kloschüssel. Und darin die Vase. Ziemlich stümperhafte Töpferarbeit, fand Carlo. Was an der wertvoll sein sollte? Carlo nahm sich vor, den traurigen Bürgermeister zu fragen, wenn sie ihn trafen. Neujahr in Basel. Der Pott war mit Packpapier und einem starken Gummiring verschlossen.

Ede ging an Carlo vorbei zur Gittertür. Sie ließ sich problemlos öffnen. Irgendwie war Ede doch erleichtert. Für einen Augenblick hatte er den Verdacht gehegt, er wäre in einer wohlbekannten Unterkunft gelandet. Doch diese Sorte von Unterkünften war für gewöhnlich abgeschlossen.

»Nimm du die Vase«, knurrte Ede.

»Und mit der soll ich …« Carlo schielte verzweifelt zu dem Loch in der Wand.

»Nein«, sagte Ede. Zurück wollte auch er nicht mehr. »Hier lang.«

Dankbar folgte Carlo dem Langen durch den kurzen Flur. Eine Treppe hinauf, wieder eine unverschlossenen Tür.

Ganz schön leichtsinnig, dachte Ede.

Dann standen sie in einem Büro. Vermutlich war es ein Büro. Mit einem Schreibtisch, Aktenschränken an den Wänden, zwei Drehstühlen, einem Computer der nicht ganz neuen Bauart und drei Telefonen. An der Wand hing ein Stadtplan von Bresel. Mit Westen oben. Und ein Fahndungsplakat.

Ede ging langsam näher heran. Es war eine sogenannte Phantomzeichnung. Ein Bild, das nach Zeugenaussagen angefertigt worden war. Es zeigte ein schmales Gesicht und ein rundes. Carlo zitterte so sehr, dass Ede befürchtete, er würde die Vase fallen lassen. Ede schnappte sich kurzerhand einen Filzstift vom Schreibtisch und malte dem runden Gesicht einen Walrossbart. Und dem schmalen setzte er eine Brille auf.

»So«, sagte er. »Jetzt erkennt uns keiner mehr.« Dann ging er hinaus.

Carlo folgte ihm. An der Tür drehte sich Carlo noch einmal um. Ede hatte recht, er erkannte sich nicht wieder. Carlo nickte dem Plakat zum Abschied zu. Die Bilderkerle zwinkerten zurück. Unruhig verließ Carlo das Büro. Was war nur mit ihm los? Mal hörte er einen Schrei, dann sah er zwinkernde Bilder. Manchmal war es ihm, als ob es in der Vase tickte. Was wohl jetzt noch kam? Und Ede würde ihm nichts davon glauben. Kein Wort.

Sie durchquerten ein weiteres Büro, kleiner als das erste. Dort ließ Ede aus einer schlechten Angewohnheit heraus eine karierte Reisetasche mitgehen. Er packte noch ein Paar ausgelatschte Wanderstiefel und drei Wollmützen hinein. Carlo bekam vor Angst kaum noch Luft. Er drängelte Ede in den Flur hinaus und weiter bis auf die Straße.

Ohne zurückzuschauen, liefen sie stadtauswärts. Ede immer ein paar Schritte voraus. Carlo verstaute die Vase im Rucksack und trottete hinterher. Er wagte Ede nicht anzusprechen. Hoffentlich waren sie bald weit fort von hier und bekamen den Lohn für ihre Arbeit. *Wenn* sie ihn bekamen. *Aber das Ende kennt man erst am Schluss,* sagte ein altes Breselner Sprichwort. Jedenfalls so ungefähr.

Carlo folgte dem vertrauten Wippen der langen Gestalt. Wohin auch immer.

Hinrich, der Kommissar und Lisa trafen sich vor der Friedhofskapelle. Hinrich hatte eine Brechstange dabei. Niemand fragte, wo er die in der kurzen Zeit aufgetrieben hatte. Lisa tat es leid um die reich geschnitzte Eichentür. Aber es war unvermeidbar, sie musste dran glauben. Hinrich setzte das Werkzeug an, spannte die Muskeln, und … ein Schlüssel drehte sich im Schloss, es war deutlich zu hören. Van der Velde packte Hinrichs Arm. Alle drei starrten auf die Türklinke. Sie wurde heruntergedrückt. Von innen. Langsam öffnete sie sich einen Spalt. Ein dreckverschmierter Mädchenkopf erschien.

»Jo!«, rief Lisa.

Jo taumelte heraus. »Sie haben den Schlüssel stecken lassen«, flüsterte sie und zeigte hinter sich. »Freddie ist bei Paul.«

Augenblicklich stürmten Hinrich und van der Velde mit vorgehaltener Waffe die Kapelle. Sie fanden Freddie hinter dem Altar. Er kniete neben Paul Ranunkel und befreite ihn von dem Gürtel, der Pauls Arme auf dem Rücken gefesselt hielt. Und von den Plastikblumen im Mund. Hinrich half ihm.

Der Kommissar hing schon über dem Altar und spähte in die dunkle Öffnung. Lisa konnte sich einen kleinen triumphierenden Blick nicht verkneifen, den van der Velde allerdings nicht sah. Vielleicht besser so. Währenddessen hatte Hinrich schon zehn Fragen gestellt, die Jo und Freddie atemlos beantworteten.

»Alle Ausgänge besetzen«, befahl der Kommissar. »Museumsweg, Alte Goldschmiede und Sankt Urban!«

»Event-Center?«, fragte Hinrich, während er schon eine Nummer ins Handy tippte.

»Ich werde mich an diesen Namen nie gewöhnen.« Van der Velde kletterte in den Altar.

Die Weihnachtsmannmützen setzten sie zwei Schneemännern auf, die in einem Vorgarten standen. Dort wurden sie am nächsten Morgen von Klein-Jonny und Lotte Fesenfeld gefunden, Jans Geschwistern. Und Jonny behauptete steif und fest, der Weihnachtsmann habe sie gebracht. Und zwar genau der aus dem Dalli-Markt. *Mama, weißt du nicht mehr?*

Ede gab Carlo eine Wollmütze und setzte sich selbst eine auf. Die Tasche mit den Wanderstiefeln und der dritten Mütze schenkte er einem vorbeihumpelnden armen Schlucker, der mit windzerzausten Haaren und nur einem Schuh durch den inzwischen knöcheltiefen Schnee stapfte. Außerdem schleppte er mit krummem Rücken einen dicken schwarzen Klotz. Natürlich erkannten sie ihn. Aber sollten sie etwa die Polizei rufen? Ede half ihm, das Ding in die Tasche zu zwängen. Klumpp bedankte sich kichernd und sprang davon. Bald war er hinter einer Schneewand verschwunden. Carlo sah Ede mit großen fragenden Augen an.

»Weil Weihnachten ist«, brummte Ede unwirsch und stapfte weiter. Die zwei Schneemänner grinsten Carlo an. Carlo schüttelte sich und wagte nicht, sich noch mal umzudrehen. Schüchtern winkte er der Frau nach, die ihn aus einem vorbeifahrenden Auto anlächelte.

Das Auto bog im Schneckentempo in die Vincentinerstraße ein. Pastor Himmelmeyer setzte Elfriede direkt vor ihrer Haustür ab. Nein, er wollte nicht mit hineinkommen, auch nicht, um Elfriedes Laptop zu bewundern, mit dem sie diesen *elektrischen Brief* empfangen hatte. Er riet Elfriede zum Abschied, sie solle mal den Kommissar fragen, nach diesem seltsamen Namen unter dem Brief.

Lawross.

Schnee

»Aussichtslos.« Jan war völlig aus der Puste. Sie hatten die Breselner Landstraße Nummer 153 erreicht. Das Schneetreiben war jetzt so dicht, dass sie kaum die zwei Schneemänner erkennen konnten, die Jans Geschwister vor dem Haus gebaut hatten. Einen kleinen dicken und einen langen dünnen. Weihnachtsmannmützen hatten sie ihnen aufgesetzt. Wie lustig.

»Wir sollten jetzt schleunigst die Polizei verständigen«, sagte Jenny.

Das war wohl das Vernünftigste.

Im Haus Nummer 153 herrschte vorweihnachtliches Chaos. Lotte und Klein-Jonny ließen niemanden mehr in ihre Zimmer. Franziska Fesenfeld stellte mit ihrem Mann den Tannenbaum auf.

»Das Telefon liegt irgendwo in der Küche«, sagte sie. »Aber Finger weg von den Plätzchen!«

»Kann einer von euch Jenny nach Hause fahren?«, fragte Jan. »Später?«

»Kein Problem.« Herr Fesenfeld grinste. Aber so, dass es Jan nicht sah.

Bei der Breselner Polizei herrschte anscheinend ebenfalls Chaos. Nach offenbar mehreren Rufumleitungen erwischte Jan einen Beamten in einem Einsatzwagen.

»Wo?«

»Er läuft die Breselner Landstraße raus.«

»Kannst du ihn beschreiben?«

»Schwarze Klamotten. Und hat nur einen Schuh.«

»Dein Name?«

»Jan Fesen…«

Klick – der Anruf war unterbrochen.

Jan überlegte kurz, ob er es noch mal versuchen sollte. Da kam schon der Rückruf. Sie hatten selbstverständlich seine Nummer gespeichert. Diesmal war Hinrich am Apparat.

Kurz darauf kämpften sich zwei Streifenwagen die Breselner Landstraße stadtauswärts durch einen bläulich blinkenden Vorhang aus Schneeflocken. Jenny und Jan konnten sie von Jans Zimmerfenster aus beobachten. Ein weiteres Polizeifahrzeug machte eine Rutschbremsung vor ihrer Haustür. Hinrich saß darin. Er ließ Freddie, Jo und Lisa raus und fuhr sofort weiter. Franziska Fesenfeld sorgte für eine Riesenkanne Kakao. Jo und Freddie verschwanden im Badezimmer und Lisa brachte Jan und Jenny auf den neusten Stand.

Gegen 22 Uhr meldete sich Hinrich noch einmal telefonisch. Man hatte Klumpp nicht gefasst. Er war wie vom weißen Nichts verschluckt.

Auf den Straßen in und um Bresel ging inzwischen nichts mehr. Selbst die Räumfahrzeuge hatten Mühe, sich durch die Schneemassen zu kämpfen. Das Thermometer war in den letzten Stunden um weitere fünf Grad gefallen. Eine eisige Kälte hatte das Land und die Stadt in ihrem Griff. Manche Heizung, die über die Jahre nicht mehr gewartet worden war, gab den Geist auf.

Wie zum Beispiel im Museumsweg 13. Die Polizisten, die im Hausflur die Stellung halten mussten, hatten blau gefrorene Lippen. Fast befürchteten sie, das Klappern ihrer Zähne könne sie zu früh verraten. Denn aus dem Keller drangen Schritte herauf. Vorsichtige Schritte. Dann erschien Bankratz in der Tür, dicht gefolgt von Bramsch. Sie ließen sich widerstandslos festnehmen.

Im Büro von Kommissar van der Velde war die Heizung in Ordnung. Trotzdem blieben die Gesichter der beiden Ex-Mönche wie eingefroren. Van der Velde saß ihnen gegenüber und beobachtete sie aus halb geschlossenen Augen. Gleichzeitig jagten verwirrende Gedanken durch seine Gehirnhälften.

Wer zum Teufel hatte das Loch in die Gefängniswand geschlagen? Es war niemand eingesperrt gewesen, der hätte ausbrechen können. Und die Lehmspuren in allen Räumen! Und das verzierte Plakat, das Hinrich noch immer nicht entfernt hatte. Über den Köpfen der beiden Eisblöcke. Fragen über Fragen.

»Wo ist euer dritter Mann?«

Schweigen. Bankratz und Bramsch verzogen keine Miene. Seit Stunden. Die Uhr zeigte halb eins in der Nacht. Plötzlich merkte van der Velde, wie müde er war.

»Bringt sie runter«, befahl er den beiden Polizisten, die neben den Kerlen saßen. »In den Heizungskeller.«

Dort werden sie nicht erfrieren, dachte van der Velde. Und der Raum besaß eine Stahltür. Die war ebenso ausbruchsicher wie eine Gefängnistür.

Grau im Gesicht verließ der Kommissar die Dienststelle. Die zwei Polizisten hatten weniger Glück. Sie mussten die Nacht auf eilends herbeigeschafften Pritschen in van der Veldes Büro verbringen.

Der Kommissar ging zu Fuß durch die Nacht und den unendlichen Schnee. Vorbei an zwei Schneemännern mit Weihnachtsmannmützen. Irgendwann bog er in den Holzweg ein. Dort wartete ein leeres Apartment auf ihn. Sonst niemand.

Einige Stunden noch wälzte sich van der Velde schlaflos in den Kissen. Es war kein glücklicher Tag gewesen. Bei Weitem nicht. Und zu viele Fragen waren offen. Noch mal: Wer hatte die Wand im Gefängnis durchbrochen? Wo war der dritte Mönch? Und nicht zuletzt: Wo steckte die verdammte Bombe!

Noch vier Tage bis Heiligabend.

Eine Antwort zumindest lag im Heu und schrie. Carlo hatte sich mit seinem beachtlichen Hinterteil mittendrauf gesetzt. Das Dickerchen federte zurück wie ein Gummiball. Else hatte schon die Hörner gesenkt. Kurz vor ihrem Maul kullerte der Gummiball aus. Else und Carlo sahen sich verblüfft an. Vorsichtig robbte Carlo rückwärts. Als er den Heuhaufen wieder erreichte, hatte Ede schon eine zappelnde schwarze Gestalt herausgezogen.

Klumpp.

Von dem Mönch war nicht mehr viel übrig. Zitternd umklammerte er die karierte Reisetasche. Dann verkroch er sich wie eine verängstigte Ratte in den letzten Winkel des Haufens. Ede knurrte einige Male drohend. Irgendetwas wie *Komm mir nicht zu nahe!* Dann richtete er ein Lager für sich und den Kleinen.

Else beäugte den Besuch misstrauisch. Als Carlo kurz darauf zu schnarchen begann, muhte sie dreimal und legte sich ebenfalls zur Ruhe. Die Bäuerin im Nebenhaus erwachte von Elses Muhen. Lange lauschte sie in die kalte Nacht. Vom Gipfel des nahen Kalbsbergs schrie ein Käuzchen. Sonst blieb alles still.

Die Bäuerin drehte sich um und schlief wieder ein.

Vorbei

Am nächsten Morgen war Klumpp verschwunden. Nur ein paar zerkaute Zahnstocher erinnerten noch an ihn. Und die Bäuerin hatte – nach dem ersten Schreck – zwei Knechte. Ihr Mann war über die Feiertage als Schneeschieber in Bresel. Der kleine Hof brachte so wenig ein, dass er diese Arbeit nicht ausschlagen konnte. Da kam der Bäuerin die Hilfe gerade recht. Die zwei verlangten nichts als etwas Brot und ein Bett im Heu.

Tja, und Carlo hatte eine Freundin gefunden. Else.

Bramsch und Bankratz schwiegen wie Beton. Van der Velde saß ihnen seit sieben Uhr morgens wieder gegenüber. Er hatte keinen Schlaf gefunden. Absolut keinen. Um sechs hatte er beschlossen, dass es den Mönchen auch nicht besser gehen sollte. Er war ins Präsidium geeilt, hatte die beiden Polizisten geweckt und war mit ihnen zum Heizungskeller hinabgestiegen. Einzeln hatten Bramsch und Bankratz zur Toilette gedurft. Dann wurden sie im Büro des Kommissars mit Handschellen an zwei Stühle gefesselt.

Und die Polizisten wurden fortgeschickt. Der erste zum Kaffeeholen. »Wie soll ich denn am Sonntagmorgen …« Van der Veldes Blick war fürchterlich. Der Polizist verschwand augenblicklich.

Der zweite bekam den Auftrag, einen Maurer herbeizuschaffen. Ja, am Sonntag! Ja, sofort! Für das Loch in der Gefängniswand. Der Mann wagte gar nicht erst zu widersprechen. Mit dem Kommissar war nicht gut Kirschen essen. Nicht in dieser Verfassung.

Und jetzt saß van der Velde den beiden Verbrechern gegenüber. Wie gesagt, seit zwei Stunden. Ohne ein einziges Wort aus ihnen herauszubekommen. Der Kaffee, den Polizist Nummer eins aufgetrieben hatte, war inzwischen kalt. Unten im Keller hämmerte und fluchte der Maurer. Van der Velde hatte angeordnet, das Loch mit einbetonierten Eisenstreben zu sichern. So sicher, wie es vorher war. Dabei hatte er einige neue Schimpfwörter kennengelernt, die er jetzt bestens gebrauchen konnte. Die aber weder Bankratz noch Bramsch beeindruckten.

Van der Velde schlich um die Kerle herum wie eine gereizte Bulldogge. Bei der zwanzigsten oder dreißigsten Runde riss er wütend das Plakat von der Wand, das Hinrich (wer sonst!) mit einem Schnäuzer und einer Brille verschönert hatte. Echt komisch!

Um zwölf kam der Maurer hoch und sagte, er sei jetzt fertig. Das müsse aber ein paar Tage trocknen.

Van der Velde blitzte ihn an. Rang sich aber immerhin zu einem »Danke schön!« durch. Dann schaffte er zusammen mit den beiden Polizisten die Kerle zurück in den Heizungskeller.

Gegen zwei hatte der Kommissar Hinrich ins Präsidium bestellt. Sie saßen sich am Schreibtisch des Kommissars gegenüber. Einige Male drangen dumpfe Schläge durch das Haus, wenn Bankratz oder Bramsch gegen die Stahltür des Heizungskellers hämmerten. Das beeindruckte weder van der Velde noch seinen Assistenten. Lange sahen sie sich schweigend in die Augen.

»Hinrich«, sagte van der Velde schließlich. Es dauerte wieder. Dann: »Wir befinden uns in einer verfahrenen Situation.«

Hinrich nickte.

»Warum hast du eigentlich die Kerle angemalt?«

Sekunden verstrichen. Im Keller rumste es. Hinrich schüttelte den Kopf. Was für Kerle? Dem Kommissar ging es nicht gut, ganz offensichtlich.

»Was tun wir, wenn wir die Bombe nicht finden?«, fragte Hinrich, um bei den wichtigen Dingen zu bleiben.

Van der Velde überlegte. Wer sollte denn sonst das Plakat bemalt haben?

»Wir können nicht bis morgen warten«, sagte er dann. »Nicht bis zur Sitzung des Stadtrats.«

»Nein«, sagte Hinrich. Vorsichtig drehte er den Kopf. Das Plakat war weg. Hatte der Kommissar *diese* Kerle gemeint? Und wieso angemalt?

»Ich hab's weggeworfen«, brummte van der Velde. »Bleib bitte bei der Sache.«

»Der Bürgermeister muss her.« Hinrich war verwirrt, versuchte sich aber zu konzentrieren. »Und Clemens Zuffhausen.«

»Warum?«

»Ich weiß nicht, wie alles zusammenhängt«, sagte Hinrich leicht verzweifelt. »Aber wir gehen doch davon aus, dass die Bombendrohung von den Mönchen kam.«

Van der Velde deutete ein Nicken an.

»Was haben die als Erstes gemacht? Ich meine, als sie uns entwischt sind.«

»Sie sind zum Friedhof.«

»Und dann in die Gänge. Warum?«

Van der Velde suchte nach einem Kaugummi. Fand aber keins. »Sag mal.«

»Mal«, sagte Hinrich.

»Was um alles in der Welt suchten eigentlich die Blagen da unten?«

»Eben.« Hinrich hatte auch kein Kaugummi. »Holen wir die auch dazu.«

»Und den Zuffhausen.«

»Und Elfriede Sievers.«

Die Augen des Kommissars verengten sich.

»Weil«, beeilte sich Hinrich, »weil Frau Sievers so eine E-Mail gekriegt hat.« Das jedenfalls hatte Frau Sievers gesagt. Heute Morgen am Telefon. Die Lider des Kommissars sanken weiter wie unter einer unendlich schweren Schneelast. Leise fügte Hinrich hinzu: »Und weil ich so eine Ahnung habe.«

Die Augen des Kommissars waren nur noch Schlitze. Ahnung, so, so. Aber gut.

Um 14.43 Uhr waren fast alle versammelt. Im Büro des Kommissars wurde es eng. Jan, Lisa, Jo, Freddie und Jenny in einer Ecke. Um den Schreibtisch Clemens Zuffhausen, Elfriede Sievers, van der Velde und Hinrich. Radolf Müller-Pfuhr kam mit geringer Verspätung. Er war noch grauer im Gesicht als der Kommissar. Van der Velde war froh, dass Hinrich die Sache in die Hand nahm.

»Frau Sievers«, begann er.

Elfriede setzte sich kerzengerade hin, schlang ihren hellbraunen Kamelhaarmantel enger um die klapprigen Glieder und drückte den Dutt in Form.

»Warum bin ich hier, junger Mann?«, flötete sie. »Ich habe Ihnen bereits alles mitgeteilt.«

Hinrich sah sie ernst an. War es möglich, dass diese Schachtel mit einem Computer umgehen konnte? »Berichten Sie uns von der E-Mail, die Sie vorgestern erhalten haben.«

»Sie meinen die von den Erleuchteten?«

Jetzt wurde es still im Büro. Hinrich nickte.

»Nun«, begann Elfriede umständlich, eigentlich sei sie ja zu alt für so was. Und es war nicht ganz klar, ob sie die Welt des Cyberspace meinte oder erleuchtet zu werden. Oder ob sie nur *Nein, nein* hören wollte, egal wozu. Jedenfalls erzählte sie, in dieser E-Mail, also der von einem gewissen *Erleuchteten*, der Name war Lawross, ja, da stand das mit den silbernen Sternchen, die sie ans Fenster kleben sollte. An alle Fenster nach Osten raus. Und natürlich von dem Tausender, den sie bezahlen sollte. Elfriede fummelte an ihrer Handtasche herum.

»Hier hab ich's«, sagte sie fröhlich und zog einen zerknitterten Wisch hervor. Es war der Ausdruck der E-Mail. Elfriede hatte sich nämlich im Elektroladen die Vorzüge eines Laserdruckers erklären lassen und es tatsächlich geschafft, damit die Mail auszudrucken. Jetzt hatten sie es schwarz auf weiß. Der Absender nannte sich *Lawross,* kein Zweifel, und hatte sogar eine Kontonummer angegeben. Wenn sie, also Frau Sievers, das Geld noch bis Weihnachten überweise, stand da, werde sie in den Ersten Kreis der Erleuchtung aufgenommen. Die Tür zu den Knodomarianern stehe ihr offen. Zu Knodomars Gesetzen, verfasst in den uralten Runen der Weisheit. Und wenn sie dann bis zum Mittelpunkt vorgeschritten sei, werde sie auch dereinst mitkommen dürfen, in die ferne Sternenheimat. Wenn die Zeit gekommen sei. Das Ganze wurde verziert von ein paar inzwischen nur allzu gut bekannten Schriftzeichen und einem Drachen aus sechs Dreiecken.

Elfriede lehnte sich verschwörerisch vor und flüsterte: »Hilft Ihnen das weiter, Herr Kommissar?«

Van der Velde sah sie an, als erwache er aus einem tiefen Traum. »Lawross«, sagte er. »Wie wird der Wärter genannt?«

»Ich hab's gewusst«, murmelte Hinrich. »Der steckt mit denen unter einer Decke. Walross!«

»Und was bedeutet das?« Van der Velde zeigte auf die Schriftzeichen.

Lisa brauchte nur einen kurzen Blick. »Knodomar.«

Den Namen hatte der Kommissar jetzt oft genug gehört.

»Wer soll das sein? Und was sind Knodomars Gesetze?«

Clemens Zuffhausen, den er angesprochen hatte, hob die Schultern. »Kompletter Blödsinn.«

Jetzt war Jos Auftritt gekommen. Sie bat Hinrich, den Rechner hochzufahren. Dann schloss sie ihren Speicherstick an. Kurz darauf erschienen *Knodomars Gesetze* auf dem Bildschirm. Die Fotos, die Jo von dem Würfel gemacht hatte. Gespannt lauschte die Runde Jos Erklärungen. Und besonders den Übersetzungen.

Als Jo geendet hatte, herrschte Schweigen. Nur dumpfes Trommeln aus dem Heizungskeller störte.

»Was halten Sie davon?«, fragte van der Velde.

Clemens Zuffhausen wiegte den Kopf. »Klingt nicht im Entferntesten nach einem Alemannenkönig. Schon gar nicht nach einem, der im Begriff steht, gegen die Römer zu ziehen. Im Übrigen verstünde heute niemand mehr Knodomars Sprache.«

»Das meint Jo auch.« Freddie lehnte sich nach vorn. »Aber was …«

»Betrug«, kam Hinrich seiner Frage zuvor. »Nett ausgedacht. Hier ein bisschen UFO, da eine Prise Erleuchtung, nachgemachte Runen, ein Geheimbund und silberne Sternchen an die Ostfenster. Fertig. Man glaubt nicht, wer da alles drauf reinfällt.«

Radolf Müller-Pfuhr war während Hinrichs Aufzählung immer blasser geworden. Seine Hände schwitzten, obwohl ihm kalt war. Eiskalt. Gut, dass ihn niemand beobachtete.

»Herr Bürgermeister, was halten Sie von der Sache?« Hinrich drehte sich zu ihm um.

Radolf zitterte. »Ich, ähm … also … Betrug, ja«, stotterte er. »Wir müssen … also Stadtratssitzung … ja, morgen früh.«

Elfriede legte mitleidig ihre Hand auf Radolfs Knie. »Ist ja gut, Herr Bürgermeister«, säuselte sie.

Radolf traute sich nicht, ihre Hand wegzuwischen. Zu seiner großen Erleichterung stand Kommissar van der Velde auf.

»Der Bürgermeister hat recht«, donnerte er. »Morgen früh berufen wir eine Notsitzung ein. Sie kümmern sich darum?«

Radolf nickte eifrig.

»Hinrich, du sorgst dafür, dass dieser Walross aus dem Verkehr gezogen wird. Und«, fügte er hinzu, »dass sein Computer beschlagnahmt wird. Noch heute!«

»Klar, Chef.«

»Kinder, warum auch immer ihr da unten rumgegeistert seid, erklärt ihr mir ein andermal. Für heute vielen Dank und raus mit euch.«

»Und dieser Würfel«, fragte Clemens Zuffhausen, als sie schon an der Tür waren, »der liegt da unten auf dem Altar?«

»Nee.« Jo steckte den Speicherstick zurück in die Hosentasche. »Den hat Klumpp mitgenommen.«

»Hat man Klumpp eigentlich gefasst?«, wandte sich Jan an Hinrich.

Hinrich schüttelte den Kopf. »Leider nicht. Noch nicht.«

An diesem Abend saßen Radolf und Agathe Müller-Pfuhr im Wintergarten. Sie saßen sich in ihren Lieblingssesseln gegenüber. Draußen war es längst stockfinster. Eine einsame Kerze flackerte. Agathe strickte, Radolf starrte in die Flamme.

»Das waren zwei andere«, murmelte er in die Dunkelheit.

?

»Im Gefängnis.«

»Und die andern beiden?«

Radolf atmete schwer. *Was weiß ich,* dachte er. »Was weiß ich.«

Stille.

»Und die Vase?«

Flackerte die Kerze unruhiger? Oder zitterten Radolf Pupillen?

»Ach die«, sagte er tonlos.

Die Flamme beruhigte sich etwas. In der warmen Luft darüber stiegen Gespenster zur Decke. Und belauerten eine tönerne Vase in der Mitte. Mit einer seltsamen Schrift darauf. Und einem Reigen silberner Sterne drum rum. Die Vase kippte vier Worte aus.

»Du hast sie abgemacht.«

Agathe reagierte nicht. Das Strickmuster in ihren Fingern sah aus wie ein Auto. Sie selbst saß darin. Samstagnacht. Am Friedhofstor. Es hatte zu schneien begonnen. Ein Mädchen lief heraus.

Als sie zurückkam, hatte sie den Kommissar dabei. Kurz darauf tauchte noch dieser Hinrich auf. Nur ER nicht. ER kam nicht. Der *Meister.* Agathe wartete. Die ganze Nacht. Im Morgengrauen befreite sie die Scheiben von einer dicken Schneeschicht und fuhr nach Hause. Sie las wieder und wieder die E-Mail. Vom Diener des Meisters. *Warte die Nacht vor dem Friedhof im Auto! Lawross.*

Dann war es zu viel. Die Ungewissheit. Die Angst. Das viele

Geld, das sie gezahlt hatte. Agathe schrieb diesem Lawross. *Was ist los?*

Und Lawross antwortete. Ein Wort. Ein einziges. *Vorbei.*

Agathe lag eine weitere Nacht wach. Dann stand sie in aller Herrgottsfrühe auf und riss sämtlich Silbersterne von den Ostfenstern. Ohne Ausnahme.

Unter Agathes Händen wurde das Strickauto zu einer Kugel gepresst. Plötzlich erschrak sie vor ihrem eigenen Schnaufen. Sie sah, dass Radolf auf ihre Hände starrte. Auf die Nadelspitzen, die zwischen ihren Fingern hervorstachen. Über der Kerze verschwanden die silbernen Sterne in der Vase. Die Vase verglühte.

»Sie waren hässlich«, sagte Agathe. Dann schwiegen sie. Bis die Kerze heruntergebrannt war und erlosch.

Aus der Traum. Aus und vorbei.

Plan B

Es war keine gute Nacht. Mal wieder nicht und für niemanden. Die Anspannung hatte sich tief in die Gesichter gegraben. Die Angst vor der Bombe. Der Stadtrat trat um acht Uhr zusammen. Von nun an hatten sie noch 88 Stunden. Keiner, auch nicht Strothkötter, dachte an Parteiengezänk. Doktor Jorgonson zählte nach, es waren alle da. Dazu noch Clemens Zuffhausen, Kommissar van der Velde und Hinrich. Und Pastor Ambros Himmelmeyer. Die Tagesordnung bestand aus einem einzigen Punkt.

Plan B. Die komplette Evakuierung der Stadt. Alle Breselner, von jung bis alt, gesund oder krank, mussten raus. Am Heiligen Abend.

Man war sich schnell einig, dass das nur mithilfe der Kirche geschehen konnte. O nein, es war nicht so, dass alle Breselner eifrige Kirchgänger waren. Die Zeiten waren vorbei.

Zum Glück, hätte Strothkötter gesagt; Pastor Himmelmeyer fand das natürlich bedauerlich; Elfriede Sievers hätte mit dem Dutt gewackelt und verkündet, sie wolle weder in den Himmel noch in die Hölle. Sondern zu ihrem Oskar auf den Friedhof. Ruhig ganz dicht dran, er schnarche ja jetzt nicht mehr.

Wie dem auch sei, man fand, dass allein eine Prozession um die alte Stadtmauer einen geordneten Auszug der Breselner garantieren könne. Mit Blasmusik und heißen Getränken, Pferdekutschen und Bussen für alle, die nicht mehr gut zu Fuß waren. Donnerstagabend um acht. Raus auf die Felder jenseits der Fischteiche. Die Feuerwehr könne dort beheizbare Zelte aufstellen, die Verkehrspolizei werde die Straßen sperren, der Spielmannszug der Breselner Schützenkompanie müsse vorausmarschieren. Kinderbelustigung brauche man und eine Großleinwand für Kinofilme. Kaffee und Kuchen. Und Glühwein, schlug Schneider Böck vor. Dafür sollte Bruno Brubecks Bierbude sorgen. Selbst an Tanz wurde gedacht. Und dass *Schnürs Enkel* auf der Ladefläche von Brubecks Lieferwagen spielen sollten.

So kam eins zum anderen. Noch ein paar vorverlegte Osterfeuer dazu und schon krakeelte Schneider Böck, dass so eine Bombendrohung ja gar nicht so übel sei. Dieser unpassende Zwischenruf brachte den Stadtrat wieder auf den Boden der Tatsachen. Da tickte ja noch eine Bombe! Oder mehrere, wer konnte das ausschließen?

Klumpp war nicht gefasst worden und Bankratz und Bramsch blieben stummer als die Karpfen in den Fischteichen. Als um zehn die Aufgaben verteilt waren, wurde auch einem wie Böck klar, was für ein Berg noch vor ihnen lag. Und dass in 86 Stunden Bresel in Schutt und Asche lag. Liegen konnte. Vielleicht ja nur die Nachbarhäuser. Wenn man Glück hatte. Aber das traute sich selbst Schneider Böck nicht auszusprechen.

Am nächsten Tag waren die neu entdeckten Stollen unter Bresel und deren Eingänge dran. Die Polizei interessierte sich hauptsächlich für den Museumsweg Nummer 13. Dort stellten sie Essensreste, Matratzen und Schlafsäcke sicher. Dann folgten sie den Lehmspuren bis in den Keller und weiter durch die zerstörte Mauer in den Tunnel. Von hier hatte jemand den Gang in östlicher Richtung freigelegt, bis er schließlich vor dem Kellergefängnis der Breselner Polizeiwache endete. Brecheisen, ein Bolzenschneider, eine Schubkarre, Spaten und Spitzhacken lagen herum. Die Spurensicherung leistete gründliche Arbeit, konnte sich aber keinen Reim darauf machen. Selbst Neptun, der Bombenspürhund, der in aller Eile noch einmal aus Augsburg herbeigeschafft worden war, schlug nirgendwo an. Warum um alles in der Welt war jemand in das Gefängnis eingebrochen? Es gab dort nichts zu holen. Rein gar nichts. Noch nicht mal jemanden zu befreien.

Dem weiteren Verlauf der Lehmspuren nach zu schließen, waren zwei Personen ins Kommissariat hochgestiefelt und hatten dann das Haus verlassen. Hinrich meinte, eine zerschlissene Reisetasche habe seit Jahren in seinem Büro gelegen und sei jetzt verschwunden. Und zwei oder drei Wollmützen, die sie einem Kaufhausdieb abgenommen hatten. Das war's aber.

Noch Jahre später schüttelte man den Kopf über diesen unerklärlichen Besuch. Oma Sievers behauptete zwar steif und fest, sie hätte zwei Weihnachtsmänner beobachtet. Die hätten den Schneemännern in Fesenfelds Vorgarten ihre Mützen aufgesetzt und dann sich selbst graue Wollmützen. Der Leiter der Spurensicherung legte fürsorglich seine Hand auf Elfriedes Arm und nickte ihr freundlich zu. Dann schob er die Oma mitsamt Dutt und Kamelhaarmantel zur Tür hinaus.

»Schon gut, Frau Sievers«, sagte er mit warmer, verständnisvoller Stimme. »Schon gut.«

»Fassen Sie mich nicht an!«, fauchte Elfriede und haute dem Kerl ihren Regenschirm gegen das Schienbein. Der Kerl grinste ihr noch einmal ins Gesicht und schloss die Tür. Elfriede war so wütend, dass sie den Regenschirm mehrmals gegen die Tür und den Putz darüber schlug. Der Putz war alt und bröckelig und fiel herunter.

Eine Viertelstunde später hatte Clemens Zuffhausen den Putz gänzlich entfernt. Stumm standen sie vor der Tür des Kommissariats. Herr Zuffhausen, Frau Sievers, van der Velde und Hinrich, zwei weitere Archäologen des BHM, Jo und Freddie.

Sie hatten ihn gefunden.

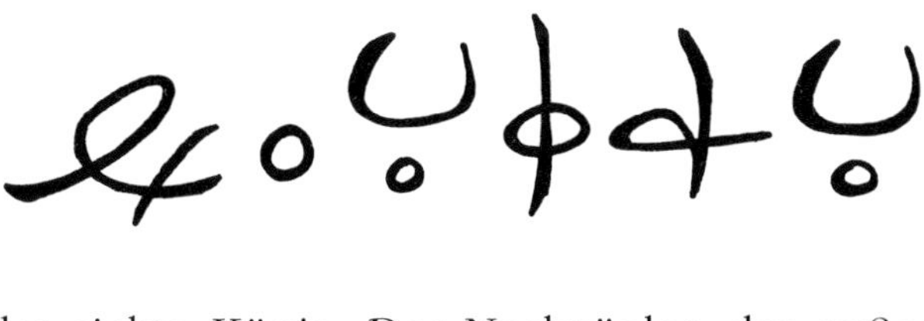

Hortar, der siebte König. Der Nachzügler, der außerhalb des Fünfecks lagerte. Der aus dem Fünfeck einen Drachen machte.

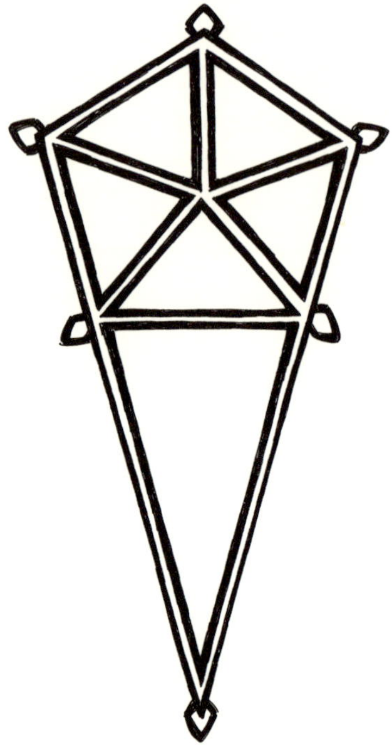

Am Nachmittag durchkämmten die Archäologen zusammen mit Freddie und Jo den unterirdischen Drachen. Eine erste Bestandsaufnahme. Man fand eingestürzte, aber auch erstaunlich gut erhaltene Gewölbegänge und den Granitblock in der Mitte, in den Knodomars Namen eingemeißelt war.

»Wahrscheinlich«, vermutete Clemens Zuffhausen, »haben sie hier dem Serapis geopfert.«

Jo ging um den Opferstein herum. »Und später wurde aus Serapis Paresis, dann Baresil und im Laufe der Jahrhunderte Bresel.«

Herr Zuffhausen grinste. »Da vermerke ich doch mal eine Zwei plus.« Dann wurde er wieder ernst. »Und da drauf lag dieser Würfel?«

Freddie nickte. »Hier.« Er zeigte auf ein gut sichtbares staubfreies Quadrat mitten auf dem Stein. »Knodomars Gesetze.«

Der Chef des HMB fuhr mit dem Finger über den Granit. »Aber wohl kaum von Knodomar selbst.«

»Von wem dann?« Jo trat näher.

Clemens Zuffhausen hob die Schultern und ging um den Stein herum. »Der alte Todd Emmerich«, sagte er schließlich. »Der hat immer behauptet, es gäbe ihn noch.« Clemens spähte in einen der fünf Gänge. »Er hätte die Jahrhunderte überdauert. Der Knodomar-Orden.«

Lange blickte er in den Tunnel, als käme von dort eine Antwort.

»Es würde mich nicht wundern, wenn Todd etwas damit zu tun gehabt hätte«, sagte er leise. »Wenn Todd sogar selbst den Würfel beschriftet hat.«

Jo sah ihn an. »Und Klumpp?«

»Ist ein Betrüger.« Clemens wandte sich wieder seinen Begleitern zu. »Der hat nur abkassiert. Bei all den Dummköpfen.« Er packte seine Kamera ein. »Für heute haben wir genug gesehen.«

Das fanden Jo und Freddie zwar nicht. Sie wären gern noch länger im *Drachen* herumgelaufen. Aber sie folgten den Archäologen. Sie verließen das Gängesystem durch das Haus im Museumsweg.

»Schade, dass der Würfel verschwunden ist«, sagte Clemens Zuffhausen noch.

»Den hat Klumpp mitgenommen.« Freddie klopfte sich den Dreck von der Hose und stieß mit der Stirn gegen einen krummen Garderobenhaken. Verdammt. Wenn die zwei roten Mäntel mit den Pelzkragen da noch gehangen hätten, wär die Beule nur halb so dick geworden.

»Ja, leider.« Clemens Zuffhausen öffnete die Haustür.

Freddie fluchte. »Oder die beiden Weihnachtsmänner!«

Der dickere Weihnachtsmann hatte sich inzwischen innigst mit Else angefreundet. Else ließ sich sogar von ihm melken. Die Bäuerin war hocherfreut, dass die beiden Vögel ein paar Tage blieben. Jede helfende Hand war willkommen. Auch die mit Carlos schlimmem Daumen, den die Frau mit einem frischen Verband versorgte. Und Carlo stellte sich (zu Edes Erstaunen) gar nicht so ungeschickt an. Im Übrigen fand Ede, dass er gut zu Else passte. So rund, wie die Kuh war.

»Sie erwartet ein Kälbchen«, erklärte die Bäuerin.

»Siehst du«, maulte Carlo. »Ich nicht.«

Ede verdrehte die Augen, legte sich ins Heu und murmelte was von *Ochs und Else*.

»Hast du die Mistgabel gesehen?«, fragte Carlo. »Else braucht frisches Heu.«

Ede schüttelte den Kopf.

Carlo stapfte verloren durch den Stall.

Schließlich erbarmte sich Ede und erhob sich. Er stellte sich neben die Kuh und kraulte sie hinter den Ohren. »Hast du schon mitten im Weg gesucht?«

»Nein, wieso?«

»Da liegt sie doch sonst immer.«

»Blödmann.«

Und mit dem *Blödmann* trat Carlo auf die Zinken der Mistgabel, die unter einer Heuschicht verborgen lag. Mitten im Weg. Die Gabel schnellte hoch und traf Carlos Rücken mit der Geschwindigkeit eines Intercitys. Carlo prallte gegen Elses Hinterteil. Else machte erschrocken einen Satz nach vorn und erwischte den langen Ede. In hohem Bogen flog Ede über den Heuberg und krachte auf eine morsche Kiste. Die Kiste überlebte den Angriff nicht und zerfiel.

Für einige Sekunden setzte die Erddrehung aus. Dann muhte Else und sah Carlo vorwurfsvoll an. Und aus den Trümmern der Kiste kam Edes Stimme. »Na, wer sagt's denn. Wir sind reich.«

Nein, es war kein Haufen Gold, in dem der Lange gelandet war. Es war ein Haufen Bücher. Und zwei davon waren von ganz besonderer Art. Klein, dünn und rot. Sparbücher der Sparkasse Bresel. Ausgestellt auf den Namen Todd Emmerich.

»Wer ist Todd Emmerich?«, fragte Ede.

Carlo zuckte mit den Schultern. »Ist doch egal, oder?«

»Wer ist Todd Emmerich?«, fragte Ede die Bäuerin beim Abendessen, so beiläufig er konnte.

»Mein Großvater«, antwortete sie. »Wie kommen Sie darauf?«

Ede erzählte von der Bücherkiste, auf die er draufgekracht war. Dann zog er einen vergilbten Band von Charles Dickens hervor. *Ein Weihnachtsmärchen* stand darauf. Und auf der Innenseite in sorgfältiger Handschrift *Todd Emmerich*.

»Ja«, sagte die Bäuerin. »Er hat viel gelesen. Er war der Totengräber von Bresel, wissen Sie, da hatte er eine Menge Zeit.«

»Und jetzt?« Ede gab sich alle Mühe, gelassen aus dem Fenster zu schauen.

»Großvater ist tot«, erzählte die Frau. »Er ist vor zwei Jahren gestorben.«

»Tja, die Kiste ...« Ede machte ein bedauerndes Gesicht.

»Um die ist es nicht schade.« Die Bäuerin bot ihm Brot und Käse an. »Da machen Sie sich mal keine Gedanken.«

Ede griff herzhaft zu. Nein, darum machte er sich wirklich keine Gedanken. Carlo machte ihm Sorgen. Der Kleine kaute wie ein muffeliger Ochse auf einer Scheibe trockenen Brots herum. Hauptsache, der hielt dicht.

Enkel auf den Feldern

Mittwoch, 23. Dezember.

In der Nacht schneite es ununterbrochen. Deshalb hatten die Zeitungsausträger große Schwierigkeiten, die Breselner mit dem Volksblatt zu versorgen. Kurzerhand wurden riesige Lautsprecher auf alle verfügbaren Schneeräumfahrzeuge geschraubt. So konnte man drei Fliegen mit einer Klappe schlagen. Die Straßen wurden frei, die Bevölkerung wurde über Lautsprecher informiert und die Zeitungsboten konnten ihre Arbeit verrichten. Zusätzlich spannte man die Radiosender und Fernsehstationen ein. Und nicht zu vergessen: das Internet. Gegen Mittag wusste dann auch der letzte Breselner, was ihm am nächsten Tag bevorstand: der Auszug aus der Stadt.

Auf den Feldern östlich der Fischteiche herrschte Hochbetrieb. Ein komplettes Zeltdorf wurde errichtet. Man hatte wirklich an alles gedacht. Sogar an Babywickelräume, Krankenstationen, Kneipen und Kinos. Bruno Brubeck stellte seinen Lieferwagen gegen ein geringes Entgelt zur Verfügung und war selbst bis in den Abend hinein unermüdlich im Einsatz. Als Sankt Urbans Glocken zur Spätmesse riefen, war man mit dem Stand der Dinge durchaus zufrieden.

Aber nicht beruhigt. Eher im Gegenteil. Noch 28 Stunden.

»Muh!«

Carlo öffnete die Augen.

»Muuuh!«

Die Bäuerin winkte ihm.

Carlo kroch aus dem Heu.

»Hilf mir.«

Carlo nickte. Er hatte so etwas noch nie gemacht. Aber wer hatte das schon? Und eigentlich war es ganz leicht und schneller vorbei, als er geglaubt hatte. Als die ersten Sonnenstrahlen des 24. Dezembers über den Kalbsberg krochen und den Stall in ein goldenes Licht tauchten, war es da. Else hatte ein Kälbchen bekommen.

»Es heißt Carlo«, flüsterte die Bäuerin.

Das Glänzen in Carlos Augen kam sicher von der Morgensonne. Carlo wischte den neuen Erdenbürger mit Stroh ab. Zärtlich leckte das Kälbchen seine Hand. Dann durfte es bei Else trinken.

Ein strahlender Wintertag zog herauf. Die folgenden Stunden half Carlo der Bäuerin, den Stall für Else und ihren Sohn herzurichten. Dass sie es gemütlich und warm hatten. Zu Mittag gab es Kartoffeln und Hering. Ede sammelte die Bücher des Großvaters ein und trug sie in die gute Stube. Und ordnete sie nach Größe.

Hinter der alten Standuhr entdeckte er eine verstaubte Ukulele. Ede nahm sie und spielte alle Akkorde, die er kannte. Manchmal summte Carlo dazu. Die Bäuerin zündete die Kerzen des Adventskranzes an. Sie begann zu erzählen.

»Die Ukulele«, sagte sie leise, »gehörte dem Großvater. Er hat immer für uns Kinder gespielt. Früher. Es war sehr schön.«

Sie schwieg.

»Bis diese Männer kamen und sich mit Großvater im Stall trafen. Die Knodomarianer, ich habe sie belauscht.«

Ede und Carlo sagten kein Wort. Draußen senkte sich der Abend über das Land. Eine sternklare Nacht kündigte sich an.

»Bis sie ihm diesen schwarzen Würfel gaben. Ihren Schatz, wie sie sagten. Und dass Großvater jetzt der Hüter des Würfels sei. Sie ahnten nicht, dass ich unter dem Heu lag.«

Die Bäuerin schaute aus dem Fenster. Das Gipfelkreuz des Kalbsbergs schimmerte im Abendrot.

»Das hat er gebaut.«

Wieder schwieg sie. Laut und deutlich tickte die Standuhr. Ede zupfte eine Saite der Ukulele.

Carlo räusperte sich. »Was?«

»Das Kreuz da oben. Für den Würfel hat Großvater es gebaut.«

Ede hörte auf zu spielen. »Für den Würfel?«

Die Bäuerin schien versunken in ihren Erinnerungen.

»Als Versteck.« Sie sprach sehr leise, kaum verständlich. »Aber er hat ihn zurückgeholt, bevor er nach Bresel ging, als Totengräber.« Und fast unhörbar fügte sie hinzu: »Der neue Großmeister der Knodomarianer, so haben sie ihn genannt.«

Ede und Carlo wagten nicht zu atmen. Minuten verstrichen. Dann schlug die Standuhr plötzlich laut und hart. Acht Mal. Die Bäuerin blickte auf.

»Diese alten Geschichten«, sagte sie. »Willst du sie behalten?«

Ede nickte vorsichtig.

»Gleich kommt der Bauer.« Abrupt stand sie auf und strich die Haare nach hinten. »Ich habe noch zu tun.«

Ede und Carlo standen ebenfalls auf.

»Wollt ihr mit uns den Heiligen Abend feiern?«, fragte die Bäuerin im Hinausgehen. Dann schloss sie die Tür hinter sich.

Zwei Minuten später machten sich der Dicke und der Lange auf den Weg zum Stall. Leise strich der Wind über die Saiten der Ukulele auf Edes Rücken.

»Der Kerl hat ihn in die Tasche gepackt.« Ede schmiss seine wenigen Klamotten auf einen Haufen. Carlo kniete neben Carlo und kraulte das Kälbchen unterm Kinn.

»Nun frag schon«, knurrte Ede.

»Was?«, fragte Carlo.

»Den Würfel«, antwortete Ede. »Den schwarzen Würfel. Den hat er in diese Tasche gepackt. Die du ihm geschenkt hast.«

»Ich?«, fragte Carlo.

»Vielleicht war das ja der Würfel von dem Großvater«, redete Ede weiter. »Dieser Schatz.« Er hatte seine Habseligkeiten zu einem Bündel geschnürt und trat an die Stalltür. Das Kreuz auf der Kalbsbergspitze glänzte im Mondlicht. Als winke es mit den Armen.

Carlo zwängte sich in die Rucksackriemen und stellte sich neben den Langen. Sie hatten beide ihre Weihnachtsmannmäntel an. Und die warmen Wollmützen.

»Schauen wir mal«, sagte Ede. Dann setzte er sich in Bewegung.

Carlo trabte hinterher.

Am Hoftor drehte sich Ede um. »Ich hab noch was vergessen«, murmelte er.

Der langhaarige Ulli ließ ein paarmal seinen rechten Arm durch die Luft kreisen. Wie er es immer machte, bevor er den ersten Akkord in die Saiten haute. Laut und hart. Es war eine Art Weihnachtslied.

Enkel auf den Feldern singen,
spielen euch ein lautes Lied.
Müller-Pfuhr die Ohren klingen,
Jugendzentrum? Her damit!

Die meisten Breselner hatten den Text irgendwie anders in Erinnerung. Aber zumindest den Refrain erkannten sie wieder. Und sangen aus voller Kehle:

Gloo-hohohoho-hoo-hohohoho-hoo... und so weiter.

Auf den Feldern östlich der Fischteiche. Als das Lied aus war, der letzte Ton die steilen Felsen des Breselbergs hinaufgeklettert und zwischen den düsteren Mauern von Burg Knittelstein verklungen war, wehte wie aus einer fernen Welt das Geläut von Sankt Urban über die Teiche. Elf Uhr. Nachts.

Eine unübersehbare Menge Breselner stand auf den gefrorenen Feldern. Es kehrte so etwas wie eine heilige Ruhe ein. Noch eine Stunde bis Mitternacht. Noch 59 Minuten.

Bruno Brubeck schenkte heißen Kakao und Glühwein aus. Gegen die Kälte. Und gratis für alle.

47 Minuten.

Irgendwer begann wieder leise mit *Enkel auf den Feldern.* Bald sangen alle. Kerzen in den Händen. Mit den Gesichtern zur Stadt, ohne Ausnahme.

35 Minuten.

»Was hast du eigentlich da im Rucksack?«

Sie hatten fast die Kalbsbergspitze erreicht. Ede ging jetzt hinter Carlo und schob den Kleinen bergauf. Ein böiger Wind wehte ihnen ins Gesicht. Das Kreuz stand auf einem Felsen. Sie kletterten hinauf und setzten sich. Heilige Ruhe lag über dem

Land. Konnte man so sagen. Sternenklar. In der Ferne die wenigen Lichter von Bresel.

»Wo hast du sie hingelegt?«, fragte Carlo.

Ede starrte in den Himmel. Er hatte die Sparbücher unter die Fußmatte gelegt. »Unter die Fußmatte«, sagte er.

Carlo schloss die Augen und dachte an Carlo. »Sie werden's brauchen können«, sagte er schließlich. »Jetzt, wo sie ein Kälbchen haben.«

Ede drehte sich um. Das Kreuz war aus Eisen geschmiedet. Der Sockel war ein würfelförmiger Metallbehälter mit einem Schlüsselloch. Ede rüttelte an der Klappe. Abgeschlossen. Dafür musste er mit einem Brecheisen wiederkommen.

Carlo hatte etwas aus dem Rucksack gezogen. Die Vase.

»Schmeiß sie weg«, sagte Ede.

Carlo stellte sie sorgfältig auf den Metallbehälter. Die Vase aus dem Museum. Falls das eins gewesen war.

Ede verzog die Mundwinkel. Auftrag erledigt. Hoffentlich hielt der traurige Bürgermeister ebenfalls sein Versprechen.

Etwas tickte leise. Wie eine Uhr. Eine Sternschnuppe fiel vom Himmel. Ede kletterte wieder vom Felsen hinunter. Carlo folgte ihm. Langsam machten sie sich an den Abstieg.

»Und«, fragte Ede, »hast du dir was gewünscht?«

Carlo stapfte hinter ihm her. Wie immer. Der Ochse hinter dem Esel. Neben ihren eigenen Fußspuren vom Aufstieg entdeckten sie noch andere. Und zerkaute Zahnstocher. Sie hätten nicht mehr sagen können, ob die schon vorhin da gewesen waren.

»Hab ich vergessen«, sagte Carlo leise.

Kein einziger Breselner hatte vergessen, sich etwas zu wünschen, als die Sternschnuppe über den Himmel zog. Noch drei

Minuten. Es war sehr still geworden auf den Feldern. Bruno Brubecks Brauereipferde schnaubten und dampften in der Kälte. Ein Baby schrie. Sonst war der Wind das einzige Geräusch.

Zwei Minuten.

Lisa und Jo standen Arm in Arm neben Brubecks Lieferwagen. *Schnürs Enkel* hatten die Instrumente und Verstärker mit einer Plane abgedeckt. Freddie, Ulli, Strothkötter und Jan versuchten möglichst lässig Doppelkopf zu spielen. Jenny und Egon halfen warme Decken und Getränke zu verteilen.

Noch 60 Sekunden.

Selbst die Doppelkopfrunde legte die Karten beiseite. Pastor Himmelmeyer sprach ein Gebet. Einige beteten mit. Andere hielten sich die Ohren zu. Und schlossen die Augen.

30 Sekunden.

Lisa und Jo lagen sich in den Armen. Sie waren nicht die Einzigen. Ein Kind begann zu weinen.

Elfriede Sievers ging zu ihm hin und flüsterte: »Knodomar war doch nur ein Arschloch.«

Das Kind sah sie mit großen Augen an. Das tröstete es nicht.

Noch zehn Sekunden.

Egon verschüttete einen Glühwein. Elfriede kicherte. Sonst hielten alle den Atem an.

5, 4, 3, 2, 1 …

Die Glocken von Sankt Urban begannen zu schlagen. *Dong, dong, dong …*

Ein heller Blitz brachte den Himmel zum Leuchten. Sekundenbruchteile später krachte es.

Carlo sprang in die Luft und landete auf Edes Rücken. Ede knickte ein und bohrte seine Nase in den harschigen Matsch. Carlo purzelte über ihn hinweg und verschwand in einer Schneewehe. Prustend setzte er sich auf und sah im letzten Moment, wie das Gipfelkreuz speergerade in den Himmel sauste und sich in den tellerrunden Rumpf eines UFOs bohrte. Carlo wischte sich die Schneereste aus den Augen.

»Da«, sagte er.

Ede brachte sich stöhnend in die Senkrechte.

»Was da?«, knurrte er.

»Ein UFO.« Carlo bekam tellerrunde Augen.

»Gibt's nicht«, sagte Ede und stapfte an ihm vorbei.

Carlo hievte sich aus dem Schneehaufen. Es war weg. Aber es war da gewesen. Oder nicht? Wo sonst sollten all die Geldscheine herkommen, die nun wie Lametta vom Himmel segelten – und in Sekundenschnelle in Carlos Rucksack verschwanden. Ihr Lohn, keine Frage. Wie auch immer der traurige Bürgermeister das angestellt hatte, jetzt waren sie quitt.

»Komm jetzt!«

Carlo stolperte hinter Ede her. Alle paar Meter schaute er sich um. Von der Kalbsbergspitze war nicht mehr viel übrig. Auch das Kreuz war verschwunden, mitsamt der Vase und dem würfelförmigen Kasten.

»O Ede.« Carlo war unruhig. »Wohin denn?«

»Kennst du keine anderen Fragen?«

Nach Sankt Urbans zwölftem Schlag herrschte tiefe Stille. Weltraumtiefe Stille. Dann brach Jubel aus. Was da auch immer in die Luft gegangen war, es war nicht in Bresel gewesen. Einige meinten, es sei aus der Richtung vom Kalbsberg gekommen. Andere behaupteten, Burg Knittelstein hätte geglüht. Aber das war vermutlich der Widerschein gewesen. Vom Blitz überm Kalbsberg.

Wer sich da alles weinend in den Armen lag. Und Hannes Bastian Bächle, der Organist von Sankt Urban, stimmte das alte, herzerweichende und augenbefeuchtende Lied an. *Wir sind nur Gast auf Erden und wandern ohne Ruh mit mancherlei Beschwerden der ewigen Heimat zu.*

Ein kleines Kind fragte seine Mutter: »Ist Knodomar wirklich ein Arschloch?«

Dann wanderten die Breselner zurück in ihre Stadt. Singend und glücklich.

Sssssssssst!

Am ersten Weihnachtstag noch wurden Bankratz und Bramsch nach Augsburg zurückgebracht. In ihre alten Zellen. Die Zelle von Bruder Schorff (dessen Tod nie ganz aufgeklärt wurde) bezog Wladimir Lawross, der Mann mit dem Walrossbart. Die Zelle von Klumpp blieb leer. Man hatte ihn nicht gefasst. Genauer: Man sah ihn nie wieder. Die dritte Fußspur zum Kalbsberggipfel war vermutlich das letzte Lebenszeichen von ihm gewesen. Abgesehen vielleicht von vereinzelten Geldscheinen, die man noch Jahre später in der Umgebung des Kalbsbergs fand. Manchmal auch ein paar Silbersterne.

Agathe übrigens konnte sich an Silbersterne schon gar nicht mehr erinnern.

»Welche Sterne?«, fragte sie verwundert und starrte ihrem Gatten in die Augen. »Kümmer du dich um deine Vase!«

Radolf nickte hastig und verkaufte am Neujahrsabend die Vase mit den falschen Breselner Runen an einen finnischen Geschäftsmann. Aarne Kyankalismäki. Der zahlte eine beachtliche Summe, obwohl auch er inzwischen wusste, dass die Vase mit der seltsamen Schrift nicht den Ton wert war, aus dem sie gefertigt war. Er habe noch was gutzumachen in Bresel, sagte er geheimnisvoll. Und der Herr Bürgermeister könne das Geld doch bestens gebrauchen. Aarne Kyankalismäki zwinkerte.

»Event-Center«, sagte er bedeutungsvoll und nahm die Vase aus Radolfs zitternden Händen. Als Geschenk für seine Walli und als Dekoration für sein Hotel. Dem *Grüezi*, wo Radolf am Nachmittag zum Vorsitzenden der alemannischen Bürgermeistervereinigung ernannt worden war.

Radolf nickte. In jeder Weise erleichtert. Er nickte noch auf dem Weg zum Basler Bahnhof. Nickte im Takt eines alten Schlagers aus einer längst vergangenen Zeit, der ihm aus einem Café nachwehte. *Ein Freund, ein guter Freund, das ist das Schönste, was es gibt auf der Welt, ein Freund bleibt immer Freund, und wenn die ganze Welt zusammenfällt* … gefolgt von lauten Rufen und zerspringendem Glas. Radolf beschleunigte seine Schritte.

Und er nickte, als er zwei Tage später aus seinem Rathaus trat, als ihm Klein-Jonny eine der Weihnachtsmannmützen schenkte, die jemand den Schneemännern aufgesetzt hatte. In Fesenfelds Vorgarten. Gemeinsam drehten Radolf und Jonny eine Runde um den Marktplatz.

Ritter Kunibald lachte schallend. Jedenfalls glaubte Elfriede das gehört zu haben. Oder war es Clemens Zuffhausen gewesen, der mit seiner Kamera hinter dem Brunnen zum Vorschein kam? Soeben hatte er den neuesten Stand der Knodomar-Forschung ins Netz gestellt. Ein gefundenes Fressen für die Experten. Lächelnd hakte er sich bei Elfriede ein und sie spazierten hinter den beiden Mützen her. Lisa und Jo sahen das von den

Sankt-Urban-Stufen und folgten ihnen. Ulli und Strothkötter junior hinterher. Dicht gefolgt von Jan und Freddie. Egon bildete das Schlusslicht.

»Und Jenny?«, fragte Freddie mit vielsagendem Seitenblick.

Jan grinste. »Jenny? Wieso Jenny?«

Und die Kukies? Leider, leider hatten sie ihren Weihnachtsbesuch absagen müssen, weil ... Das interessierte eigentlich niemanden. Stattdessen kämen sie aber am 5. Januar vorbei, zu Jos 13. Geburtstag.

Lisa und Jo überprüften daraufhin die Ketten und Türschlösser im Knittelsteiner Verlies.

Das wurde eine richtig schöne Feier am 5. Januar. Nicht nur weil *Schnürs Enkel* bei der Gelegenheit einen ehemaligen Pferdestall als neuen Proberaum einweihten, sondern weil die Kukies (leider, leider) auch diesmal nicht ... Skiunfall oder irgendwas, egal.

»Ein Glück kommt selten allein«, bemühte Egon ein altes Breselner Sprichwort und bekam endlich einmal von allen Seiten Zustimmung.

Am nächsten Montag: Kommissar van der Velde meckerte zwar über das miserable Foto auf dem Wisch, den ihm die Augsburger Behörde zugeschickt hatte, bezahlte aber ohne Murren sein Strafmandat. Und schwor sich, Hinrichs Grinsen nicht so schnell zu vergessen.

So. Fehlt jetzt noch jemand? Ja, eine noch.

Vor ihrem Küchenfenster hatte es aufgehört zu schneien.

Sssssssssssssssssssssssssssssssssssssssssssssst!

Agathe hob den Kopf. Da draußen war etwas heruntergekommen. Ein eisernes, stark verrostetes Kreuz steckte mit der Spitze nach unten zwischen Agathes Lieblingsrosen. Einerseits hatten die dornigen Grazien nun eine ideale Rankhilfe bekommen. Andererseits kam gerade Radolf vom Briefkasten zurück.

»Wassattassubedeuten – nichwa – wassollassiermittemDing – imRosenbeet!!!« Wütend starrte er zum beleuchteten Obergeschoss der Nachbarn hinüber. »IchwerdemalmitterPolizeireden – machtassassierwekkommt!!!«

Radolf schnappte nach Luft wie ein Fisch auf dem Trockenen. Seine Arme ruderten durch die Dezemberluft, als hätte er zwanzig davon. Hoch über ihm flatterte eine Elster im eisigen Wind und schiss auf die Welt. Der Klecks landete genau auf Radolfs Weihnachtsmannmütze.

Ede hatte natürlich recht. UFOs gab's nicht.

Agathe starrte in das bellende Gesicht ihres Gatten.

Aber Außerirdische?

Anhang

1.

Knodomar sowie die Könige Ursicin, Serapio, Ur, Vestralp, Suomar und Hortar waren Anführer alemannischer Stämme, die etwa ab dem 3. Jahrhundert zwischen Rhein, Main und Lech siedelten. Regelmäßig hatten sie Streit mit den Römern – mit unterschiedlichem Erfolg. Der römische Heerführer Caesar Julian bescherte Knodomar und seinen Mitstreitern im Jahre 357 bei Straßburg eine vernichtende Niederlage. Knodomar selbst wurde nach Rom verschleppt, wo er starb (siehe auch den Bericht des Römers Ammianus Marcellinus auf Seite 64).

Dass sich die sieben Könige am Fuß des Breselbergs trafen und diesen Ort nach dem griechischen Gott Serapis Paresis tauften, woraus dann der spätere Ortsnamen Baresil beziehungsweise Bresel entstand, ist nur eine Vermutung, kann aber bis heute nicht mit letzter Sicherheit ausgeschlossen werden.

Erwiesen allerdings ist, dass Knodomars Bruder Mederich eine Zeit lang als Geisel in Gallien gefangen gehalten wurde, wo er altgriechische Geheimlehren kennenlernte. Das waren religiöse und philosophische Vorstellungen aus Griechenland, die im Einflussbereich der christlichen Religion als ketzerisch galten und verboten waren, weshalb sie nur im Verborgenen gelehrt wurden. Dazu gehörte auch der Serapis-Kult, der seit Ptolemäus I. (366 bis 282 v. Chr.) in Griechenland, Ägypten und später auch in Rom verbreitet war. Mederich hatte diesen Kult von dort mitgebracht und nannte seinen Sohn Agenarich seitdem Serapio.

2.

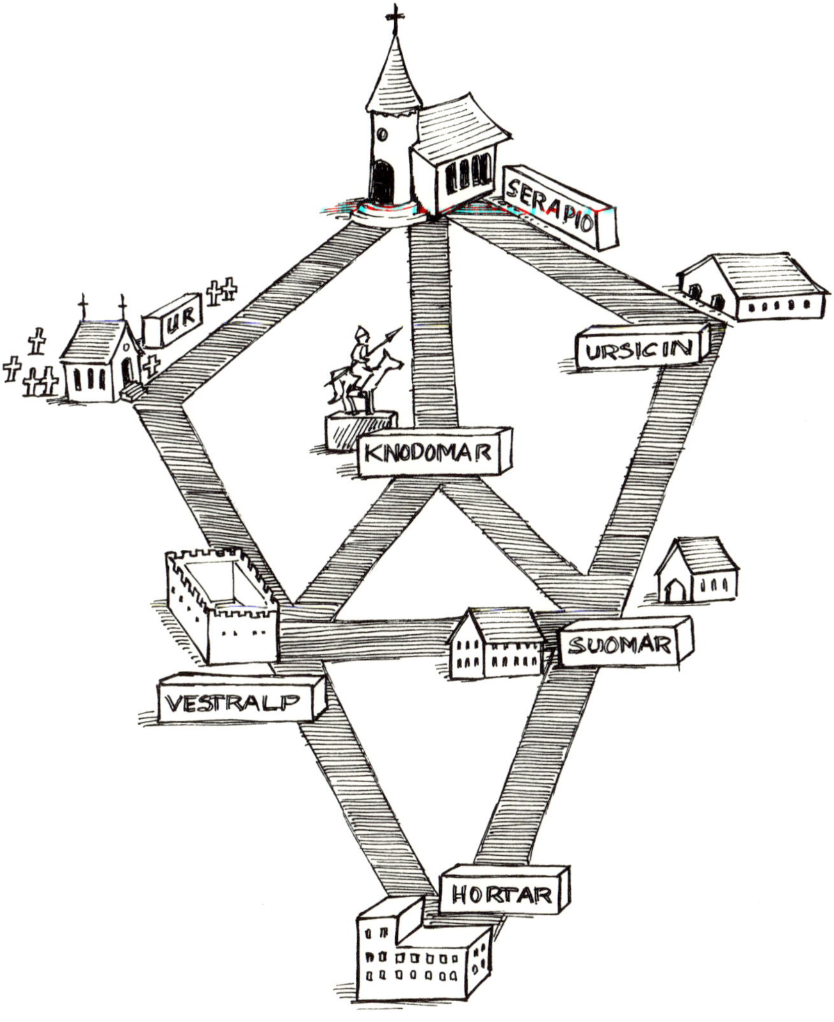

Drachenförmiger Plan der verzweigten unterirdischen Kultstätte der Knodomarianer (siehe Punkt 3).

Vieles spricht dafür, dass sich am Saum des Breselwalds zunächst sechs Alemannenkönige vor der Schlacht gegen Caesar Julian im Jahre 357 versammelten. Sie meißelten ihre Namen in mannshohe Granitblöcke, die sie in einem Fünfeck aufstellten, mit Knodomar im Mittelpunkt.

Hortar, der siebte König, stieß erst Tage später hinzu. So musste er außerhalb des Fünfecks lagern (und erweiterte es dadurch zu einem »Drachen«). Als Grund für sein Zuspätkommen vermutet C. Zuffhausen verräterische Absprachen mit den römischen Besatzern, was andere Wissenschaftler allerdings als unbewiesene Spekulation ablehnen.

Tatsache aber ist, dass Hortar nach der verlorenen Schlacht auffällig gut mit den Römern zusammenarbeitete. Das konnte selbst Mederich nicht verhindern, der fest an Knodomars Rückkehr glaubte und unermüdlich den Zusammenhalt der sieben Könige beschwor.

Mederich ging nach der schmerzlichen Niederlage mit den letzten Getreuen buchstäblich in den Untergrund. Er legte das Tunnelsystem an, aus dem heraus er die Römer zu bekämpfen beabsichtigte. In der Mitte diente Knodomars Namensstein als Altar, auf dem mit hoher Wahrscheinlichkeit dem Serapis geopfert wurde, was als Wiege des Knodomar-Ordens gilt.

Die anderen Namenssteine verwendeten die sparsamen Breselner in späterer Zeit als Baumaterial für ihre Häuser – manche quer über der Tür, andere als Teil des Fußbodens oder als Fundament eines Seitenaltars in der Kirche Sankt Urban (den der Volksmund seitdem *Serapis-Schrein* nennt). Da die Breselner die mannshohen Steine nicht weit schleppen wollten, bilden ihre Fundorte noch heute die Figur eines Kinderdrachens im Breselner Stadtplan.

Die Drachenfigur war über Jahrhunderte das Erkennungszeichen der Knodomarianer. Wahrscheinlich.

3.

Die Knodomarianer (siehe Punkt 1 und 2) waren ursprünglich ein reines Verteidigungsbündnis gegen die römischen Besatzer. Der Breselner Forscher Clemens Zuffhausen geht jedoch davon aus, dass sie sich schon sehr früh unter dem Einfluss von Mederich dem Serapis-Kult zuwandten und sich als dessen wahre Erben betrachteten. Die Bedeutung des Knodomar-Ordens auf die alemannisch-schwäbische Geschichte ist noch nicht hinreichend erforscht.

In jüngster Zeit allerdings wurde der Orden von einer skrupellosen Abzocker-Bande übernommen, die auf der Internetseite www.knodomar.de zweifelhafte Heilslehren an gutgläubige *Erleuchtete* für viel Geld verkaufte – unter Verwendung der *Breselner Runen* (siehe Punkt 4) und der sogenannten *Gesetze Knodomars* (siehe Punkt 5).

4.

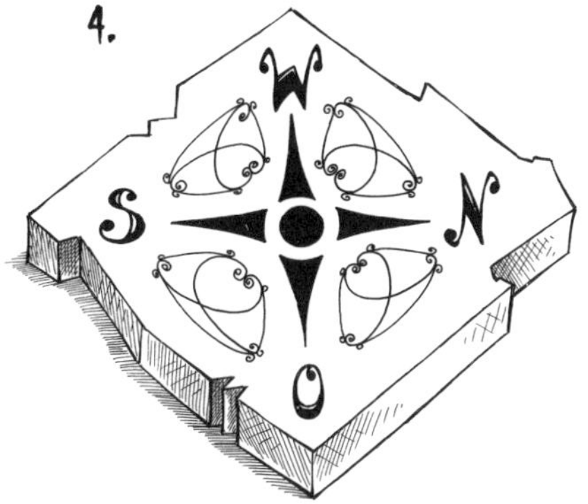

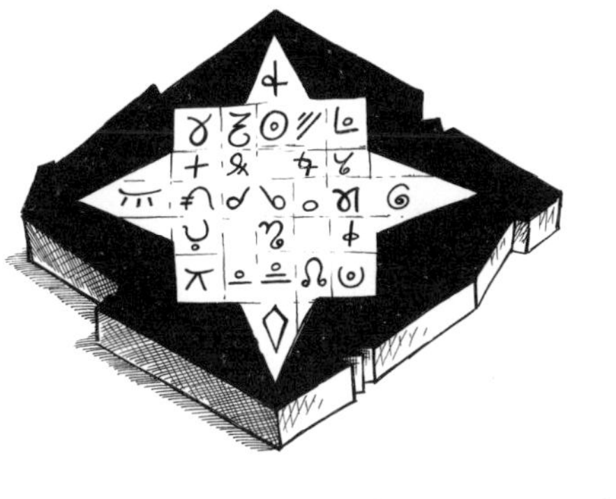

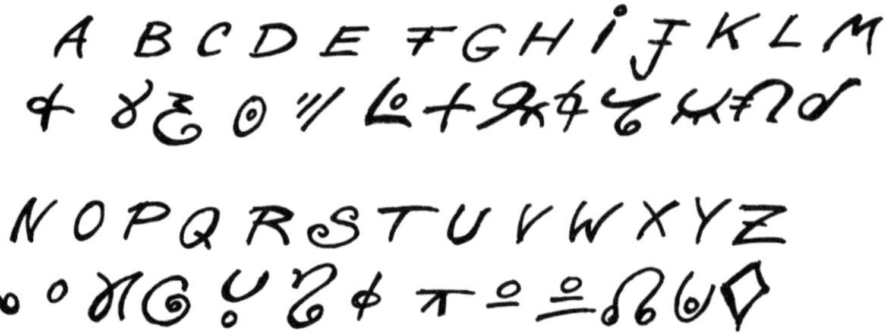

Die *Breselner Runen* weisen nur geringe Ähnlichkeit mit anderen bekannten Runenalphabeten auf. Die meisten der heutigen Experten (allen voran der Däne Lars Grønberg und der Schotte Scott MacDuffy) vermuten, dass sie Knodomars Bruder Mederich speziell für den Serapis-Geheimbund aus fremden Alphabeten zusammengesetzt (oder frei erfunden) hat. So konnten die *Breselner Runen* nur von wenigen Eingeweihten (aber von keinem Römer!) entziffert werden.

5. Knodomars Gesetze

1. Trau keinem Punkt, er könnte ein Wurm sein!
2. Alle suchen den Kern, spuck du ihn aus!
3. Wer führt, hat alle im Rücken; wer im Mittelpunkt steht, ist umzingelt!
4. Je größer der Kuhfladen, desto mehr Fliegen!
5. Die Wahrheit über dein Zimmer ist nicht die Wahrheit über das ganze Haus!
6. Verräter, siehst du Hortar brennen!

Diese Gesetze sind in Breselner Runen auf den sechs Seiten eines schwarzen Würfels eingraviert. Sie geben nicht nur der Fachwelt Rätsel auf.

Wer hat sie verfasst? Knodomar, Mederich und alle älteren Knodomarianer scheiden aus, da sie mit Sicherheit einen heute völlig unverständlichen Dialekt sprachen. Wer also schrieb die Gesetze auf den Würfel? Und vor allem: Woher rührt deren auffällige Nähe zu Sprichwörtern, die noch heute in Bresel gebräuchlich sind?

Wäre es denkbar (so Clemens Zuffhausen bei einem Volkshochschulvortrag in den Räumen des Breselner *Event-Centers*), dass diese Gesetze erst in jüngerer Zeit entstanden sind, jedoch auf überlieferten Breselner Volksweisheiten beruhen, die ihrerseits Wurzeln im verschollenen Gedankengut der Ur-Knodomarianer haben? Wäre dies gar ein Brückenschlag vom schwäbischen Bresel über die alt-alemannische Kultur, hin zu griechischen und ägyptischen Ursprüngen?

»Ein kühner Gedanke, fürwahr!«, rief Zuffhausen zum Abschluss seines Vortrags den anwesenden Breselner zu und übersah den Zeigefinger von Elfriede Sievers, der einen gleichmäßigen Rhythmus auf ihre Stirn klopfte.

Der mysteriöse schwarze Würfel übrigens, der von F. Haustenbeck und J. v. Knittelstein-Breselberg fotografiert wurde, gilt als verschollen.

6.

Eine Ukulele ist eine Art kleine Gitarre mit meist nur vier Saiten. Die Hawaiianer gaben ihr diesen Namen, der »Hüpfender Floh« bedeutet, weil die Finger so quirlig über das Griffbrett hüpfen wie … Ede hätte darüber nur bedächtig den Kopf geschüttelt.

7.

Der berühmte Halleluja-Chor stammt aus dem Oratorium »Messias« und natürlich von Georg Friedrich Händel (1685 bis 1759)

– und nicht *Hendl*, wie Ede in der Gefängniskapelle fälschlicherweise versteht.

8.

Tja, und jetzt könnte man sich Verschiedenes fragen. Zum Beispiel, was denn Ede und Carlo vorher schon in Bresel angestellt haben? Und dieser Aarne Kyankalismäki? Woran ist eigentlich die schreckliche Baronin Tusnelda gestorben? Und natürlich: Was ist so Finsteres passiert, dass die Mönche im Augsburger Gefängnis landeten? Klar hat das was mit Jo, Lisa, Jan und Freddie zu tun. Und mit Oma Sievers und dem Kommissar. Doch das alles würde noch mal ein Buch füllen. Und dieses Buch gibt es bereits. Gleicher Verlag, anderer Titel: *Die hohle Schlange, das Labyrinth und die schrecklichen Mönche von Bresel.*

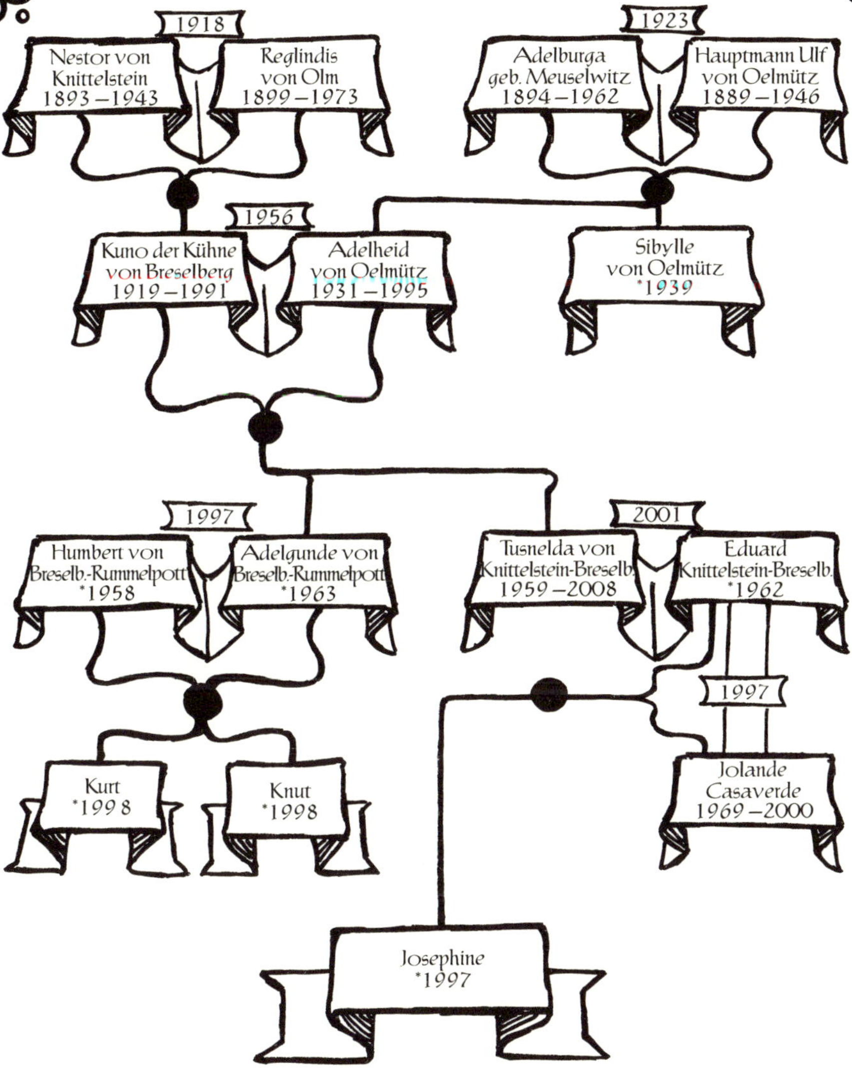

Neuer Stammbaum derer auf Knittelstein

Original der Weiheurkunde

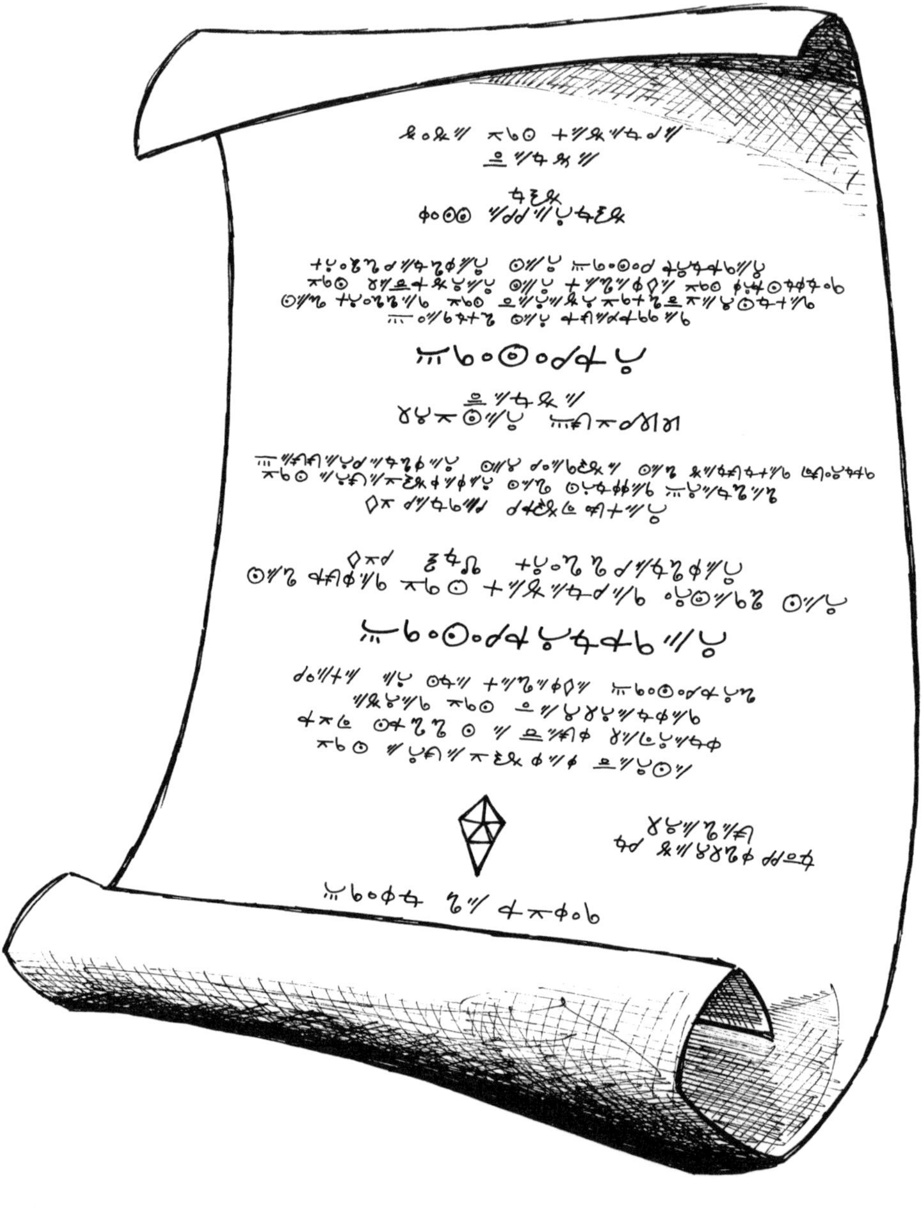

Übertragung ins lateinische Alphabet

Hohe und geheime
Weihe

Ich,
Todd Emmerich,

Großmeister der Knodomarianer
und Bewahrer der Gesetze und Tradition
des großen und verehrungswürdigen
Königs der Alemannen

Knodomar,

weihe
Bruder Klumpp,

Kellermeister der Mönche des heiligen Florian
und Erleuchteter des Dritten Kreises,
zu meinem Nachfolger,

zum 109. Großmeister
des alten und geheimen Ordens der

Knodomarianer.

Möge er die Gesetze Knodomars
ehren und verbreiten,
auf dass die Welt befreit
und erleuchtet werde!

Bresel,
im Herbst MMVI

Knoti se auton

Das säurefreie und alterungsbeständige Papier EOS liefert Salzer, St. Pölten
(hergestellt aus chlorfrei gebleichtem Zellstoff aus nachhaltiger Forstwirtschaft).

ISBN 978-3-8000-5488-6

Innenillustrationen von Stefani Kampmann
Umschlaggestaltung von Init, Büro für Gestaltung, Bielefeld,
unter Verwendung von Fotos von iStockphoto.com
Lektorat: Luitgard Distel

Gedruckt in Österreich
7 6 5 4 3 2 1

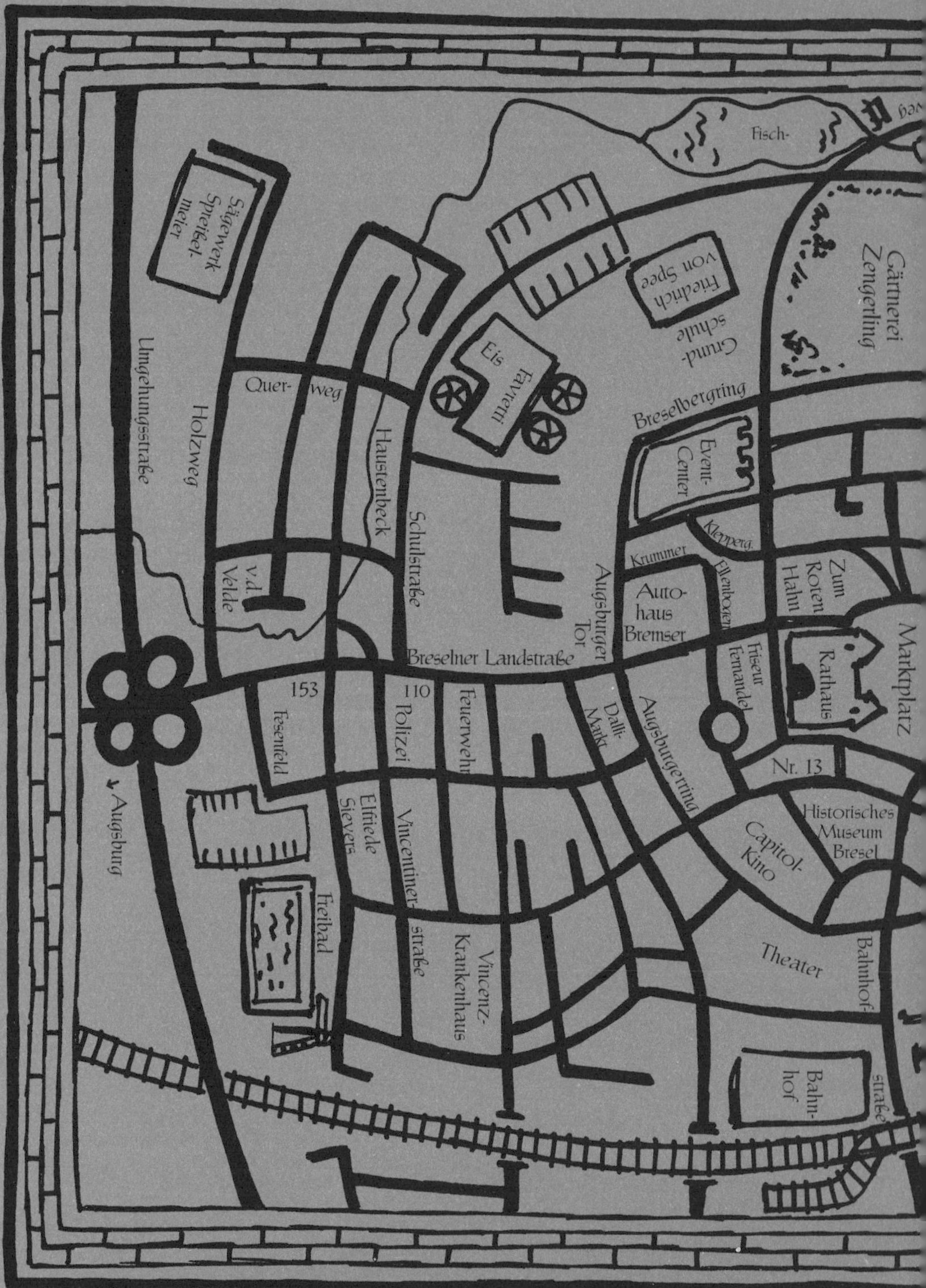
Fisch-
Sägewerk Spreikel-meier
Gärtnerei Zengerling
Grund-schule friedrich von Spee
Eis Favretti
Quer-weg
Holzweg
Umgehungsstraße
Haustenbeck
Schulstraße
Breselbergring
Event-Center
Klepperg.
Krummer
Ellenbogen
Zum Roten Hahn
Marktplatz
Auto-haus Bremser
Augsburger Tor
v.d. Velde
Breselner Landstraße
Friseur fernandel
Rathaus
153
110
Fesenfeld
Polizei
Feuerwehr
Dalli-Markt
Augsburgerring
Nr. 13
Historisches Museum Bresel
Capitol-Kino
Augsburg
Elfriede Sievers
Vincentiner-straße
Freibad
Vincenz-Krankenhaus
Theater
Bahnhof-straße
Bahn-hof